U0533431

蜜桃咬一口 上

鹿灵 著

青岛出版集团 | 青岛出版社

图书在版编目（CIP）数据

蜜桃咬一口 / 鹿灵著. -- 青岛 : 青岛出版社, 2025.
ISBN 978-7-5736-2789-6

Ⅰ. I247.5

中国国家版本馆CIP数据核字第20242H6A34号

		MITAO YAO YIKOU
书	名	蜜桃咬一口
作	者	鹿 灵
出版发行		青岛出版社（青岛市崂山区海尔路182号）
本社网址		http://www.qdpub.com
邮购电话		18613853563
责任编辑		刘萍萍
特约编辑		徐晓辰
校	对	李玮然
装帧设计		复方糖·江 AKK LORINE
照	排	AKK
印	刷	三河市良远印务有限公司
出版日期		2025年4月第1版 2025年4月第1次印刷
开	本	32开（880mm×1230mm）
印	张	19
字	数	505千
书	号	ISBN 978-7-5736-2789-6
定	价	69.80元（全2册）

编校印装质量、盗版监督服务电话 4006532017 0532-68068050

绿岛

导演 鹿灵
制片人 不行就桃
主演 简桃 谢行川
拍摄场地 好多啦……
备注 片场附近有个二手书店，是谁给谢行川买了本《如何征服美丽少女》……还是他自己买的……

通告单

日期	拍摄天数
6/21 星期五 JUN.21TH.2024	D86

日出	日落
05:23	18:56

天气 晴 南风2~3级 温度20℃~28℃ 湿度53.1% 紫外线 中

到场时间 05
开镜时间
特别注意

熬大夜和起大早哪个更痛苦，思考……

勇敢小桃！每天报道！

也不是第一次看到日出了，你说是吧@谢行川

我也买了本《如何征服英俊少男》。哈哈，爽！

小桃的碎碎念频道

演员通告

演员	抵达现场时间	梳化服

舍不得，收不回，忘不掉。
就是他沦陷的序幕和开场。

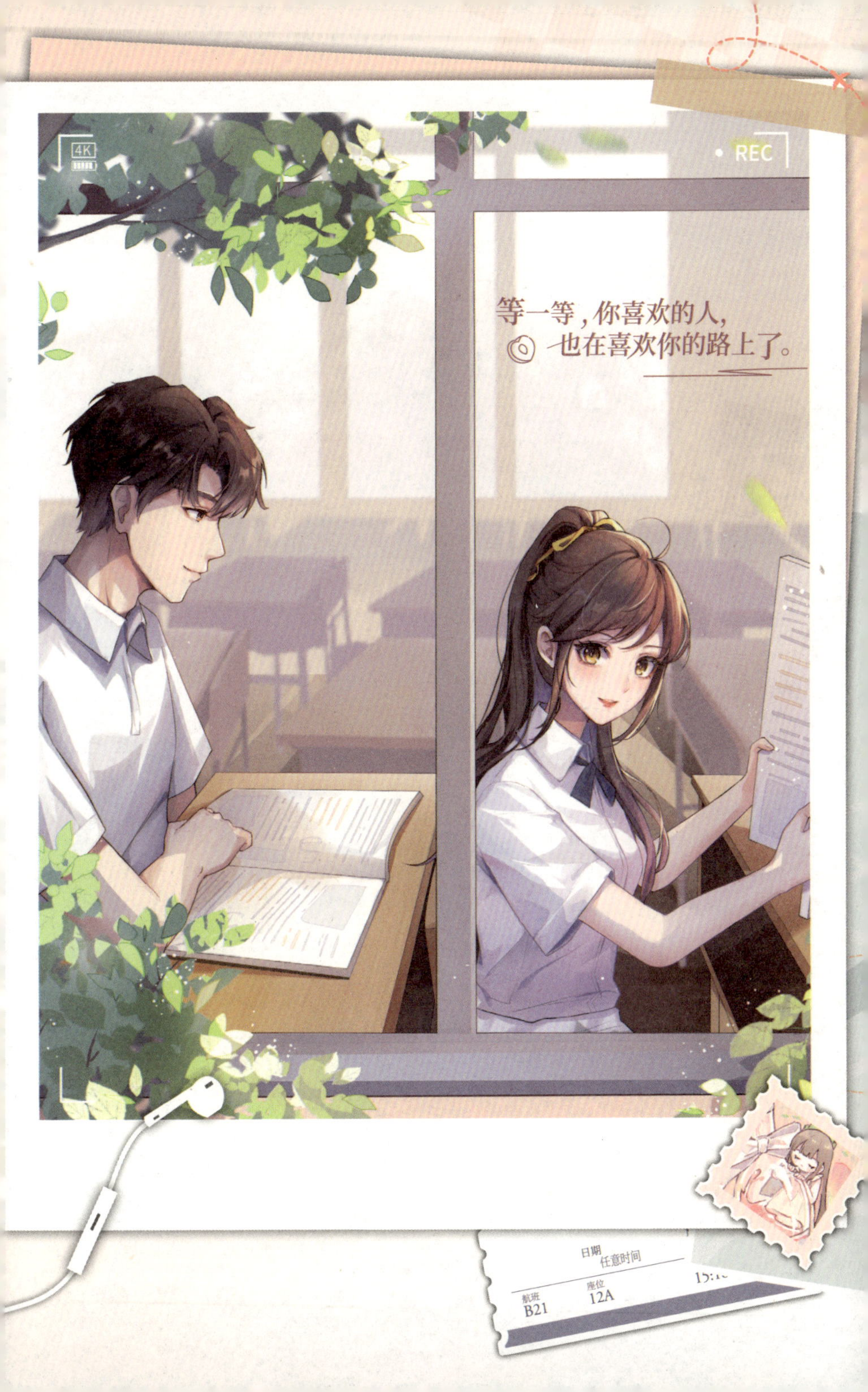
4K
REC
等一等，你喜欢的人，
也在喜欢你的路上了。
日期
任意时间
航班
B21
座位
12A

目录

第一章
咬一口 "犬系" 老公
001

第二章
咬两口 姓谢的狗
045

第三章
咬三口 摆烂夫妇
087

第四章
咬四口 似醉非醉
137

第五章
咬五口 错冬芭蕾
175

第六章
咬六口 冰川婚戒
225

第七章

咬七口 桃小狐狸
273

第八章

咬八口 暗恋情书
333

第九章

咬九口 善于忍耐
383

第十章

咬十口 没跳阳台
431

第十一章

咬十一口 沦陷序幕
473

番 外

玫瑰花房 … 518	婚后四则 … 552
现在 vs 17 岁 … 525	关于宝宝 … 559
高中旅行 … 540	补办婚礼 … 560
那一年冬 … 543	崽 崽 … 563
双人舞台 … 546	平行校园篇 … 573
护妻行动 … 550	后 记 … 595

时间说，无望，错过，遗憾，无缘无分。
但他从废墟和泥泞之中牢牢攥紧十七岁那年的心跳，
跨越七年，两千五百天，向她证明，有人爱她，
从她并不期待被爱开始。

咬一口 "犬系"老公

第一章

十二月底，天幕碧蓝如洗。

一年一度的 IC 时尚盛典，将在宁城淮海举行。

海边豪车云集，灯牌璀璨，闪光灯此起彼伏，宽阔的台阶上一路铺设红毯，有节奏的鼓点声回荡在城市上空。

夕阳柔和明媚，海浪拍打着礁石，在岸边溅起细密的光点。

简桃拿出手机拍了张照，这才重新趴回车窗上，吹了一下自己的刘海："我什么时候上场啊？"

助理抚着她的长裙，挑了挑眉："最后一个，排场最大。"

她最后一个上场，听起来很有分量，但两个小时的等待时光着实难挨。

而且简桃今天穿的是高定礼服，很重，为了防止抹胸下坠，勒得也很紧。

主持人热烈开场，盛典的网络直播开启，简桃点进去看大家的弹幕，但随着时间推移，发言的人越来越少。

别说观众，连她都困了。

终于，在她即将合眼的前一瞬，助理晃了晃她的手臂："上场啦！"

简桃深吸一口气，这才晃了晃脑袋，从车前走到幕后。

艺人的职业素养就是，不管天气有多冷，她前一秒有多神游，只要看到摄像机，她就能一秒进状态。

她拎着道具，迈步走上台阶。

镜头画面内，夕阳已然沉沉西坠，夜幕一片漆黑，然而在她出现的那一刻，透亮的皮肤完美对上流泻的灯光，明明没有调色，画面却一瞬之间白了好几度。

打瞌睡的好几个艺人也坐起了身。

简桃身穿一身粉色纱裙，走动间海风吹拂，裙摆如同海浪摇曳，步伐和着音乐节拍，一呼一吸之间，轻盈灵动。

这环节每个艺人都有专属动作，简桃的动作是放飞白鸽。

她找准摄像机的位置，从身后提出缀着花枝的鸟笼，轻轻将门闩

拨开，低头那一瞬长发飘散，白鸽绕着她身边飞过一圈，然后停在了她的肩上。

这完全超出预计。

她有些意外地扬了扬眉，但并没被影响到节奏，依然按照最初的设想，平稳地走到红毯尽头。

步伐停下的那一刻，她稍稍抬手靠近肩上，这白鸽竟也顺势飞至她的指尖上。她提着裙摆侧身向外一递，顺着她的视线向外，白鸽扑棱着翅膀飞往海面上。

游荡的风吹起她的长发，露出微泛着光的莹润肩头，上下曲线合宜，起伏有致，身体微侧又向外用力，是极难的动作，然长期练舞使她维持了绝佳的平衡感，她数着时间，一直将动作定格到镜头离开，这才下台。

看着这如同收尾的点睛之笔，台下的艺人都自发地鼓起掌来。

直播间内，气氛同样攀升至顶峰。

弹幕疯涨间，简桃也披上了外套，在工作人员的带领下，走到了座椅间——只剩两个位子了。

工作人员轻咳了一声："那个……我们这次没有贴名字，但大家差不多是这么坐的，剩下的那个位子，是……是谢老师的。"

谢老师。

在圈内谢姓艺人如此多的情况下，在这样的场合，即使不走红毯，主办方和其他艺人也主动给他留下中间位置、仅用一个姓就让大家认出名字的那位——

除了谢行川，还能有谁？

果然，就在简桃反应过来的当下，对面响起一声咳嗽，来自她的经纪人。

梦姐一个眼刀扫过来，简桃立刻读出了四个字——扣钱警告。

在公共场合，她需与谢行川保持距离，这是写在她的合同中的、必要的规定。

她也可以不遵守，但是会被扣钱。

镜头扫过来，简桃的一个背影，让所有看热闹的路人激动了：

"简桃在椅子面前尴尬住了，好好笑。"

"主办方真会来事，谁不知道之前尖叫夜大合照，简桃和谢行川两大人物放弃主角光环，分站最远对角线，话题直接挂了三天榜单，现在又来！哈哈哈……"

"现在这圈子里兄友弟恭的场面真是特别没意思，喜欢看一些真实的对家，快坐，坐啊简桃！"

很显然，工作人员也想到了那次天崩地裂的"对角线事件"，但又不能违背老板的命令，只能擦了擦额上的汗："您看要不……？"

"不用了，"简桃及时打断工作人员的话，往后瞧了一眼，"我看那后面也有位子。我远视，坐后面吧，看着舒服。"

"有请视力 5.0 的演员简桃表演节目：睁眼说瞎话。"

"那后面分明就是工作人员的位子！椅子都不一样！两个人这关系是有多差啊，女艺人个个争奇斗艳地走红毯，她宁可镶边都不坐中间位置？！"

"到底有没有人知道他们俩之间发生过什么啊？难道真的谈过，谢行川做了对不起她的事？"

"别了，想到他们恋爱我都觉得吓人的程度，猜点儿正常的吧！"

在众人复杂难辨又隐隐带着兴奋的目光间，简桃在最远的后排位子上坐了下来。

她的每一分钱都是她辛辛苦苦熬大夜赚来的，她怎么能因为男人赔出去？

简桃坐定之后，正片却迟迟没有开场，直到门口处传来骚动，她才反应过来什么。

他们是在等谢行川。

而这位谢老师，总算来了。

场地的灯光已经被调暗,她只能看到一个黑影从远处经过,然后坐进座椅里。

有窃窃私语声响起,同时大量目光往那边投去。

她撇了一下嘴,抬头看向大屏幕。

今晚有颁奖。

几个不痛不痒的奖颁过之后,第一个重量级的奖项诞生——最具商业价值男演员奖,获奖人是谢行川。

屏幕上开始播放演员高光集锦,人家演员拼死拼活才凑够一分钟,他上来就是五分钟的量,还只能收录一部分。

虽然只入圈了四年,拍戏比谁都随意,想拍就拍,不想拍就休息,但谢行川仍旧贡献了大量经典镜头。

其中最著名的是他咬着烟脱掉上衣的那一幕,几乎每一次高热度的视频盘点,简桃都能看到这个画面。

照他们的话说,就是谢行川活脱脱一个玩世不恭的公子哥、大少爷,进演艺圈玩个票,结果给自己玩火了。

他身上有一种很微妙的、亦正亦邪的帅气。

虽然简桃对他这人不感冒,但还是承认,他有一副好皮囊,关键时刻能让人脑袋晕乎乎,被蛊惑片刻。

想到一些不太健康的东西,她迅速移开目光,轻咳一声,打算想点儿别的事。

结果这一幕正巧被镜头捕捉到,还被人搬到了微博上,瞬间一石激起千层浪。

"啊?她怎么连谢行川的颁奖都不看啊?"

"这可是谢行川,电影部部叫好又叫座,奖都拿到国外去了,再怎么说也是前辈吧?"

"而且简桃明显在电影这块儿是短板,票房都不是很好,一部拿得出手的电影都没有。演技应付一下偶像剧是够用了,大银幕还是撑不住啊。"

"听说她最近在试刘维导演的《玲珑》,都去好多次了。这种大制作应该还是会选那种拿过电影奖的女艺人,她目前肯定是够不到的,到时候看看选了谁。她不会很没面子吧……"

…………

颁奖中途,简桃感觉腿上的手机振动了一下。

她打开一看,是闺密钟怡发来的微博截图:"真的假的?"

她粗略扫视了一下,发现说的是她试电影那件事。

简桃低头打字。

捡个桃子:"真的啊,这么好的机会,圈内无论大花、小花都试镜过很多次,因为特别重点,所以打戏、舞戏、哭戏这些都要单独试,很正常。而且导演特纠结,明年才开机,我估计女主角还要再选几个月。"

钟怡:"那你这几个月打算怎么安排?"

简桃已经有计划了,就是在想办法实施。

捡个桃子:"你知道《星夜环游》吗?"

钟怡:"知道啊,很红的旅行综艺节目嘛。"

捡个桃子:"那你知不知道,去年挺有水花的那个微电影《熹微》,就是他们的赞助商为了宣传手机拍照功能拍的?"

钟怡很明显地愣了一下:"这倒不清楚,不过这个微电影我看过,拍得还可以,蛮小清新的,当时被转到我的首页上了,我还买过那款手机。"

捡个桃子:"嗯,我看了一下,这个手机赞助商每年都换新的代言人,这两年都是从综艺节目里面直接选的。因为综艺节目播得好,他们会根据里面某个嘉宾的高光片段写一个小剧本出来,再拍的话可以互相借热度。"

钟怡:"啊,我知道了,你想参加这个综艺节目,好好表现争取一下手机代言对吧?这样的话他们就可以给你弄个微电影出来了,不过你要那个做什么?"

简桃低头打字:"因为《玲珑》的电影剧组工作人员跟我聊过,

第一章 咬一口"犬系"老公

说看我的作品都是二三十集的电视剧,担心我把握不好电影的时长,因为电影要短很多。"

其实她也能理解,毕竟长剧、短剧的表演方式确实不一样,她目前也没有电影实绩。也是因为这样,她才想证明一下,快节奏的表演方式她也可以驾驭。

捡个桃子:"正好我这几个月有档期,综艺节目曝光率也高,不亏。"

钟怡觉得她说得挺有道理:"那你和综艺节目组那边已经签好合同啦?"

捡个桃子:"还没联系到人。"

钟怡:"……"

捡个桃子:"我们公司的人和那边的人不熟,但是我翻制片人的微博,发现他关注了谢行川。"

钟怡发来个挺八卦的表情:"怎么,隐婚两年,你终于觉得你这'犬系'老公有点儿用了?"

中场休息结束,简桃继续看颁奖典礼,无奈腿上的手机振个不停。

钟怡跟疯了一样:"你是不是要上了?打算怎么引诱他?"

简桃不明白:"我为什么要引诱他?我和他是正儿八经的资源置换关系,他给我资源,我给他一定分成,有钱谁不赚啊?"

简桃继续打字:"再说了,他一拍电影就消失,电影今天才杀青,三五个月来我们这也是第一次见面,还隔着十万八千里,他能记得我长什么样就不错了,还引诱他,有用吗?"

十分钟后,钟怡才回过来消息:"喊,没劲。"

捡个桃子:"还有,为什么是'犬系'老公?"

钟怡:"你不是每天骂他是狗吗?"

"……"

终于等到今天颁奖典礼结束,简桃也收获了一个沉甸甸的奖杯——最受欢迎女演员奖。

其实这个奖她拿过几次了,雀跃的同时,她也想起钟怡发来的截图里对她的电影票房的质疑。

不怪他们嘲讽她,那两部电影的票房确实惨不忍睹,虽然业内人士都说问题不出在她身上,但这么些年来,她在电影方面的成绩也的确是一片空白。

她想做出成绩,也必须做出成绩。

这个综艺节目看似只是进行简单拍摄,对她而言,却是再次试水电影的跳板。

都说电视剧和电影有壁垒,那她为什么不能是打破这个壁垒的人呢?

不管怎么样,这是她鼓足勇气,背水一战的一次尝试。

她这么想着,表情不由得有些凝重,站到酒店电梯前,还在思考这件事。

电梯"叮咚"一声,从负一层升了上来。

这次活动地方太偏,明早又有海报拍摄活动,所以主办方直接给他们在附近订了酒店,房间号随机。

电梯门一开,简桃就看到七八个脸熟的艺人。他们应该是开自己的车,所以直接从停车场上来了。

何其凑巧,谢行川也在。

简桃牢记扣钱规定,一个多余的眼神都没给他,点头跟大家打过招呼,然后刷卡,随电梯上行。

一行人要去的最低楼层是 27 层,大家都忌惮着简桃和谢行川的关系,互相交换眼色,愣是不敢说话,狭窄的空间里弥漫着窒息般的安静气氛。

终于"叮咚"一声,她和电梯旁的男人同时抬头,一左一右地走出电梯。

她往左,谢行川往右,两个人分道扬镳,毫不相干,简直把"退避"两个字写满了全身上下每一个角落。

第一章 咬一口"犬系"老公

电梯门快关闭时,里头的人才终于松了一口气:"太恐怖了,幸好他们俩不住一起,不然不是得打起来?"

而听到电梯门关闭后,简桃回头看了一眼,根据酒店圆形的设计,她会和谢行川在另一头碰头。

顶灯光线暧昧昏黄,男人生得高挑,她懒得抬头看他,见他动作太慢,足尖踢了一下他的小腿表示催促。

"开门啊,困了。"

等会儿她还得说事。

他全程没说话,像没表情的木头人,长指拿着房卡一刷,"嘀"一声感应后打开门,简桃率先走了进去。

"砰"的一声,大门在她身后关闭。

简桃以为谢行川被关在门外,赶紧回头。

一片暗影中,男人慵懒地靠在门板上,手里还夹着那张房卡,也不取电开灯,任凭暗色蔓延。

窗外的月光洒落,许久未见的轮廓终于慢慢清晰。

他垂着眼,唇边带着少许不明的笑意,她能看到分明的下颌线和喉结线条。他今天挺人模狗样的,居然还穿了衬衫、打了领带,扣子一丝不苟地扣到最上面一颗,真不像他。

就在简桃被他笑得头皮发麻的时候,这人终于抬眼了。

他眼皮上有颗小痣,但天生一双风流桃花眼,只消一抬眼,那颗痣就被压进内双的褶皱线里,找不到一点儿痕迹。

简桃来不及感叹造物主有多神奇,只见这人微一俯身,黑暗里气息不匀,近乎耳语——

"我已经有家室了,简老师半夜还来我的房间,不太好吧?"

男人声音挺低,夹杂几分虚无缥缈的笑意,挺浑,又欠揍。

有一瞬间,简桃还真产生了他们在偷情的错觉——如果结婚证不是他们俩一起去领的的话。

他有家室?她半夜闯进来影响不好?

简桃这辈子见过很多狗，面前说话的这个拔得头筹。

"有道理，"她点了点头，然后说，"那我走？"

说完她作势就要开门，而他竟然也就悠然地倚在墙边，一副悉听尊便的摆烂样子。

"我有事跟你说的，"最终，简桃给自己递了个台阶，"你先把灯打开。"

"那不行，"谢行川抄着手，脸上看不出一点儿负罪感，"被我老婆知道怎么办？"

不知道五个月不见，他突然又在发什么神经，简桃没法理解，也不打算理解，但毕竟今晚有求于他，于是深吸一口气，努力配合他："你老婆不会知道的——她今晚很忙。"

他不轻不重地扬了扬眉尾："忙什么？"

简桃咬牙切齿地说："我今晚给她送了三个顶级帅哥，她现在乐不思蜀，不知天地为何物，不会有心思管你的。"

他舌尖抵腮，气笑了。

谢行川吊儿郎当地往后靠去，还没来得及开口，简桃趁他放松的当下，一把从他手里夺过了房卡。

商量不行，她就用强的。

她把房卡插进卡槽，房间里终于灯光大亮，那股自己"绿"自己的氛围也总算消失无踪。

简桃略微收拾了一下思绪，切入正题："你认识《星夜环游》的陈导吗？"

男人长腿斜支着地，对什么事都不大上心的模样，懒洋洋地说道："怎么？"

"是这样，我想去参加那个综艺节目，但是我的公司和那边没合作，我看他关注你了，你有没有什么办法能引荐一下？"简桃问，"你们关系好吗？"

他沉默两秒，这才"啧"了一声："你真想去？"

第一章 咬一口"犬系"老公

"是啊，毕竟他除了官方微博账号第一个关注的就是你，"简桃一颗心也提了起来，"我还以为很好介绍……"

谢行川直起身子，不置可否。

虽然他没说话，但看他的表情，简桃猜测这事确实有些棘手。

"很难联络吗？"她还是想努力争取，"如果能谈的话，我的通告费可以分你一半，你如果觉得不够有诚意的话，七成也行。"

谢行川："我不缺钱。"

有这么难？钱放在他面前他都能不为所动？

简桃："或者，条件你提。"

话说到这儿，她终于从缝隙中窥见了一丝转机——男人的手指动了一下。

"我倒没什么要提的条件，"这人装模作样地走到桌台边，"喝蜂蜜水吗？"

简桃在圈内混了两年半，对这种潜台词还是很懂的。

她立刻走到他旁边，给他接了杯55℃的蜂蜜水，看他喝完，温柔地笑了笑："甜吗，谢老师？"

"凑合。"他放下杯子，动作似乎放缓了些，从肩膀一路捏到窄瘦的腰，"腰有点儿痛。"

简桃脱口而出道："那可能是肾不好。"

谢行川看着她，眯了一下眼睛。

"不是，我的意思是，您腰不好我真的会很心痛。"简桃眼观鼻，鼻观心，把一旁的椅子推过来，"您请坐，我技术不错，先给您按一下肩膀。"

男人坐下之后，简桃略微回忆之前看过的那种视频——比较厉害的按摩老师都是怎么做的来着？

哦对，他们用手肘，这样力度大。

但毕竟是第一次用肘部按摩，简桃刚一压下去，没掌控好力道，向前一滑，整个人就趴到了他的背上，胸口也直接撞到了他的肩。

谢行川微妙地扬眉，眼底一片了然之色："怎么，想冒犯我？"

简桃："……"

看在她要求他办事的分儿上，她忍。

"你坐这儿我不好发挥，"她指了指一旁的床，"躺着吧。"

他略微沉吟："在这里不好发挥，床上就好发挥了？"

男人长睫半敛，脸上有几分意外又了然的神色，长指搭在衬衫边沿上："要不我再把衣服脱了？"

他还是这个鬼样。从他们认识起，他就爱胡说八道，嘴里没一句正经话。

简桃深深吸气，举起三根手指，坦诚地剖白："我发誓，我今天要是对你有一丁点儿那方面的想法，遭天打五雷轰，不得好死。"

男人敛起眼睫。

看到他深沉的面色，简桃终于觉得爽了。

男人趴下后，她握拳按着他的腰，心道：这件事要是谢行川真的办不成，她还得想别的办法。

手机不期然振了振，钟怡发消息过来了，先是一张图片，紧接着就是一串"哈哈哈"。

简桃点开图片一看，是今天直播的一张截图，图中微暗的灯光打亮了谢行川的半边侧脸，男人正在低头整理领带，修长的指尖向下是明晰有力的指骨，带着股神秘又禁欲的败类气质。

上方弹幕"好想知道跟他谈恋爱是什么感觉"，收获 5170 个赞。

钟怡："在干吗？是在替这 5170 个姐妹践行她们的梦想吗？"

简桃发了个问号过去："在给狗按摩。"

钟怡笑得越发不能自拔，简桃也有点儿分心，专注打字时也忘了捏拳，手指在他的后背上胡乱按着。

打完第三句话，她这才终于反应过来，偏头看去。

谢行川早已换了姿势，身下垫着半个枕头，单手向后撑着脑袋，一副好像是挺任君采撷的样子，了然地睨着她。

第一章 咬一口"犬系"老公

而他的上衣已经被她掀起,她的手正按在他的腹肌上。

简桃失语片刻,觉得很离谱,不管是这件事还是他玩味的表情:"你翻身干吗?"

谢行川:"我看你挺爱摸的,前面好摸点儿。"

简桃心想:得了,这罪我是一点儿不想再受了。

她立时准备起身跑路,结果就在她起来的当下,门铃也响了。

谢行川低头敲手机:"去拿吧。"

她回头问:"什么东西?"

"你的衣服,今晚不是要睡这儿?"

她正要开口说"我看起来像这么爱找死的样子吗",余光一瞥,看到他正在搜索"综艺陈导",于是思绪一转,立马改口:"好的。"

她还顺便配送上一个变脸笑容。

谢行川沉默半晌,抬起眼皮看她:"你挺现实的一个女演员。"

简桃矜持地抚了抚裙摆,权当赞美话听:"谢谢。"

等简桃洗完澡,谢行川还维持着那个姿势,时而打字时而眉头紧锁,看得她心脏有一阵没一阵地跳。

这事有这么难办吗?

不过目前综艺节目的嘉宾可能都定下来了,再加个人,有些地方就要重新规划,她估摸着是很复杂。

她就那么提心吊胆地看了半个小时,最终决定眼不见心不烦,躺下睡觉。

她躺下后,谢行川居然又开了电脑,去了隔壁房间打视频电话,聊了一个多小时后,才洗完澡上床来。

她开口想问什么,但他已经关了灯,调整好枕头,长叹一声后闭上了眼。

就这几声,彻底把她弄得睡不着了。

简桃翻来覆去,拱来拱去,最终决定把平板电脑拿过来看会儿剧。

平板电脑在谢行川那边的床头柜上,她揭开被子,小心翼翼地横过他的身子,手心压在他的肩颈旁。

下一秒,她的手腕被人扣住。

她呼吸一停,几乎一瞬之间被人压在身下,男人低沉而沙哑的声音就响在面前。谢行川眯了眯眼,警告道:"折腾完了没有?"

原来他刚刚没睡着?还是说他睡着被她弄醒了?

简桃不得而知,也不清楚他这会儿到底是起床气还是失眠气,总而言之,黑夜无限放大了男人的力道与不收敛的男性气息。

她闻到了浓郁缭绕的檀木香气,男人压得她胸口沉沉的,几乎喘不过气。

简桃挣扎了两下,发现没用:"我不动了,你先起来……"

但挣扎无用,她只能试图用腿去抵他,却使不上力,滑了两下。

终于,谢行川敛了眉,语调里带上了忍无可忍的警示意味:"别乱动。"

简桃想:他最开始应该只是想警告她,她却把自己向着危险越推越近。

这会儿但凡是个正常男人,没想法也被她搞出点儿想法来了。

她这么想着,眼皮发烫地别开目光,无来由地又觉得尴尬:"谢行——"

"川"字她没来得及说出口,被他连同尾音一起吞进了唇齿里。

他接吻的方式跟懒洋洋的状态完全不同,很凶,毫无章法,他的指腹滑到她的发丝里,托住她的脑袋,却是为了方便他用力。

他在这方面一向是直白的、不加掩饰的,呼吸灼热,动作加深时她能听到清晰的吞咽声,也不知道他在吞什么东西……

她耳骨滚烫,吊带从肩头滑落,炙热的薄唇落到她的耳垂上时,她终于慢慢进入状态,放松紧绷的身体,配合地闭上眼睛。

次日简桃醒过来时,腰的一圈都是痛的。

第一章 咬一口"犬系"老公

枕边已经没有人了,他通告排得早,比她早一个小时。

好几个月没"运动"了,简桃被折腾得有些吃不消,站到镜子前撩开睡裙,腰的位置有些青,应该是他用力过度留下的指印。

她皮肤嫩,稍微被碰一下就出印。简桃一边检查一边感叹,要不然怎么说狗就是狗呢,她穿上礼服什么都看不出来,但被遮住的位置,都是他摁下的青紫痕迹。

无来由地,她突然想到昨天看到的那条弹幕——自己承载了5170位女士的想法与心情。

有人殷切许愿,就有人需要为此负重前行。

她按了腰周围一下,还好不怎么疼,只是她的皮肤的原因。

简桃换好衣服,这才联系团队的人,前往拍摄地。

去拍摄地的路上,她发现自己上话题榜了,话题是关于昨天红毯上放飞白鸽的那段视频的。

奶油绵绵冰:"我不允许有人没看过这段视频!误闯森林的仙子跑进童话书里的感觉,有点儿冷的时候轻轻吸气鼓出来的锁骨太绝了。听说白鸽一开始没飞走是在计划之外,但是真的美得一气呵成,简桃的身段太好咯!"

底下评论的关注点各不相同:

"她会跳芭蕾,舞蹈功底在这方面还是很加分的,动态超好看。"

"毕竟她稳坐流量女艺人第一把交椅,五部电视剧,两部收视率破2,三部破1,观众选出来的淡颜系天花板,不会差的。唯一可惜的就是她没什么好的电影作品,挺想在影院里看到她的,她的眼神有种故事感。"

简桃看了一会儿,觉得挺赞同,特意登小号点了个赞。

上午是拍摄活动,下午又有群访,简桃没休息太久,晚上还有慈善夜活动。

这次活动被主办方玩得明明白白,办一次热度能持续半年。

很快到了晚上,简桃换好礼服,也没打算拍什么藏品,心里始终记挂着综艺节目那件事。

活动开始前,场内外都有些喧闹,她一边走一边想:也不知道谢行川弄得怎么样了?综艺节目那边提要求了吗?不太过分的要求她都能满足。

她正这么想着,工作人员朝她礼貌地笑了笑,连忙说道:"内场还在布置,估计还要二十分钟,简老师要不先去休息区坐着?"

她点了点头,结果一到休息区,仅剩的就是谢行川旁边的位子。

他正低着头打字。

正好今天经纪人不在,她又想看看他到底在聊什么,便装模作样地推拒了几番,这才"无奈"地在他身边坐下,但始终侧着头,没有看他。

好像她只是穿高跟鞋站累了,迫不得已找个位子坐一下。

整理了一下绯色的裙摆,简桃打算过几分钟,等大家将注意力挪开,她再问两句。

谢行川在一边垂眼打字,跟《星夜环游》的陈导约好了时间,确认过后,正好看到她偏头。

无人注意的角落里,她轻咬着牙关,很低声地问:"怎么样了?"

他反扣住手机,漫不经意地玩着房卡:"等会儿没通告?"

"没有,怎么了?"

他也不想多说,因为附近频频有人在看他们:"今晚结束后去我的房间。"

"今晚还要去?"她觉得很震撼,音量也不自觉地拔高几分,"昨晚不是才做了三次吗?!"

后台本就吵嚷,简桃这话一出,杂音消了一半。

众人听不清她说了什么,只隐约听出她抬高了声调,负责人连忙吩咐:"谁安排的位置?不知道他们关系不行吗?!小郑,你赶紧过去将人拉开,别一会儿吵起来了!"

今天又没有直播,他们吵起来确实捞不着好。

第一章 咬一口"犬系"老公

小郑连忙应道:"好的,好的,那我把简老师带去单人休息室吧。"

之前知道二人不对付,但他还以为只是看不惯的关系,没想到这两位圈内人缘都挺好的老师,关系居然差到这种地步,炸药包似的,坐一起也会争执。

众人哪里知道二人说的是什么话题,还真以为他们吵起来了,好几个来劝的,小郑也连忙带简桃去了单人休息室。等人都散了,简桃这才拿出手机。

没一会儿,屏幕亮了一下,备注"姓谢的狗"的好友发来一条新消息。

姓谢的狗:"我是说陈导今晚来我的房间,聊你上综艺节目的事。"

简桃持保留态度。

捡个桃子:"真的吗?"

对面的人发来一个言简意赅的问号。

收到谢行川发来的截图,她这才松了一口气,心道昨晚的示好行为也不是毫无用处的,至少他真的迅速联系上导演了。

十几分钟后,慈善晚会即将开始,简桃也走出了休息室,脸上有很淡的、不自知的笑意。

其他艺人暗中交换眼色,心下越发了然:你看,一离开谢行川,她就开心了。

晚会结束后,大家走到侧门处,进行最后一则物料补拍。

这次主办方还安排了海报拍摄活动,主题叫"出格",每个艺人都要拍,拍摄的时候,其他艺人全部作为背景被虚化了,画面中只有一个主角。

其实这部分内容在走红毯之前大家已经拍完了,只有谢行川因为新戏,来得迟了些,所以今晚的补拍活动是他一个人的。

隔着车水马龙的街市,众人全部站在一边,面对着闪光灯。

而谢行川从另一侧迈步走来,单手插在口袋里,背后是星星点点的灯火。

简桃站得靠前，还在想等会儿怎么去他的房间，愣怔间，听到导演开口："Action（开拍）！"

他步调随意，衣摆被夜风吹起弧度，闪光灯亮起的一瞬，所有人面前一片白光，而谢行川抬手，在所有人看不到他的动作的这一刻，将房卡丢进了她的手袋里。

感觉到自己的包动了动，上车后，简桃才发现那张房卡。

她略一思索，才想到他做这动作的时机。

他的胆子未免也太大了。

摄像机对着他，那么多人看着他，亏他想得出来。

简桃撇了撇嘴，这才收起神思，去了房卡上的云鹤酒店。

云鹤酒店坐落于市中心，是国内数一数二的五星级酒店，也是谢行川的常住地之一，他在那儿拥有一整套最高层的套房。

虽说谢家财力丰厚，人人都要忌惮三分，但谢行川除了顶着个谢家二公子的名头之外，跟谢家几乎毫无往来，从不仰仗家里的资源。

他起初决定入圈时，谢家人并不同意，甚至暗中进行打压，谁知道他这么争气，一部电影就直接登顶，往后热度和话题度再没下来过。

认识他这么久了，简桃从没见过他问家里要什么，一次都没有。

简桃进了酒店，又在房间里等了一会儿，陈导也带着团队的人敲了门。

她就带了一个经纪人，但应该是谢行川提前沟通过的缘故，合同的签约过程也算顺利，唯一的小缺点是综艺节目嘉宾都已定下，给她的薪酬不算多。

但简桃本也不是为了赚钱来的，因此点头点得畅快。

陈导离开时，留给她厚厚一沓旅行地图，她看得投入，连谢行川回来都没发觉。

直到浴室传来一声响动，她才终于抬起头，看到男人肩上搭着毛巾，从氤氲的雾气中走了出来。

简桃反应了一会儿，才发现经纪人也早走了——经纪人默认把她

留在了这里。

得,估计经纪人也没给她订酒店,她又得在这里凑合一晚了。

为了防止谢行川开口损她,她明智地开启了新话题:"你怎么跟导演那边说的啊?他们居然全程都没问我们的关系。"

而且导演字里行间对他们的对家身份毫不怀疑。

谢行川正垂眼擦着头发,有水珠顺着发梢滚落下来,在锁骨处汇聚成浅浅的一摊水。

他答得简单:"就说还人情。"

她点了点头,毕竟结果是好的,那昨天看似困难的细节也不必再问,省得她听了还觉得内疚。

就这样,简桃洗澡的时候又想到他沟通时眉头紧锁的模样,心想:最近自己对他态度得好一点儿了。

她一直在想别的事,连自己没带睡衣都忘了,擦拭身体时才想起来。迫于无奈,她只能围了条浴巾出去,状似自然地去翻他的衣柜,最终挑选出了一件白色衬衫。

谢行川正在平板电脑上勾画着什么,看见她的动作,不咸不淡地提醒道:"那是我的。"

"我知道,"她硬着头皮说,"我没得穿了。"

言尽于此,她没回头看他的表情,他也没再说话,只有空调的暖风声在屋子里回荡。

接下来的一整晚都相对平静,简桃准备入睡前,又看到他似乎皱起了眉。

这次她侧过头去看了一眼,他看的是很复杂的金融新闻,一堆她看不懂的专业术语。于是她没在意,安稳地躺下睡了。

结果应该是身边太久没睡人,她没睡一会儿又莫名其妙地醒了。思绪游离片刻,她偏过脑袋,去看床头柜上的综艺手册。

谢行川关上平板电脑,又察觉到她的目光,看过去一眼:"怎么,在想感谢我的方式?"

她觉得莫名其妙，启唇道："我不是已经感谢过你了吗？"

"就昨天那占我便宜的按摩？"

可能是刚睡醒，脑子介于清醒和不清醒之间，简桃理直气壮道："后来不是还有三次吗？"

男人看向她的目光意味深长，半晌后他直白地反问："那叫什么感谢？我没回馈你？"

意识到他说的"回馈"是什么意思，简桃脑子"嗡嗡"炸开，心道：这种话他怎么也说得出口啊？！

她语塞，感觉耳边跟动画片效果似的要冒气了，没好气地把被子拉过头顶："关灯，闭嘴。"

白炽灯明晃晃地悬在屋顶中央，他的声音四下盘旋。

"嗯，要完好处翻脸不认人是吧。"

简桃："那你说你要什么感谢？"

就这么沉默了十来分钟，这少爷才悠悠地打了个哈欠，熄了灯，枕着手臂随意地说道："想好再告诉你。"

一周后，《星夜环游》节目组已经准备就绪，到了拍摄宣传照的时候。

宣传照开拍之前，还有一个类似于碰头会的小会议，大概是嘉宾们聊聊天，给预告片提供一些素材。

简桃早已看过嘉宾名单，对上面不太熟的艺人也做过了功课，应该不会有问题。

她思索着开场白，不自觉地将手中的名册卷成小筒，右手握着尾端，轻敲着左手手心，一边出神一边走路。

今天天气不错，阳光暖和，她垂下眼留意着台阶，终于走到工作间外。推开门的那一瞬，她听到了惊叹和窃窃私语声。

仿佛有所感应，简桃抬起头来。

白色台子旁靠着一个人，他手里拿着几张A4纸，纸却早已被叠得面目全非，手肘旁摆着一只透明玻璃杯，窗外的光跃动其上，晃出摇晃

的光斑。

如果不是对"狗"的记忆力堪称完美,她绝对认不出面前这一条叫谢行川。

他怎么会在这儿?

简桃这么想着,也这么问出口了:"你怎么也在?"

整整一周多,他只字不提自己和这个节目有丝毫关系,今早还装模作样地说去上通告,然后转眼跟她在这里碰上。

这怎么能不离谱?这还是人干的事?!

面对她的疑问,谢行川坦荡地侧身:"我不能在?"

短短你来我往的一个回合,在众人眼里已经硝烟四起。

节目组场务疯狂地低头打字:"救命啊,千避万避还是让这两个人撞上了,简桃上来就是一句'你怎么也在',浓浓的嫌弃意味连楼下那条狗都能闻到。"

"谢行川反将一军,'我不能在'直接反击,稳、准、狠啊!精彩,太精彩了,节目的收视率得翻倍,招商不愁,要加工资了!"

简桃听不到"噼里啪啦"的打字声音,因为此刻她的大脑已经在飞速运转了。

一旁的策划圆场:"呃……谢……谢老师确实是没公布的重磅嘉宾。因为他行程比较忙,我们也是谈了半年多才谈下来的,特别难请。包括我们陈导也是找了他好多次,什么资源都提了……"

简桃:"什么时候定的?"

策划:"上个月吧。"

好,很好,本着不能让他冤死,不能太过武断的想法,简桃沉默地坐到自己的位子上,然后用防窥屏手机给他发消息。

捡个桃子:"陈导找过你很多次?节目组和你谈了半年?也就是说,你把我带到这个综艺节目里来其实很简单?"

谢行川本来正在跟导演聊天,简桃硬生生地用目光锁定了他三十秒,这才见他拿起手机,看到内容后扬了一下眉毛,然后大手一挥,发来一条消息——

姓谢的狗:"不然?"

简桃深深吸气,打字:"那你连续叹了一晚上气,打了无数个电话,一副为我牺牲了很多,激发我的愧疚之心的样子,是故意演给我看是吧?"

窗外的日光透进来,他勾了勾薄薄的唇,然后回复。

姓谢的狗:"别这么想。"

嗯,配上表情,意思再明显不过了,他就是故意的。

他就是嫌生活太无聊,跟以前上学时故意把她的书包带系在椅背上一样,纯粹就是"狗瘾"犯了。

她居然还觉得他为自己牺牲?她竟然还因为愧疚感想对他好点儿??她竟然还一忍再忍地给他按摩???

行,谢行川,你是真行。

因他"付出"而建立起来的温柔态度荡然无存,压抑数日的小恶魔也终于长出了犄角,简桃低头翻着手册,心说:谢行川,你千万别让我抓到你的把柄。

正当她翻到第二页时,导演终于起身了:"人都到了是吧?好,那咱们先做个自我介绍,互相熟悉一下,到时候这部分视频也可以剪到片子里。"

自我介绍由最左侧紫色头发的女艺人开始。

"大家好,我是潇潇,大家直接叫我的艺名就可以,很好记。"

"我是温晓霖,晓光的晓,甘霖的霖,在《长梦令》里扮演太子。网友都说我剧比人红,我也希望大家能记住戏外的我。"

…………

轮到简桃。她开口道:"简桃——简单的简,桃子的桃,大家称呼随意,开心就好。"

下一个是谢行川。

他身子微微前倾,仍旧一副慵懒洒脱的模样,眼皮半抬不抬,像

第一章 咬一口"犬系"老公

是有足够的资本,所以可以胡说八道——

"谢行川——谢行川的谢,谢行川的行,谢行川的川。"

简桃暗想:这也叫自我介绍?他在床上说的话都比这个像人话。

简桃无言半晌,没忍住跟了一句——

"好别致的自我介绍。"

对面摄像机闪着红光,摄像老师瞠目结舌地站在原地。

一瞬之间,满室寂静。

气氛诡异地安静几秒过后,简桃清晰地在可以说是见多识广的导演眼里看到了瞳孔地震的反应。

"啊,对,对,我们这个……谢老师……自我介绍确实非常别致,很有意思。"导演摆出一个惶恐又不失礼貌的微笑,火速进行圆场,"小桃也蛮幽默的。那我们开始下一个环节?"

前排的嘉宾连忙配合说"好",带过了这个小插曲。简桃撑着脸颊,看到手机屏幕亮了一下。

姓谢的狗:"哪里别致?"

她撇了撇嘴,撑着脸没回答,把手机反扣上了。

她看不到谢行川的表情,只隐约觉得有什么事在酝酿,等了半天无事发生,便又放松下来。

她微微将腿伸展开来,桌子是长窄的,她的腿很容易碰到对面的谢行川。

桌子尽头的导演仍在采访,问起嘉宾参加这个综艺节目的原因。

简桃清楚,导演这是在给预告片攒素材。

可能是为了防止简桃又跟话,这次导演让谢行川先说。

谢行川:"我参加这个综艺节目——"

男人说到这里,简桃只觉得身下骤然一动,谢行川伸腿钩住她的椅子边沿,然后迅速往他的方向拉了一下——

她向前一倾,椅子与地面摩擦,发出响声,然而桌下的动静无人知晓,看起来就像她为了和谢行川作对,故意进行了一个平地摔。

简桃对他的无耻行为感到难以置信，抬头往前看去。这人停住话音，慵懒地靠在椅背上，一副气定神闲、诸事与他无关的狗样，眼里甚至有一丝对她有如此动作的询问之色。

甩锅装无辜你是真有一手啊。

真会演，怪不得你拍一部电影拿一部最佳男演员奖呢。

她偏头朝众人笑了笑，解释道："刚才桌子下面好像有狗。"

谢行川眉心一跳。

"是吗？"潇潇连忙低头去看，"哪个工作人员的宠物跑进来了啊？"

导演："不该啊，没人带狗过来啊。"

桌下空无一物，只有谢行川那双无处安放的长腿，屈着微微叉开来。没人知道这双腿刚刚多有力，一秒钟就把简桃从桌后钩到了桌边。

简桃跺了跺脚，然后说："算啦，这狗很会藏，难找。"

谢行川垂眼把册子翻得"哗哗"响。

"可能是无意间跑进来的小狗吧，没事，估计它不会再来了。"导演说，"咱们继续录节目。"

节目录制再次进入正题，大家开始专注思考，无人发觉的空隙中，简桃微笑着咬牙看了谢行川一眼。

终于，采访进入最后一个环节，简桃回答了自己对旅伴的期待之情后，只等谢行川说完，他们就可以原地解散了。

她抬头看向对面的谢行川，他似乎感应到了她的目光，也抬起眼朝她看来。

她在桌下踢了踢他的足尖，示意让他赶紧说。

简桃："我说完了。"

停顿片刻后，谢行川不急不缓地抬了抬眉尾，徐徐说道："哦，那我给你鼓个掌？"

最后一个话题谢行川没参与，应该是无话可说，所以懒得讲，徒

第一章 咬一口"犬系"老公

留简桃双拳紧握。很快,二人转场到摄影棚内。

接下来要拍摄宣传照,每个嘉宾都有自己的单人照主题,简桃的道具是花。

透亮的玻璃花瓶里头插着几枝白玫瑰,她今天的妆刚好很淡。斟酌片刻后,她在眼皮上点了些珠光,换了浅色的唇釉做搭配。

伴随着打光就位,她侧坐在桌旁,让光透过花瓶落在自己的脸颊上,伸出手指搭在花瓶边沿,这才抬眼看向镜头。

镜头后的摄影师被这眼神定在原地。

粼粼的水纹混合着冷色调的蓝光,在她的面部中央落下易碎的光影,清冷而柔和,她像是那枝白玫瑰的本体,剥落下漂亮而丰满的花瓣,弥散着悠远的香。

圈内美人很多,却不一定所有的美都值得细品,而她不一样,她的美是一层一层递进的,是第一时间给出惊喜的冲击。

身为艺人的天赋太过专业,她第一眼就知道适配怎样的妆容和表情,并和道具互动,与画面融为一体。

怪不得那么多人喜欢拍她,她真是又美又灵。

惊叹之余,摄影师本能地按下拍摄键,五分钟便出片。

大家在显示器前看着成片,有人路过,撞了一下摄影师的肩膀:"这拍得可以啊,今天发挥这么好?"

"跟我没关系,嘉宾底子好。"

那人点了点头,没什么异议地同他交换了一个"确实很漂亮"的眼神。

单人照拍完,就到了拍群体照的流程。

群体照是绿布类型,嘉宾摆出姿势,由后期来加素材。

《星夜环游》一共六个嘉宾,这会儿只到了四个,剩下两个通告太忙,晚点儿才能来。

简桃正低头喝水,被导演拍了一下肩膀。

"小桃,他们俩还在拍单人照呢,要不你们俩先把组合照拍了?"

反正都是后期处理，拍完就能撤了，你等会儿不是还有采访吗？"

确实，再拖下去她就要迟到了。

简桃点了点头，等导演离开后，才想起自己忘了问是跟谁一起拍。

不过她和谢行川都这样了，导演应该不能这么安排吧？

能的。

三十秒后，看见推门而入的谢行川，简桃深深地吸了一口气。

怪不得导演要来跟她商量。

她全程坐在原位，看到经纪人梦姐已经站到了对面，于是牢记扣钱规定，不管换什么姿势，始终和谢行川保持一米距离。

终于快拍摄结束，摄影师脱口而出："简桃老师，能不能把手搭在谢老师的肩膀上，营造一种很亲密的——"

话没说完，摄影师猛然回神，径自摇了摇头，自我否定道："算了，不能。"

结束拍摄工作后，简桃上了自己的房车，她一旁坐着闻讯而来的梦姐。

简桃耸了耸肩，找到了杯子的吸管，有一搭没一搭地说："你也看到了，就这么个情况，签约的时候我真不知道谢行川也在。一个综艺节目，互动肯定免不了。"

梦姐沉默了一会儿，这才说道："确实，这也怪不得你，他要去的消息我们也都不知道。这样，我帮你招呼一声，综艺节目你自己注意一下，后面如果有别的合照拍摄活动，还是要离远一点儿。"

"嗯，知道了。"

公司如此规避二人互动的原因其实也很简单——简桃所在的公司和谢行川所在的盛闻娱乐是竞争对手。

简桃大学毕业那年，家庭和个人原因，在双方的需求、朋友的拼命撮合之下，她和谢行川结婚。

那会儿他正爆红，而她还是个普普通通的人，曝光极大可能带来

网络暴力,对她的生活产生全方位影响,于情于理,不曝光才是对双方最好的选择。

后来简桃随舞团参加一档节目,不过在镜头面前露面几秒,意外全网走红。节目组在平台放上了她的整段直播视频,她搭着这股东风,直拍视频点击量直破千万,甚至超过了很多出道的艺人。

有家公司下手很快,几乎是第二天就带着合同找到她。简桃看了看合同觉得不错,便拍板定下。再往后,这家公司被她现在的启新娱乐收购。

启新娱乐不愿放弃当时正红的简桃,于是只能给她立下规矩:要么她和谢行川结束关系恢复单身,要么镜头前,二人保持距离。

于是两个人就这么隐婚下来,但凡是大型的走红毯活动,一般二人的流程都会完全错开。如果实在错不开——例如前不久的合照事件,她就只能按照经纪人的指引,和他分站两个对角位置。

两家公司是谁也不想蹭到谁,也不想被对方蹭,沾上都觉得晦气的程度。简桃有时候想来,还觉得蛮好笑的。

不过她觉得公司的担心完全是多余的,以她和谢行川干架的频率,就算她不刻意避嫌,也没人会觉得他们关系好。

如果不是当时谢行川需要一段婚姻关系,她也需要一段婚姻关系,他们现在应该早就没联系了。

"对了,"梦姐问,"公司得开个会,准备一下到时候的应对措施了,导演跟你说了吗,综艺什么时候官宣嘉宾?"

简桃想了想,说:"应该是这周六。"

在当红艺人高强度的工作排期下,周六很快到来。

而这天跟简桃的任何一个工作日一样,她天没亮时起床,天黑了才结束工作。

等她回到酒店,已经是八点多了。

她这几天实在太累,本来早就说从谢行川的房间里搬出去,结果休息下来就只想睡觉,搬家的事也一拖再拖。

她打了个哈欠,刷开房间门,意外地发现里面一片漆黑,窗帘也被拉上了。

难道谢行川走的时候没拉开窗帘?

他怎么这么粗心?

她靠本能认出了床的位置,工作了一天的疲惫在此刻急需缓解。

简桃脱掉外套,身体各部位开始放松,直往最中间扑去。

身子压下去的那一秒,她敏锐地意识到不太对。

床上有人。

很快,在她身下的谢行川反手握住她的腰,应该是被人吵醒了,语调极其不爽,又低又沉:"干什么?"

"我以为你没开窗帘,打算按床头开关——"身体被人禁锢着,她动了两下,没来由地脊背发热,"你的手弄得好紧。"

他稍微松了点儿力道,大概是太困,懒得挪,只低声说道:"补拍一下午打戏,困。"

她"噢"了一声。

"别吵,"他掀开她的衬衣,指腹直接落在她的皮肤上,意味明显,哑声里掺杂着一丝气音,"吵醒了你今晚都别想睡。"

他威胁她是吧?!

她在床上躺了一会儿,想说休息片刻再起来。没想到困意也会传染,没到一刻钟,她也钻进了被窝里。

"谢行川,被子给我点儿。"

就在二人躺在一张床上酣眠的时刻里,《星夜环游》的官宣活动正式拉开了帷幕。

《星夜环游》的官宣,采用的是预热加爆料的模式。

官方微博先是依次发了四位嘉宾的剪影,然后嘉宾一一出来认领。

由于前两季节目的口碑,当晚话题就上了话题榜第八位,讨论度和热度都不错。

而简桃睡到中途起来洗了个澡，顺便看到梦姐发来的消息。

"综艺节目已经宣布四个嘉宾了，你排在明天，正好把热度推上去，所以我就没通知你，你明天配合就行。"

简桃回了个"好"。

毕竟她临时加入节目，受各种因素制约，节目组应该也有自己的安排。

次日起来，她靠在床头上缓了一会儿，这才点进微博里看大家的反馈情况。

她看昨晚大家讨论得都比较和谐，伴随着影响力扩大，渐渐也有些牛鬼蛇神加入战场。

"这阵容……隐隐觉得不行。"

"我也……这节目前两季也挺爆的吧，怎么这季一个流量艺人都没有？"

"这个项目不是重点，都押宝其他综艺节目了吧？"

"急什么？不是还有两个嘉宾没宣布？"

…………

中午十二点，《星夜环游》官方微博放出了第五张剪影照。

照片的底色为水蓝色的波纹，剪影末端下沉，晃着流沙似的粉粉颜色。

剪影中的人半倚着台面，腿微屈，慵懒地舒展开，细腰不盈一握，上下曲线起伏有致，隐约露出的指尖纤细。

《星夜环游》官方微博："她来了，猜猜她是谁？"

很快，转发里有博主开始爆料了。

娱圈挖掘机："剧透——当红艺人。"

热烈的讨论声中，这个爆料微博更是一石激起千层浪。

"怎么哪里都有简桃啊？"

"简桃身材有这么好吗？图里的人一看就是个让人惊艳的大美人。"

"哎，我们小桃就是连有人看到'当红艺人'几个字都会自动带入的人啊。"

三分钟后，简桃登录微博转发官方的微博。

简桃："很高兴加入可爱的你们，旅程漫漫，请多指教。"

配图为抹掉了剪影的原版照片，左上角赫然正是"简桃×星夜环游"的水印。

评论区一呼百应，大家全在期待：

"太好了宝贝，真的是你！"

"又能看到新鲜小桃了，谁能懂我的快乐？"

爆料博主底下那句"简桃身材有这么好吗"的截图还被发出来反复欣赏。

有人回评：

"你好，有的。"

"哈哈哈哈哈！"

官方宣布简桃之后，"星夜环游阵容"从十几个小时的话题榜稳定第六位，迅速上升至第一位。

简桃翻了一会儿大家的评论，就起身准备出发了。

今天有一个艺人朋友举行婚礼，请了她和谢行川。

她走进套房的卧室，思忖着穿什么会比较好，结果发现谢行川也在里面，正抄着手面对着一排排西装与私服。

他真算男艺人里面极挑剔的。很多人一套西服穿几年，他每套衣服只穿一次，每一套都是高定。

简桃站到他旁边："你穿什么？"

谢行川正靠着柜门，闻言挑了一下眉梢："怎么，要帮我选？"

简桃伸出手指，在几件款式不同的衣服上滑过："我跟你穿不一样的。"

他抬眼看来。

简桃："今天有合作媒体，肯定会拍照，可能直播镜头也会扫到我们。"

"穿衣风格一致的话会像商量过，被扒出来很麻烦，"她建议，"你要不穿西装？"

"我穿西装比较帅？"

"不是，因为我想穿舒服点儿的私服。"

…………

最后，懒得选的谢行川接过她挑的一套西服，解开睡衣的纽扣，当着她的面就开始换装了。

简桃定了几秒："你不去卫生间换吗？"

他动作停了一秒钟，旋即更快地将衣服扔到一旁，甚至更张扬地直接面对她，小腹上的八块腹肌耀武扬威。

谢行川嫌她有点儿小题大做地笑了笑："这也要躲？我哪儿你没看过？"

简桃很诚实："我确实没怎么看过。"

"行，"他说，"下次开灯。"

简桃一时被他震撼到失语。

这也是人能说出来的话？！

二人兵分两路，谢行川先出发。

等上了自己的房车，简桃才发现经纪人居然也在。

简桃有些惊诧："你怎么来了？"

梦姐挺操心："还不是怕你们被拍？我在车里等你，就算被拍到了也好处理问题。"

车门自动关闭。

简桃脑袋抵着窗玻璃，忍不住有点儿想笑。

"放心，他们就算是没的拍了，也不会觉得我和谢行川能有一腿。"

梦姐:"话是这么说,但不怕一万,就怕万一。你现在可是公司的一姐,有点儿风吹草动高层都得急。"

简桃倒也没觉得自己有那么重要,但公司的顾虑她都懂。所以她轻扬了扬嘴唇,表示自己听进去了。

接下来的几分钟没人说话,房车轻晃着,她也有些犯困了。

还不是谢行川——他睡得早醒得也早,害她六点多也醒了。

简桃打开一旁放着的毛毯,靠在椅背上,打了个哈欠。

李梦聊完工作,随意偏头看了她一眼,目光便没再收回。

作为经纪人,李梦从来都知道自家艺人拥有怎样的优势。

简桃这张脸就代表了绝对的观众缘。

她睫毛不浓,但是很翘,标准的中式美人,鹅蛋脸、高鼻梁,一双杏眼含羞带怯,最关键的是鼻尖上有颗痣,那是她最具辨识度的地方,让人看过就不会忘。

她的嘴唇也一直保养得很好,嫩而软,几乎没什么唇纹,她早年第一个卖爆的代言产品就是浅桃色的唇膏,一年送过来的唇部代言产品数量都是两位数起步。

她只是因为长得太漂亮,才一直被人误认为没有实力。

简桃本来想睡觉,但车已经快到婚礼会场了。她缓缓睁开眼时,注意到了梦姐的眼神:"在想什么?"

"在想,真是便宜谢行川了。"

车在停车场侧边泊好,简桃提着裙摆下了车。

她今天穿的是一条简单的小香风长裙,颅顶编了两股头发,既能配合媒体拍摄,又不会过于华丽抢走新娘的风头。

很快,侍者带着她向前走去:"您上前面那辆摆渡车就好,会带您到正厅会场。"

简桃拉开摆渡车的帘子,里面只剩下一个座位了。

谢行川就坐在一边,听到声响,抬眸淡淡地扫了她一眼。

第一章 咬一口"犬系"老公

托他的福,就这一眼,简桃的脑子里回荡的都是"下次开灯"。

她脑子开始"嗡嗡"发麻,这种感觉连带着传递到指尖上,她的第一反应就是快逃。

"我走过去吧,会场在哪边啊?"她笑着转头同侍者说道,"正好散步,很久没拍照了。"

很快,摆渡车穿过小道一路向前驶去,简桃则拢好外套,沿着花坛漫步。

这次婚礼场面盛大,自然邀请了媒体。直播的无人机盘旋在上空,短暂地切了一下简桃和摆渡车背道而驰的画面。

直播间的观众纷纷发弹幕:

"是简桃吗?她没坐摆渡车啊?"

"车里坐着谢行川呢,懂的都懂。"

"这么冷的天她宁可步行也不坐车,他们俩的关系真是差得稳定。"

…………

十分钟后,简桃到了会场。

里间暖和,她可以脱去外套。

这次的座位上没标名字,但每桌有基本的安排,所以她没太在意,低着头看起了旅游攻略。

等她再回过神的时候,这桌旁已经坐满了人,对面的人朝着她身侧的方向攀谈道:"确实,我也很喜欢谢老师那部电影,哈哈哈。"

谢老师?

简桃缓缓转头,男人玩世不恭的侧脸撞入眼帘。

面对众人的吹捧,他显然司空见惯,因此兴致缺缺,大拇指和食指夹着手机来回在转。

简桃只看了他一瞬,很快收回目光,从微信上找到谢行川。

捡个桃子:"你怎么坐我旁边?"

很快,对面的人回过来一个问号。

紧接着，偏暗的场地中，她感觉男人倾了倾身，似乎这才腾出空看了一眼旁边的人是谁。

姓谢的狗："没看清。"

她无语两秒，心说：现在才发现是我是吧？

她大人有大量，不和他计较，越发奇怪道："你们坐摆渡车怎么比我走路还慢？"

姓谢的狗："中间倒回去接人了。"

婚礼的等待时间总归是无聊的，她有点儿饿了。

捡个桃子："等会儿有什么菜？"

姓谢的狗："我帮你去后台问问厨子？"

很快，大家的话题又转移到了简桃身上，有人问她今天的头发是怎么编的，她分享了视频，又有人发现别的细节："谢老师今天这个领带结好别致啊，我好像没见过这么打的。"

这话一出，众人纷纷把目光挪到他的领带结上，看和别的男士有什么不同。

简桃倒是一点儿不好奇，都没抬头，因为那就是她打的。

今早，就因为在他打领带结的时候说了一句"每天都这么打不腻吗"，她就很倒霉地得到了一个摆烂的谢行川，和一个得由她善后的领带结。

好在她有如此一双巧手，之前拍戏时学的打法还没忘。

"埃尔德雷奇结，"谢行川简单地概括，"稍微有点儿考验耐心。"

她眉梢一挑，撇了撇嘴：这人倒是连她的讲解都抄过去了。

这种时候不炫耀一下说不过去了，简桃迅速戳开对话框，发了一个戴墨镜的小黄脸表情。

她浑然不知，因为自己和谢行川流量加身，这一幕也被导播切进了直播镜头里。

短短几分钟，弹幕刷了一片：

"谢行川这个领带结我也没见过，搜索中。"

"简桃一眼都不看啊？她不好奇吗？"

"我算是看明白了，只要有关谢行川的事，简桃是真的一点儿都不在乎。"

"她甚至好像还嘲讽地笑了笑？"

"哈哈哈——她真的好可爱啊，在圈内人缘好是有名的，偶尔有一两个人让她看不惯也能理解啦，真实美女。"

这个画面结束后，导播又将镜头切到了台上，婚礼终于要开始了。

流程都大差不差，礼炮声后仪式结束，新郎、新娘也开始敬酒。

简桃看着新娘的背影，一时有些恍惚，想起了自己和谢行川结婚那会儿的情形。

领证后二人达成共识，没怎么办婚礼，一开始不能说相敬如宾，但也算清净。

他们不会住一起，不会发消息，只是需要对方时拉出来用用，不需要时，就连微信对话框也是放在那里落灰。

他们的蜜月旅行也延后了很久，如果不是谢家人怀疑，可能蜜月旅行也不会有。她当时已经入圈了，知道圈内总是少不了酒局，跟谢行川在吉隆坡时便说要练练酒量。

然后她就把自己喝醉了。

据谢行川所说，那晚是她主动的。

简桃记不太清，但对这套说辞绝对是不信的。她就算没长脑子也知道肯定、绝对、一定是谢行川动的手。她怎么可能做那种事？但她也因为实在记不清，醒来的第一个念头就是：亏了。

她那时候还在摸索演技的阶段，老师告诉她，演戏是对生活的一种体验和反馈。那她都体验过了，不记得不是很亏？

那会儿的谢行川正在洗澡，声音透过浴室玻璃传出，沉闷缭绕："你的意思是你还想再试一次？"

她其实也没这意思，但他这么一提，她又觉得也可以。

但她在门口站了半晌,他也没动静。简桃转身欲走:"你不愿意就算了。"

男人嘛,对这种事哪里有不愿意的?

紧接着,她的手腕被他一把抓住,然后她陷进浴室无垠的雾气里……至今都记得他握住她的腰时毫无收敛的力道,以及肩背磕上瓷砖时冰凉的触感。

有一有二就有三,后来他们的关系就这么维系了下来,每次都是谢行川主动发起进攻,而她一看到他那张脸,就觉得好像也没什么拒绝的必要。

所以男人赏心悦目,真的很重要。

谢行川也就在这方面有点儿优势——他无论是脸还是身材都是极品,除了有时候嘴是真的什么话都说得出口……其余的都在可接受范围内。

想到这儿,她意识到自己好像被谢行川传染了,人家在办婚礼,她在底下想什么啊?

简桃连忙收回思绪,夹了两筷子面前的菜。

就在此时,《星夜环游》的最后一条官方宣传微博,卡在一点半准时发送,仍旧是剪影图片——正中央的人坐姿随意,手中似乎拿着个游戏机,长腿屈起,手肘顺势搭着,脸部轮廓让人看不清。

《星夜环游》官微:"最后一位神秘嘉宾,会是你想要的吗?"

有博主紧接着爆料,言简意赅的三个字:"谢行川。"

大家正愁没地方聊呢,短短几分钟,评论直破五千。

"关注你好久了,第一次见你这么幽默。"

"你是看到简桃和谢行川今天的讨论度高,挑着他们俩薅?"

"谢行川和简桃?那是旅行综艺节目吗?那是恐怖综艺节目!"

这条微博被路人四处转发分享,成为今日最佳假料,甚至因为太过好笑,还关联了词条。

"搞笑"词条登入上升话题榜时,谢行川收到消息,回关《星夜环游》

官方微博，酒足饭饱后，悠悠地按下转发键。

谢行川："后天见。"

他连表情都懒得打一个，却在短短十分钟后引爆网络。

两点整，微博瘫痪。

即使在微博瘫痪的十分钟里，谢行川的微博和官方微博的评论区，评论都在呈几何式增长。

微博恢复之后，所有人都感受到了绝对的震撼效果。

"有没有一种可能是我现在在做梦？他们是不是彼此不知道阵容啊？"

"能让他们俩答应同台，不知道节目组花了多少钱。"

"十五分钟了，我在难以接受之余又感受到一丝刺激……"

"嗯，朋友是圈内的，说这一个小时投资商新加了三个。"

"哈哈哈——谁不爱看当红艺人吵架啊？"

"希望节目组一刀不剪，我想看他们最真实的沟通情况。"

"…………"

最终，千言万语汇成一句话，这句话成了《星夜环游》官方微博热评第一——"你们是真有钱啊。"

微博上网友讨论得热火朝天，饭局上同样如此。

消息曝光后不过三分钟，婚礼现场已经尽人皆知。

简桃没想到官方微博居然会在这时候宣布消息，听着此起彼伏的讨论声音，心道：一个综艺节目宣传居然能搞出当红艺人曝光恋情的阵仗，也得益于她和谢行川这些年勤勤恳恳、兢兢业业地装不熟。

哦，他们也没有装不熟，是真不熟。

她低着头，企图在偏暗的灯光中完全隐藏起自己，以免人家直接跳到她面前来"吃瓜"。

但不管她怎么给自己洗脑，还是抵不过周围的人看过来的各种各样的目光。

婚礼结束时，终于有和她关系不错的艺人同她附耳："你为什么会答应和谢老师一起录综艺节目啊？今天有他的车你不是都不愿意坐吗？"

简桃想了想，给出一个也不算错误的回答："过得太快活了，给自己找点儿事做。"

谢行川抛起手机的手指停在半空中，他微皱着眉，眼神向她输出一个清晰的、镇定的……问号。

回到酒店之后，简桃换好鞋子，看到大厅中央放着几个快递。

这应该是服务生给他们送上来的，全都是她给旅行准备的，因此她连椅子都来不及找，就盘腿坐在地上，捞过来一把快递刀，迅速拆开快递。

谢行川洗过手，从卫生间里走了出来，侧头看了她一眼："买了什么？"

"小风扇，"她举起东西示意，"新西兰天气虽然比国内好点儿，但我们过去正是夏天，旅游又要到处跑，带个小风扇有备无患。"

对她买的这些小玩意儿，谢行川从来都看不上眼——从高中起就这样。

"你一个人用五个？"男人抬眼，"替换装？"

"给所有人都买了呀，这是团队旅游，当然要为大家着想。"

他也没说什么，径直掠过她身边，打算看会儿电影。

结果他走出去两步，察觉到不对，停下脚步，回过身来："你给所有人都买了，六个嘉宾买五个。"顿了顿，他问道，"怎么，我不是人？"

简桃惊讶地眨了一下眼："这都被你发现了？"

谢行川舌尖抵了抵腮，又被她气笑了，作势就要蹲下，也不知道是不是想抢她的小风扇——

简桃手疾眼快，从盒子里拿出另一个绿色的小风扇递到他面前。

第一章 咬一口"犬系"老公

"我不能跟你用同款的东西,就给你买了别的,你现在装着,到了那儿就说是团队给你准备的。"她思虑周全,"其他人的我到时候再发。"

简桃拧动一旁的开关:"你看,这个上面还会喷雾。"

谢行川无言以对,垂眼接过小风扇,面上神色复杂难言,屈尊似的按了一下出水键,一阵雾气喷出。

也不知道是不是他从来没用过喷雾或者注氧仪,他的眉头甚至还动了动。

简桃最看不惯他这个人不人狗不狗的表情,撇了撇嘴,一把夺回了小风扇。

"不喜欢还我,没品位。"

她拉开箱子,一把将他的那个小风扇塞进最里面,作为自己的备用品。

拆完快递,她就去洗了个澡,然后裹着浴袍开始提前收拾行李。

男人在这方面一直是不怎么准备的。谢行川就靠在老板椅上,将电视调到电影频道,手垫在脑袋后面漫不经心地看着。

可能是到了广告,他嫌无聊,分神往她这边看了两眼。

简桃做了很久功课,这会儿分享欲正强,见他看过来,连忙展示起了自己的绝妙大计。

她抽出一个盒子举到脸边:"烧烤小锅。"

谢行川:"你过去还要烧烤?"

"在草原上,几个人围在一起,在亮着灯的小帐篷旁边烧烤难道不是最好的选择吗?"她为自己的想法感到惊叹,"烧烤纸上抹点儿黄油,然后肉片在上面被烤到焦香,如果再有一杯汽水,简直完美。"

谢行川没说话。一般来讲,他不否认就是肯定了。

因此简桃更加膨胀,继续炫耀自己的装备。

"火锅底料。火锅九宫格,插电就能煮。

"麻酱和拌饭的酱,到时候万一有地域差异吃不惯,我们起码不会挨饿。"

谢行川抬了一下嘴角："你怎么不干脆把厨房搬过去？"

知道他是在讽刺自己，简桃也不甘示弱："你以为我不想？"

她再装了几个东西，箱子就已经有些合不上了。

里面有些物品是可以压缩的，因此简桃把箱子往下压着，想用力合上箱子，但摁了半天，拉链还是扯不动。

可能是她吃力的背影挡住他看电视了，下一秒，她听见脚步声响起，谢行川走到了她身边。

他直接把箱子一侧，用右手压住，左手处理拉链，在她手下怎么都不听话的箱子被他一按就双面服帖，拉链合拢的声音迅速又清脆。

他提起箱子掂了掂，这才将其提到门边，整个动作一气呵成，连粗气都没喘。

放下箱子之后，他又顺势侧靠在墙边："还有没有？"

她不否认，大多数时候这个人又贱又懒，但某些时刻是挺有"男友力"的。

"目前没有了，买的有些东西还没到，"她说，"装点儿脸部防护的东西。"

"比如？"

"比如防晒霜，我们不是要去新西兰吗？那边紫外线很强，得用高指数防晒霜。"

简桃从抽屉里拿出了一个小白管："SPF50（SPF 指防晒指数，SPF50 指能提供长达 50 倍的保护），PA＋＋＋＋（可延缓肌肤晒黑时间 16 小时），物理防晒不用补。你带防晒霜了吗？不然有可能被晒伤。"

大概是她一长串的介绍勾起了他的兴趣，谢行川凑近了些，问道："你这好用吗？"

"好用啊，化学防晒是消耗里面的物质抵御紫外线，所以要补涂，物理的不用，但是一般物理防晒肤感都不是很好，我这个就很轻薄，也不假白。"

谢行川伸手。

简桃晃了晃管身，倾身说道："给你也不是不行，但有个条件。"

他略微直起身子，垂眼看着她，以为她下一句话就是"你得给我磕个头"。

简桃想了想，诚恳地说道："我是代言人，你用的时候得把产品logo（标志）露出来。"

话音刚落，她就看到谢行川是真的无语了。

又经过了一天的准备时间，次日早上，他们准时出发。

简桃下单的时候没感觉，到了打包行李时，才发现一两个箱子远远不够。

她装了整整三箱东西，还背了个包。

谢行川比她随便多了，就一个黑色箱子，还没装满。

在他开门准备出去的时候，简桃跳到门后，攀着门边沿，很是谄媚地看着他另一只空闲的手："哇，你有两只手啊。"

谢行川洞悉一切地看着她，然后伸出手指点了点自己的脖子。

"我还有个脑袋。"他说，"你看，要不要在我的脑袋上再挂一个？"

她本来只想让他帮自己拎一个箱子，但他挺自觉，把经纪人也叫了上来。

经纪人见他破天荒地拿了三个箱子，言语之中不失慨叹之意："你改行了？这两箱东西都是你给大家派的心愿礼物？"

空旷的走廊中，传来谢行川忍无可忍的声音——

"闭嘴。"

上午十点，六个人准时在机场会合，然后一起出发。

简桃刚到贵宾待机室，潇潇就迎了上来，满心欢喜地拉住她的手臂。

"小桃姐，我们等会儿坐一起可以吗？"

之前拍宣传照的时候二人加了微信，潇潇说很喜欢简桃的戏，加上要一起出去玩，她们这几天聊得就比较频繁。

简桃笑了笑："可以啊，人到齐了吗？"

"还差于雯老师就可以出发了！她应该马上到！"

很快，六人团队出发，飞机上大家聊了好几个小时，这才沉沉睡去。

简桃根据自己做的功课，以及和导演团队的沟通情况，差不多知道了大家在团队中的角色。

除去她和谢行川，还有四个嘉宾。

潇潇是年纪第二小的，还在读大一，童星出道，笑点比较低，能活跃气氛。

邓尔是最小的弟弟，臭屁小鬼，是潇潇的捧哏，两个人随时随地能来一段相声。

于雯老师是最年长的，充当团队中的知心姐姐角色，阅历丰富些，也压得住场。

还剩一个是温晓霖，之前简桃见过的，影视爆剧里的常年温柔男配角，话比较少，但会笑着看大家聊天。

总之，嘉宾各有特色，简桃还是挺期待接下来三个星期的旅行生活的。

节目组收了大家的私人手机，接下来，他们都要靠节目赞助商的手机进行联络。

这点简桃有些发愁，毕竟她和谢行川还得沟通，如果她登了私人微信，万一到时候节目组为了播出素材导出消息记录，不小心把她和谢行川的真实关系导出来了，那她估计也要被公司"导出"了，还得赔钱。

于是简桃努力搜索，搜到了一个聊完就能销毁消息记录的软件。

飞机落地时已经是深夜，久违的暖和天气，大家打着哈欠脱掉外套，然后按照导演的指令，纷纷行尸走肉般下去拿行李。

简桃看到谢行川还在睡，自己也装睡了一会儿，等人都走空了，

第一章 咬一口"犬系"老公

确认没有摄像机跟拍，这才坐到他旁边。

她伸出手轻拍他的肩膀："谢行川，扫一下这个再睡。"

谢行川直接把手机扔到了她的怀里。

这人真够懒的，她暗暗吐槽。

简桃用他的指纹解了手机锁，给他随手起了个ID（用户名），这才把他的号加入自己的房间，然后又研究了一会儿。

谢行川悠悠转醒，支着脑袋偏头看着她，动了动眉梢，声音喑哑地问："干什么，传销？"

"我找了个可以销毁消息记录的软件，到时候我们私下联系就用这个。"

"非私下加干什么？"他问道，"不是有群？"

或许是正在做的事让她有点儿紧张，简桃怕被人听到，情不自禁地压低声音："那我万一要找你呢？"

他无奈地笑，学着她凑近，用气音问："找我做苦力？"

男人的气息喷洒在耳垂上，她木了一阵，还有点儿不习惯，等再抬头时，他已经下了飞机，手里提着行李——满满的三个大箱子，全是她的。

今天不录制节目，节目组先安排大家睡觉。

他们今天暂时住的是一个民宿，因为太困，大家都没仔细研究，直向床奔去。

两个女生和于雯老师住楼下，三个男生住楼上。

洗手台只有两个，简桃等她们洗完睡下，这才拿出水乳准备卸妆。

往洗漱袋里看了看，她愣怔了三秒，又翻了翻箱子，脑子里冒出一个画面。

没想到用上软件的机会这么快，她火速敲开和谢行川的对话框，迅速输入文字。

另一边的谢行川刚脱掉上衣，瞥见手机亮了一下。

043

捡个桃子:"完蛋。"

捡个桃子:"我的洗面奶掉你包里了。"

咬两口姓谢的狗

第二章

给谢行川发完消息之后,简桃再度确认了一下,她的包里确实没有洗面奶。

应该是早上自己的包离得太远,她顺手就将洗面奶扔他那儿了,结果忘了拿。

她目光在洗手台上扫视了一圈,看到谢行川的消息也回了过来。

姓谢的狗:"室友也没有?"

她低头敲字:"我刚才也在看,但是她们睡着了,我没问就用不好吧。"

更何况大家肤质不一样,她用自己的东西肯定是最好的。

想了想,她继续发消息:"你离我不就两步路?"

对面的人过了一分钟才回:"行,那我给你送下去,姑奶奶。"

很快,楼梯上响起脚步声。

简桃像只被踩到尾巴的猫,拿起手机一顿狂敲字:"你别走这里呀!这边有摄像机!!"

"姓谢的狗"发来一个言简意赅的问号。

捡个桃子:"我刚才观察过了,你从后门那个楼梯下来,那边没有摄像机。"

姓谢的狗:"我们现在是在偷情?"

简桃觉得费解,不明白这种话怎么会从他嘴里说出来:"我们是什么关系,你不知道的吗?"

终于,楼上的脚步声从楼梯口远去,她松了一口气。

为了防止被认出,她披了件民宿通用的浴袍,装作要上厕所般从后门离开。

简桃绕到了后门草坪处。因为临湖,对面又是其他客人的房间,所以节目组并没有在这里放置摄像机,这里相对安全。

她侧身,看到隐在半边暗影中的男人,手里提着个黑色挎包。

简桃走近:"你怎么提着包下来?"

"不知道你的洗面奶是哪个,"这人讲话有点儿阴阳怪气的味道,

第二章 咬两口 姓谢的狗

"拿错了简老师不是又得怪我？"

"你别把我说得这么——"她低头翻找着洗面奶，无意间抬起头，然后发现了盲点，"你怎么没穿上衣？"

这人居然赤着上身，穿了条长裤就下来了。

"嗯，"谢行川了然地睨着她，"又开始了是吧？"

似乎是想到她刚才聊天输入的最后一句话，他微微俯下了身子，玩味道："我们是什么关系？"

这话听着像询问，又像挑衅。

简桃张了张嘴，正想回答，突然听到身后传来推门的动静。她身体不受控制，骤然一个箭步上前，把谢行川抵在树上，然后解开自己的浴袍外套，从外面将他包了起来。

她没有勇气回头，耳边一阵嗡鸣，只能闭眼祈祷来人不要看见，不要凑近，更不要发现她现在居然跟没穿衣服的谢行川待在一起。

简桃小声说道："你把头低下来了吗？别说话啊。"

又过了不知道多久，时间仿佛已不是她能估测的，但察觉到不对，她缓缓抬起了头。

谢行川跟没事人一样，斜斜地靠在树上，欣赏着湖面上的风光。

简桃皱眉："你为什么这么光明正大地抬着脸？"

谢行川懒懒地说道："因为人早走了。"

她无语片刻："那你怎么不跟我说？"

"我看你好像很沉浸的样子，不方便打扰你。"

有如遭到当头棒喝，她被谢行川的无耻行径震惊到失语。

似乎挺纠结之前那个问题，他又重复了一遍："我们是什么关系？"

话音刚落，男人又将贴在自己身前的她拉开点儿距离，正直地说道："我不认为我们是可以这么毫无底线的关系。"

她稳定血压般深深呼吸。

他说"下次开灯"的时候可不是这个狗样。

简桃实在没话说了，现在只想尽快让他消失在自己面前。

"上楼吧，"她说，"你还有什么话，去梦里说，我反正是听不下去了。"

第二天七点，导演组的人喊大家起床。

大约七点半，大家简单地弄了一下妆发，然后在餐桌边坐下。

节目录制即将开始，工作人员正在挨个儿给嘉宾戴麦。

大家一边吃早餐一边闲聊，趁年长的于雯老师还没来，潇潇低声说："昨晚于老师在用房间里的厕所嘛，所以我就去外面大厅上厕所了，你们猜我看到什么了？"

简桃还没完全清醒，捧起杯牛奶迷迷糊糊地问："看到什么了？"

"好像有情侣在草坪那里拉拉扯扯！"

一口牛奶呛到嗓子里，简桃咳嗽半天，脸颊也随之弥漫上可疑的红晕。

潇潇："你别不信！男的都没穿衣服，女的用浴袍把两个人包着，然后——怎么了简桃姐，你捂我嘴干吗？"

简桃撕下一片面包塞到潇潇的嘴里，尽量让声音维持平稳，娓娓道来："这面包挺好吃的，你尝一下。"顿了顿，她继续说道，"我昨晚应该也看到那两个人了。"

潇潇："是吧，是吧？"

"不过我觉得你说的那个……拉拉扯扯……"她感觉到大脑皮层也在跟着升温，声音几乎是从齿间一点点地挤出来的，"那个什么，不太可能。"

潇潇很有好奇心似的问道："为什么？"

简桃垂眼咬着面包，嗫嚅道："因为我看到那个女生还挺好看的，至于男的，就那样吧。"

谢行川正垂眼喝牛奶，闻言眉心微微一动，抬头危险地看着她。

她装作没觉察到他的目光。

很快话题被揭过，大家吃完早餐，整装待发。

第二章 咬两口 姓谢的狗

简桃独自走到门口透气,手机振动了一下。

她拿出手机一看,是谢行川发来的消息。

"你脸红成这样,生怕别人不知道是你本人吗?"

简桃振振有词地说:"我那是被牛奶呛的!"

说完,她又有点儿怀疑:她的脸真的很红吗?

她拿出镜子照了照,又在脸颊处补了点儿粉,这才将红晕压了下去。

大家在门口的空地上集合,听导演宣读一天的任务。

"今天是我们新西兰之旅的第一天,节目组工作人员贴心地为大家准备了必玩项目之一——冲浪。

"但是节目组没有为大家准备经费,所以你们接下来的所有活动和餐饮费用,必须由你们自己来赚。"

简桃惊得反应都慢了半拍:来之前导演没说这个啊。

潇潇更震惊:"我都做好最坏的准备这是穷游了!导演,你们连穷游都不如啊?!"

邓尔一句欢呼声卡在喉咙里,硬生生变了调,一脸嫌弃的表情:"哥,你离谱吗?"

导演组的人要的就是这个效果,一群人坐在嘉宾对面,笑得幸灾乐祸。

"今早的饭钱、这些天的住宿钱,算是大家赊的。希望大家尽早赚够钱,先把资产变成正数,加油!"

简桃:"合着我们现在还欠账是吗?"

她这一句话,终于让凝固的气氛破冰,潇潇忍不住笑出声来:"老师你们猜,我如果想用自己赚的钱旅游,我为什么要来这个综艺节目?"

导演想了想,回答:"为了磨炼心性?"

"为了尝遍这世间的险恶。"潇潇扼腕叹息。

"所以钱怎么赚?应该有任务。"

终于有人把谈话拉回正题,简桃侧头看向开口的谢行川。

导演:"下午五点之前,大家可以前往牧场进行剪羊毛的工作,根据工作量结算报酬。今天赚够钱的话,明天我们就可以去冲浪,没赚够明天会有别的赚钱任务。"

简桃福至心灵,突然直起身问:"那我不去玩,能不能不赚钱啊?"

空气短暂地凝滞了一秒,导演被她噎住,一秒过后,摄制组内爆发出巨大的笑声。

她听见身旁似乎也传来男人的气音,谢行川抄着手,在光下垂着眼笑。

"我赞同。"

潇潇:"我也赞同!"

邓尔:"我举双手赞同。"

六个人齐声赞同,导演执行一票否决权,将全体嘉宾送到了剃羊毛的牧场。

羊毛难剃,大家学了会儿才上手,一只羊分配给两个人,一人负责抓住它的四肢,一人负责剃毛。

为了明天不再工作,大家都很认真,剃完一只有人去送羊毛,另外的人就留下来帮其他人的忙。

简桃低着头,勤勤恳恳地工作着。

这只羊剃毛结束,邓尔去送羊毛,不过几秒,另一只羊就被补了上来。

简桃垂头,正准备剃毛,发现捉住羊的这双手好像有些熟悉——骨节分明的手指修长利落,指甲的弧度修剪得齐整,手背上能看见清晰的脉络。

她下意识地偏头看去,对上了谢行川那双显得漫不经心的眼睛,正午的光打下来,在他的发尾落下摇晃的碎金光芒。

他脸上没有任何表情,鼻梁高挺,眼皮上那颗小痣又被放了出来,在强烈的光照下显出失真的浅棕色。

不可否认,他这张脸是真的挺帅。

第二章 咬两口 姓谢的狗

这种时候没空避嫌了，主要任务是赚钱，她看了他不过一秒，就像是为了确认来人是谁，然后迅速低头开始剃羊毛。她剃完一面，谢行川把羊翻了一面，她又迅速剃好另一面。

简桃分神片刻，心想：这些天，他们好像是熟了一点儿。

潇潇和邓尔在一旁闹得不可开交，很快，简桃身旁的人又换了。

大家就这么剃了一下午的羊毛，也有很多突发状况，给节目播出提供了不少素材。下午五点，他们的打工生活终于结束。

嘉宾们在大厅里等着，看一共剃了多少斤羊毛，能结算到多少钱。

等待的时间太无聊，刚好有一些多出来的零碎羊毛，简桃把它们揉成一团，在包里翻了一会儿，找到了一支做羊毛毡的戳针。

二十分钟后，导演组的人带着他们的工资降临，简桃也完成了自己在异国他乡的第一个作品——一只白色的玉桂狗，玉桂狗怀里抱着颗星星。

她将玉桂狗递向一边的潇潇："送你，要吗？"

潇潇早就观察了简桃很久，此刻忙不迭地点头，将玉桂狗挂在了自己的书包上："好可爱呀，你怎么连这个都会做？"

"以前高中学的。"简桃耸肩，"我怕旅游坐在房车里无聊，就带了一些工具打发时间。"

谁知道她根本没这个闲工夫，连房费都得自己赚。

这边条件有限，但幸好节目组有跟着的化妆师，她用彩妆盘里的一些眼影，完成了腮红和眼睛的着色。

成品没那么精致，但远远看着效果没问题。

她只当是做着玩，谁知道潇潇的包就放在最外侧，好几个路过的牧场员工对玉桂狗很有兴趣，问潇潇是在哪里买的。

潇潇英语不好，只能求助简桃，简桃跟对方交流后才得知，这种手工玩意儿在集市上卖得很好，牧场员工还夸她的手艺都能去赚钱了。

这会儿导演也将装钱的信封打开了，他们今天赚的钱还不够，明天上午还得来——或者去干别的工作。

一阵哀号声响起，十八岁的邓尔闹得最厉害："太热了，我不想在这儿被晒了！"

简桃想了想，问导演："能去干别的活儿吗？"

导演说行："你们如果不想再剃羊毛，明天可以去……"

没等导演说完，简桃说道："那我自己摆摊吧。"

导演愣了一下，就听到她说："至少不用晒太阳了，而且小东西成本低，这边就有羊毛，原料成本不贵，就算不成功，也不损失什么。"

潇潇："而且要是赚了钱，总比在这里剃羊毛好吧！"

导演组工作人员商量过后，觉得摆摊的节目播出效果肯定很好，于是点头同意："那明天上午小桃和潇潇去摆摊，其他人做任务。"

"可以，这样就算她们没赚到钱，还有我们补上，"邓尔转头看向简桃："不过小桃姐姐，我还是希望你们能多赚点儿钱，当个大腿给我们抱。"

简桃笑了一下："我今晚把明天要卖的东西做好，争取不让大家失望，起码赚六个冰激凌回来。"

导演组的人定好了明天的行程，接下来就到了晚饭时间。

导演组工作人员："你们看晚饭想去哪里吃？可以从我们这里赊……"

简桃："不如回去做？"

大家附议："我觉得行，不然一天的工又白打了。"

潇潇很兴奋："小桃姐，你会做饭啊？"

简桃顿了一下："我不太会。"

但是谢行川会呀。

镜头没拍到的地方，谢行川冲她扬了扬眉梢。

很明显，男人已经洞悉了她这一肚子坏水。

她把后面的一句话咽了回去，咳嗽两声掩盖道："但是六个人，一个会做的都没有吗？"

第二章 咬两口 姓谢的狗

从节目开拍就很寡言的温晓霖终于在此刻开口,笑道:"我会做,那今晚由我来吧。"

"太好了,"潇潇仰头,"还清节目组账单指日可待!"

擅长挖坑的节目组工作人员又无奈又没辙,笑着摇了摇头。

接下来,三位男士负责去买菜,女士们先回民宿休息。

车上,简桃闻到不知道哪儿飘来的香味,一边戳羊毛毡一边感叹:"什么东西这么香?像章鱼小丸子。"

潇潇趴在车窗上,朝外看了看:"你应该是太想吃所以饿出幻觉了,外面什么都没有。"

"不过邓尔他们去的地方应该有卖章鱼小丸子的,小桃姐,你要不让他们给你带一份?"

于雯也在一旁点头:"毕竟你今晚还得工作,让他们给你带一份吧,不先填饱肚子,动作怎么快得起来?"

简桃本来没那么想吃,被二人劝说一轮,食欲已经被勾起来了。

大不了她明天把小丸子的钱赚回来,然后还给导演组。

她拿出手机,点了点头,说道:"那我和他们说一下。"

很快,街道上的邓尔收到信息。

看完后,邓尔下意识地望向谢行川:"哥,小桃姐姐说想吃章鱼小丸子,让我们回去时给她带一份。"

谢行川:"这哪儿有卖的?"

"那我也不清楚啊,但估计是有的,"邓尔说,"要不哥你搜一下?"

谢行川拿出手机,发现简桃应该是怕邓尔看不到,也给他发了一条信息,不过是用那个"偷情软件"发的。

捡个桃子:"你们那边有章鱼小丸子卖吗?能不能帮我带一份?"

他正欲回复,手指偏了一下,无意间点进自己从没看过的个人主页按钮。

他正要退出,突然看到什么地方似乎不太对。

谢行川动作略顿,抬眼往上扫视。

画面是很传统的设置页，默认头像旁是ID，也就是客户注册这个软件时给自己起的名字。

那时候他在睡觉，把手机扔给简桃，ID自然也是简桃起的。

此时，那明晃晃的四个大字映入眼帘。

简桃给他起的ID是——姓谢的狗。

很快，车上的简桃收到了一条消息，来自谢行川，内容简单，是一张截图。

截图还被人做了裁剪，像是特意标明重点，最上方的时间显示下是一个默认头像和四个字的昵称。

她看了一分钟都没看出他想说什么，退回对话框开始打字："有什么问题吗？"

她还没来得及发送消息，打下问号的那一刻，突然反应过来什么。

等一下，头像后面"姓谢的狗"四个字楷体加粗，明晃晃地盘踞在画面中央，耀武扬威。

她那天晚上给谢行川注册账号的时候，顺手给他起了个"姓谢的狗"？！

她就说为什么这个软件上他也叫这个名字，还没意识到丝毫不对……

如同某个秘密被人撞破，那一瞬的羞耻感倾泻而来，她耳郭发烫。

但是一个成熟演员是要学会伪装的。

她轻轻吐气，看向窗外缓了一会儿情绪，这才转回对话框，不明所以道："这是什么呀哥哥？"

"姓谢的狗"发来一个问号，在对话框里，一个问号第一次如此扎眼。

她揉了揉后颈，感觉今天的章鱼小丸子有点儿悬。

等她们回到民宿，一个小时后，谢行川他们也回来了。

简桃就在客厅里戳羊毛毡，听到动静忍不住抬眼，往他们手上看去。

邓尔最先上来，遗憾地说道："小桃姐，章鱼小丸子今天卖光了。"

谢行川隔得远，用了些力道将东西扔到桌上。

邓尔："不过我们买了做小丸子的工具，到时候自己做吧！"

简桃品了一下谢行川刚刚放东西的力道，心有余悸："我的那份不会被人在里面下毒吧？"

邓尔愣了一下，这才想起两个人关系差，连忙打圆场说："不至于，不至于，行哥不是那种人。"

说完邓尔突然反应过来，她又没说是谁下毒，自己这样讲，岂不是默认她内涵的人是谢行川？

他心猛然一沉，生怕这是什么不能说的事情，然而简桃已经继续低头弄作品，仿佛一点儿也不怕被谢行川听到这话。

邓尔失语半晌，心说：你们关系是真的差啊。

几个人聊天过程中，温晓霖已经率先提了食材去厨房里准备。

简桃做好一个桃子挂件，再抬头时，客厅里已经只剩邓尔在看电视了。

厨房是磨砂玻璃门，她侧头一看，谢行川也进去了。

她盯着流理台上的塑料袋，猜测着今晚会有些什么菜。

没一会儿，手机振动了一下，她点进对话框一看，居然是谢行川发来的消息。

姓谢的狗："虾，选个做法。"

简桃食指大动："油焖！"

"不会。"

她挺费解地搜寻了一下记忆："你不是很拿手吗？"

很快，对面的人悠悠回复消息过来："狗还会做油焖大虾？"

她就说这人今天怎么这么好心，合着在这儿等她呢？

一个多小时后，首顿晚饭拉开帷幕。

由于是第一顿正餐，所以异常丰盛，菜几乎摆满了整张桌子，其中最受欢迎的,是来自简桃的选择——油焖大虾。

潇潇戴着手套,赞不绝口:"谢老师烧的这个虾太好吃了。"

温晓霖在一旁笑道:"他还是很认真的,做之前我看他在用手机,以为是在处理什么工作,谁知道是在搜菜谱。"

简桃心说:没有,他是在讽刺我。

想起谢行川发来的"狗还会做油焖大虾"的质问话语,她忍不住内心冷笑,谁知道男人竟然在此刻神色自若地接茬:"嗯,现学的。"

潇潇挺惊讶:"现学能做得这么好啊?我也算吃过很多虾了,今天的能排进前五名。"

其实简桃第一次吃谢行川做的菜,是在高二那会儿。

那时候他们有个朋友住院,大家组队去看朋友,朋友在医院憋得不行,特意嘱托带点儿好吃的东西过去。

谢行川当天带了五个菜,收获一致好评,填补了四个人的胃和心灵的空白。

众人问他这是哪家的菜,彼时小少爷懒懒地扬起眉梢,说是路过醉仙阁顺手买的。

很久之后高考完,剩下几个人斥巨资,忍痛决定去醉仙阁撮一顿,却被告知根本没那几个菜,一怒之下打电话给遥远的谢行川,从电波里得知了真相。

那天的菜,是这位眼高于顶的少爷亲手做的。

但是小少爷怎么能亲手做菜呢?所以他就随口找了家最好的餐馆说,没想到他们真记住了。

面对质问,谢少爷颇有底气:"他们做的菜有我做的好吃?你要吃最好的,那不就是我做的?"

想到这儿,简桃忍不住摇头失笑,结果混着刚刚心里的那点儿蔑视情绪,笑声跟在谢行川的话后面,听起来不知怎么的就有点儿嘲讽的意思。

如果大家没听到还好,正巧大家安静了几秒,她这笑声就更加清

第二章 咬两口 姓谢的狗

晰了。

众人惊慌的目光纷纷扫了过来,见简桃笑得无语,众人生怕大战一触即发,连忙纷纷劝架,又把话题转开,看得导演组的人也是心惊胆战。

大家眼里硝烟四起的鸿门宴结束,简桃的脑子里的回忆杀也到此为止。

其实谢行川一直都是这样一个人,从高中起就没变过。

虽然她可能也不是很了解他。

吃完晚餐,大家聚在一起看电影,简桃则继续忙明天要卖的羊毛毡。她做了二十多个,心想应该足够了,这才打着哈欠去洗了个澡。

洗完澡快十点了,庭院安静,她忍不住想散一下步。

从前门散步到后门,她坐在石阶上,看着湖对岸的景致以及忽明忽暗的灯。

坐了一会儿没什么事干,她想起谢行川的 ID 的事,给他发消息。

捡个桃子:"昵称应该是可以自己修改的,你改了没?"

姓谢的狗:"改不了。"

"怎么可能改不了?"她觉得费解,"不可能有软件改不了 ID 的,你是不是不会?"

谢行川又发来一个问号。

捡个桃子:"你拿下来给我改。"

她点的火,她来收拾。

十分钟后,谢行川走到楼下的草坪上。

他应该是刚洗完澡,从发梢到脖颈都有檀木的沉香,额前的碎发还湿着。

他把手机抛到她的怀里,简桃接过手机打开,想教他这个应该在哪里设置,发现他离自己几米远,还站在树下。

她坐着,尽管和他有一定距离,但还是得仰起头来看他,委婉地询问:"怎么,是在展示你伟岸的身材是吗?"

谢行川睨了一眼她旁边的台阶："有洁癖,不坐。"

她想说有睡袍,回去脱了洗了就行,不过转念一想,可能有洁癖的人是稍微有那么点儿仪式感的。

于是她从旁边扯了片叶子放到自己的右侧："喏,那坐这上面。"

谢行川看她的表情好像在看什么失智青年："你用地上的一片叶子垫着,和让我直接坐地上,有什么区别?"

她撇了撇嘴,懒得再跟他说话,低头打算自己改ID,这会儿男人倒是走过来了,站到了她身后。

她点进个人主页,进入修改资料,而后更换ID——

画面上跳出一行提示:"三个月内无法修改ID,请到期后再试。"

简桃:"嗯?"

谢行川倒是忍不住溢出气音问道:"那不然呢,你以为我不是在这里改的?"

稍稍停顿后,谢行川学她方才的语气,轻飘飘地反将了一军:"怎么,在你心里我智商低得无法熟练使用智能机?"

办法总比困难多,很快,简桃想到了别的法子。她拉了个讨论组,把名字改成了"谢行川"。

她"啧"了一声,满意地说道:"这样你再给我发消息,上面就显示谢行川了。"

男人好半天没说话,她扭身看去,见谢行川抄着手,就那么垂着眼,嘴角的笑意味不明,眉梢微挑。

他说道:"你让我想起个成语。"

妙手回春?蕙质兰心?

谢行川:"掩耳盗铃。"

今晚的会晤也以失败告终,掩耳盗铃的简桃回到卧室里,打算明天做十只狗泄愤。

第二章 咬两口 姓谢的狗

次日她和潇潇起得早，赶在大家做任务之前到了集市上。

早上人不太多，毕竟是摆摊第一天，简桃抱着只要能卖出一个就不丢脸的心态，一边做羊毛毡一边等。

一上午的时间似乎很快过去，等中午回到民宿里时，她已经筋疲力尽。

众人都已经回来了，坐在沙发上，期待地看着她推门而入，结果她只是礼貌地跟大家打过招呼，就疲惫地回房睡觉了。

气氛一时凝滞，邓尔试探地看向她身后的潇潇，问："今早……怎么样？"

潇潇叹气。

邓尔紧张："效果不好啊？"

潇潇继续叹气："效果太好了。"

"啊？"

"东西卖得太好了，所以特别累，小桃姐一上午几乎没停过，东西刚做完就卖出去，还有顾客指定要哪个，她就得当场做。

"你别说，那个东西费眼又费手，我在一边也忙着收钱和记录，今天下午还得去，有几个顾客等着呢。"

邓尔惊愕地站在原地，看潇潇把钱拿出来："对了，小桃姐说请大家吃冰激凌，今天晚餐她请客。"

"好耶！"

客厅一时间热闹非凡，想起简桃在睡觉，邓尔又捂住了嘴，小声问道："下午还要去的话，你下午不是跟我一起预约了摘草莓吗？"

"是啊，我也在愁这个。"潇潇说，"小桃姐下午肯定得去，但一个人忙不过来，可是我们几个不都预约了摘草莓吗？"

下午摘草莓，依然是节目组布置给大家的赚钱工作。

邓尔："农场只允许一组最多四个人进，所以我们……"

还有一个人当时没预约。

大家不约而同地把目光转向了谢行川。

男人正靠在沙发上喝水，跟没事人一样。

邓尔不敢说什么，导演组的人也不敢说。

毕竟下午是要让人去替自己工作，潇潇一鼓作气，心想失败了就算了："谢老师，你是不是不用去摘草莓呀？"

"嗯，"他问道，"不是只让四个人进？"

"那摆摊的事，"潇潇握紧双拳，硬着头皮开口，"要不你……委屈一下？"

气氛长久安静。

她明显能感觉到导演组工作人员谨慎的目光，和摄像老师握紧器材的、沾满汗水的手。

不知道是谁吞了一下口水。

似乎是忖度了一下，谢行川放下了水杯。

漫长而持久的沉默过后，男人淡然开口："行，那我委屈一下。"

"委屈"两个字被他念了重音，好像他必须强调这两个字，才能显示出自己的艰辛处境。

潇潇内心叹气：唉，我可怜的小桃姐。

简桃浑然不知自己被安排得明明白白，一起来，便发现客厅里人已经走空了。

谢行川正在网购一些生活必需品，见她过来，也没多说什么。

简桃："潇潇他们呢？"

"摘草莓去了。"

"那下午……"

"我陪你去。"

沉默的气氛蔓延。

这回沉默到导演组工作人员两两相望，简桃这才蹦出一句："也行吧。"

她就……挺不情愿的。

导演组几个人面面相觑，心说：你们对彼此的回复真是异曲同工。

第二章 咬两口 姓谢的狗

收拾好了下午摆摊要用的东西，二人前往集市。

节目组工作人员架机器的时候，简桃从一边拿出两面镜子，摆在她和谢行川面前。

镜子做工还挺精致，古铜色花纹勾边，谢行川看了一眼，关了麦问："哪儿来的？"

"买的呗。"她说完顿了顿，抬起脸又说道，"我现在有钱。"

谢行川微顿，接着回过味来。

"确实，"这人舒展了一下长腿，也不知道是在说正话还是反话，"差点儿忘了，简老师现在是我们的大腿。"

反正她当正话听："你知道就好。"

这镜子的作用很简单，通过反射，让他们在摄像机的拍摄下，瞒着所有的摄像机进行交流。

她看镜子的时候，摄像机和所有工作人员都不知道，她其实能看到他。

谢行川看了一眼镜子，也懂了她的意图。

很快，简桃看到他拿出手机，低头给她发了五个字。

姓谢的狗："你挺会偷情。"

简桃不理解，并且大受震撼。

她不明白：我只是在公司的监视下合理地让沟通效率变高，怎么就成偷情了？

还有，我都给你设置了谢行川讨论组了，你为什么非要用"姓谢的狗"跟我说话？

她撇了撇嘴，没开口，很快工作人员帮她把麦戴好，等候已久的顾客终于走上前来。

简桃这一忙就忙到了六点多，已经是晚餐时间了，小摊前终于慢慢冷清下来。

简桃仰着头休息了一会儿，等待导演组工作人员收机器和买饭的时候拿出羊毛,随手戳了只阿拉斯加犬。

头顶的灰色纹路、耳朵、鼻子,还有眼皮上的小痣……简桃做得投入,心说:这颗小痣简直是谢行川的灵魂。

她正在仔细雕刻之际,冷不防地,腿被人很不爽地钩了一下。

心陡然一惊,她眼皮一抬,去看镜子里的他。

男人冷冷地抿着唇,视线停在她的戳针上。

怎么就被他给发现了?

简桃猝不及防地被戳中笑点,抿着唇低头笑起来,最后实在控制不住,整个人趴着笑得肩膀抖动又克制,虽然没发出一点儿声音,但肩膀震颤的频率展现出了她的好心情。

连导演组工作人员都被她笑蒙了,有人愣愣地问:"小桃怎么了?有什么事这么好笑?"

简桃笑得脸热,好一会儿才缓过来。新西兰温度高,她把自己随身携带的小风扇凑近吹着,在发丝飘动间回复:"没什么,就是想到了一个冷笑话。"

谢行川当然不信她的鬼话,拆台:"什么笑话,说来听听?"

"有关狗的,"她一语双关,"得狗在当场才能给你演绎。"

谢行川眯起眼。

天气太热,大家都已经顶不住了,简桃见机器快收完了,把自己的工具也都收了起来,把那只谢姓阿拉斯加犬包好,放进袋子里。

她背着包,将风扇调到三挡对向自己的脸,看着夕阳出神时,突然感受到落在自己脸上的目光,这才转头看向谢行川。

她当然知道他在看什么。

没有风扇,他肯定后悔了吧。

她就还挺欠揍地摇了一下自己手里的风扇,鬓角的发被吹得飘摇。

果不其然,下一秒,她的手机振动,收到条消息。

姓谢的狗:"之前给我的风扇,你放哪儿去了?"

第二章 咬两口 姓谢的狗

之前她给他风扇的时候，这姓谢的狗一脸看不上眼的表情，现在倒是知道后悔了。

反正现在主动权在她手上，简桃装模作样地鼓了一下脸颊，故意回道："没带过来。"

姓谢的狗："少胡扯，你当时塞到黑色箱子里了，那箱子还是我提过来的。"

她心想：看起来嫌弃，其实你连我将东西塞在哪儿了都观察了是吗？

简桃轻咳一声，露出恍然的表情，但也没说给还是不给，只是模棱两可地回道："那你今晚到后门去。"

计划酝酿成形中，等吃完晚饭，大家聊完天去洗澡的时候，他们绕过了摄像机，在后门集合。

她出来得迟了些，谢行川已经在灯下坐着了，正在漫不经心地翻着本硬壳书。她凑近一看，是王尔德的《夜莺与玫瑰》。

这狗还挺会装文艺气息呢。

简桃正要开口，发现些不对的地方："这椅子是哪儿来的？"

谢行川这才发觉她似的，手指顿了一下，旋即回道："我自己带的。"

她失语片刻：你们有洁癖的人都这么高贵的是吗？

男人合上书，长指朝她的方向摊开，是在要东西了。

简桃笑吟吟地递过去一张纸。

那修长的手指在空中停顿了几秒，他接过纸后展开一看，密密麻麻的全是菜的名字。

谢行川："什么？"

简桃双手背在身后，抑扬顿挫道："我接下来一周想吃的菜。"

他给气出了点儿笑音："你拿我当厨子？"

"哪里敢，"她带了点儿摆烂又可怜兮兮的语气，虚情假意道，"这不是谢老师做饭太好吃，我不肯放过这个机会，怎么都得捞点儿好处嘛。"

谢行川略一浏览，点了点纸张某处："这个，你看我做过？"

她没说话，眨着一双潋滟的杏眼望着他。这么单纯无害的眼神，谢行川却从里面读出了第一句话——不会做不能学吗？

第二句话是——你不是当场看菜谱能做出排名前五名的油焖大虾吗？

见他半天不说话，简桃看似扭捏实则拿捏地转过身，苦兮兮地遗憾道："那风扇我还是自己当备用——"

谢行川："可以学。"

她转过身，撇了撇嘴，看起来好像挺为他考虑，自责道："那你会不会付出太多啦？"

男人叠起纸，从她手中拿走风扇，垂眼时眼神不带什么情绪："为简老师，鞠躬尽瘁。"

简桃回房后仔细复盘，想到他的最后一句话，怎么都听出了几分咬牙切齿的味道。

不过管他呢，起码她计划达成了。

她心满意足地盖好被子，美美地进入梦乡。

有早餐的一天是值得期待的一天，一早她闻着香味就醒了，洗漱完之后就等在桌边，哼着歌，双手食指敲着桌沿。

连潇潇都看出她心情好："怎么啦小桃姐，今早有你喜欢吃的东西吗？"

有当然是有的，但为什么有，她不能说。

她往厨房扫视了一眼，雾面的玻璃照出了谢行川和温晓霖的背影。

"应该有吧，我看温老师昨晚就在准备，猜测做的东西应该会很好吃。"

潇潇加入了她的等待阵营，很快，谢行川先拉开隔门。

今天的早餐是海鲜粥和松饼，谢行川一般只负责做，不负责派发，但今早破天荒地在每个位置放了一碗粥。

到简桃面前的时候,男人手背上绷出的青筋纹路越发明显,大拇指处深深凹陷,力道稍重了几分。

别人会为了拥抱一个人而拥抱班上所有人,她的丈夫谢行川,会为了向她发粥示威,而给所有人发粥。

四舍五入一下,这也是她的荣幸。

不知道为什么,简桃更觉得好笑,连带心情也更好。

大家对今天的早餐依然赞不绝口,不知怎么聊到了做饭的话题。

潇潇转头问她:"小桃姐,你会做菜吗?"

"会一点点。"简桃咽下最后一口松饼,"只有十几种。"

"十几种?那很多了啊,比如呢?"

简桃仔细数着:"比如西红柿炒鸡蛋、西红柿鸡蛋面、西红柿鸡蛋宽粉、西红柿鸡蛋细粉……"

潇潇沉默半晌,然后竖起了一个大拇指。

众人吃完早餐,旅游的娱乐活动这才终于开启。

大家攒够了钱,打算上午去冲浪。

简桃挑了很久冲浪服,最后才搭出满意的一整套。

沙滩上,放眼望去全是纤细的腰肢与白腿,这便是冲浪服最常见的款式,露出长腿方便拍照。

潇潇站在一边,有些期待地跟邓尔说:"小桃姐还没出来吧?我好期待,她穿这种衣服肯定特别好看。"

终于,简桃姗姗来迟,从脖子包到脚踝,一身纯黑冲浪服。

潇潇愣了一下:"嗯?小桃姐,你怎么不穿那种?"

简桃转头看去,日光刺眼,她甚至得用手遮住日光才能看得更远。

意识到潇潇是在问自己为什么不露腿,她微微正色:"不行,我有防晒产品代言,绝对不能晒黑。"

一旁拿着冲浪板的谢行川无言数十秒。

一行人里,只有谢行川是会冲浪的,其余人都得学。两个小朋友站在沙滩边，起哄让他先冲一段看看。

"挺久没玩了。"

他这么说着，直接冲刺、放板、滑行进海浪之中。随着浪来，他微微俯身，手掌跟着轻轻一划，碧蓝色的海水溅起落下，仿佛一道天然屏障，将他包裹进透蓝的海水之中。

潇潇和邓尔都非常给面子，欢呼尖叫，甚至在他回来的时候喊着让他再来一次。

谢行川走到岸上，刘海已经全被水打湿，贴在两边额侧，水珠顺着发丝往下滴落，滑过他的下颌角，再融进肩上的水中。

一旁站着好几个摄像老师，还举着机器，简桃一开始以为这是自己节目组的摄像老师，仔细一看才发现，都是新西兰当地的人。

他们正在朝谢行川说着什么，语速很快，男人眯眼听着。

潇潇听不懂，问简桃："他们在说什么啊？"

简桃翻译："他们说自己是当地电视台的，想拍一些冲浪的素材，问谢行川能不能再冲一次，他们拍了播在电视上。"

谢行川随意开口，姿态慵懒。

潇潇："那谢老师怎么说？"

简桃无言片刻，才说："他说，拍可以，但是得给钱。"

一般人说这话应该早就要挨打了，但这人身上总是有股谜之贵气，让人觉得"白嫖"他是一件非常不地道且不应该的事，再加上这副好皮囊的迷惑性很强，节目组的人商量了一会儿，居然同意了。

简桃是真没想到这样也能赚钱。

很显然，她和谢行川开拓的赚钱方式，让《星夜环游》节目组工作人员在惊讶之余，心里又浮现了一丝丝担忧。

他们担忧后面的旅行会不会因为嘉宾们实现财富自由而无法掌控，俗称：挖坑变难。

当然，这不该是简桃考虑的事，很快，她和潇潇以及于雯踏上了学习冲浪的路途。

第二章 咬两口 姓谢的狗

因为一直在健身,所以简桃核心力量很好,平衡感也不错。当潇潇还在海浪里摔跤的时候,简桃已经能站起来了。

等到一上午过去,简桃已经能冲得不错。中午休息时,潇潇叫苦不迭。

"这也太难了,摔得我脸都麻了。还是学过舞的人有优势,小桃姐你平衡感太好了,我在后面羡慕得要死,"潇潇问,"你是从小就学跳舞吗?"

简桃体力消耗过多,正在疯狂喝水补充能量。

半晌后她才点了点头,说道:"比较系统地学习跳舞是从高中开始的,我们学校的芭蕾舞团很有名,那时候要出去比赛,结果有个女生身体出了问题,临时缺了个人。学校只好挑了个身形差不多的人,打算培训一阵子,能在后面混完就行。"

"所以你就被选中啦?"

简桃笑道:"那阵子学业压力很大,觉得每次跳舞流很多汗,很解压,所以写完作业我就自己去练习,专业老师也会来指导我,还蛮幸运的是不是?我没花钱就上到课了。"

潇潇很是震惊:"那你几个月就速成芭蕾舞了?这么厉害?!芭蕾舞很难跳的。"

"说是速成,不过后来我想了想,应该也有我小时候很喜欢舞蹈的原因,有空就对着镜子瞎练,勾脚背、压腿和踢腿什么的,后来才知道这些是芭蕾舞的基本功。"

"那也很强了啊……"潇潇惊骇,都有些失神了,"你肯定付出了超级多的努力。"

确实付出了挺多努力,简桃想。

所谓奇迹背后,谁付出的努力不多呢?也得益于她对舞蹈一直坚持,大学后她进了舞蹈社,指导老师非常喜欢她,常带她出去比赛,机缘巧合地,她也就进了演艺圈。

潇潇想看,她就在网上搜了一些自己跳舞的视频,二人围在一起

067

欣赏，不远处的邓尔也在感叹："真的假的？小桃姐姐跳舞居然跟演戏一样，都不是科班出身？这么厉害啊？"

因为附近没人，简桃和潇潇又在看视频，所以这话他只能对着谢行川说。

谢行川跟简桃高中是一个班的，对这事当然也有所耳闻。

情况差不多就是她说的那样，只不过她没说完。

最初，学校只想找个人在后面混完全程，但因为她跳得太好，最后她上台当的是领舞者。

邓尔还在一旁"吱哇"乱叫，一副没见过世面的样子。谢行川起身，敲了一下他的脑袋："行了，吃午饭去。"

这顿午餐是节目组请的，简桃对他们的铁树开花行为表示很意外。

果不其然，饭局进行到了最后，节目组工作人员也略显羞涩地开口了。

"那个……因为观众呼声太高，咱们新加了一个直播赞助商，今晚直播半个小时，怎么样？"

简桃咬了一口塔可："那不会影响节目播出内容吗？"

节目组工作人员顺着台阶下："是的，所以我们计划是个人直播，每周一位嘉宾，就播一些日常内容，不影响节目的那种。

"我们决定第一个直播的嘉宾是——"

简桃吃掉手里的食物，顺便抬头看向导演。

导演："就决定是您，简桃老师。"

她想了想，诚恳地问："是因为我刚刚看着你们吗？"

"是的。"

"那你再说一次，这次我不看了。"

节目组导演笑起来。

这句当然是玩笑话，她吃了节目组请的饭，这点儿面子是要给的。

反正她还要做羊毛毡，顺便直播一下也没问题。

第二章 咬两口 姓谢的狗

到了晚上九点,直播开始。

即使节目组只是提前几个小时预告,但因为简桃人气高,话题还是在开播的时刻就上了话题榜。她调整着镜头,看到弹幕越来越多。

"宝贝我来啦!"

"桃桃!旅游开不开心呀?"

简桃回答了一会儿弹幕上的问题,这才想起重点,把手机举起来,对着沙发上的嘉宾们:"给大家介绍一下我们一起旅行的团队,这个是潇潇,和邓尔一起是气氛担当。

"这是于雯老师。她的很多经典作品大家肯定看过,她是我们团队的镇场之宝。

"这个是温晓霖老师,做饭很好吃,脾气也特别好,入股不亏。"

最后一个,是坐在最左侧的谢行川。

就在简桃预备开口的那一秒,屏幕上显示——

"好友李梦进入直播间。"

一种"本经纪人正在目不转睛地看着你,你别给我乱来"的直觉涌上心头,简桃咳嗽了一声,点了点镜头以做介绍:"然后这个是……嗯。"

紧接着她迅速转开镜头,转换话题。

直播间观众瞬间兴奋:

"我想看的出现了!"

"住一起会打架吗?会说话吗?沟通会超过三句吗?"

"别人对谢行川的介绍:十九岁出道即巅峰,最快获得电影四大金奖男演员,拥有被天使亲吻过的脸,三百六十度无死角,一直在颜巅,从未被超越。"

"简桃对谢行川的介绍:嗯。"

终于解决了这个烫手山芋,简桃决定接下来独自美丽,以免被公司制裁。

她专注地给大家播了一会儿戳羊毛毡的过程,顺便回答了一些简单问题,一看时间差不多了,便举起手机朝厨房走去。

"有点儿饿了,给大家录一个深夜吃播然后就结束直播吧。"

她把镜头换成后置,正对厨房,将玻璃门拉开——

她还没来得及意识到不对劲,就和流理台处的谢行川撞上了视线。

弹幕瞬间飙升,简桃定在原地仔细看了看,厨房里根本没别人,就他一个。

正当她踟蹰间,屏幕中央闪出一个特别提醒——

"好友李梦送出一个火箭。"

行吧,她明白了。

简桃忍痛咬牙,迅速将镜头转成前置。

"好像突然又不是很饿了。"

因为经纪人监视着,最后的吃播内容只能变成白开水品鉴大会。

简桃喝完水后,这才尽量自然地结束直播,但一生爱看热闹的网友怎么会放弃这么好的机会?很快,厨房里的经典一幕被视频号剪出来,成了热门话题。

相关微博下的评论很快涨到几千:

"简桃上一秒还说饿,下一秒拍到谢行川转身就走,太好笑了!哈哈哈——"

"肚子:我饿。"

"桃:不,你不饿。"

"录了三天关系一点儿都没变好吗?"

"应该这么说,两个人在一起同吃同住三天,关系没变得更差就谢天谢地了。"

"哈哈哈——为什么两个人连看不惯对方都这么好笑啊?"

"知名度加上业务能力滤镜罢了,但凡其中一个没有名气或者是新人,你看现在他们还能这么和谐吗?"

第二章 咬两口 姓谢的狗

"主要还是简桃圈内人缘是出了名的好吧,谢行川地位高,大家也都是上赶着巴结他。这么多年他们俩的仇家好像只有彼此,这么一想也蛮好玩的。"

"真的很想知道他们怎么结仇的啊?各种博主众说纷纭,没一个我觉得合理的,还有人说谢行川'绿'过简桃,这不是扯淡吗?宇宙爆炸他们俩都不可能在一起。"

"编也编点儿像样的消息,以他们俩的条件摆在内娱,两个人跟谁都是般配的。简桃参加个电影节,多出五个情侣超话,谢行川更是某站剪辑视频热门男主角。当红艺人之间但凡有交集必有情侣粉,唯独他们俩,一有热门词条必定是讨论关系怎么这么差。"

"嗯,别说情侣粉,他们连跟'情侣'两个字都不沾边。"

正当话题偏转,歪到"简桃和谢行川为什么不可能在一起"时,房间里的简桃也拿出了手机。

她隐约闻到了厨房里飘出的香味,打开和谢行川的对话框,使出第一计:苦肉计。

捡个桃子:"呜呜呜——"

他的消息两分钟后到了,一个言简意赅的问号。

很好,他有回应就代表有希望。

捡个桃子:"我的烤鱿鱼、鸡肉串、孜然味烤翅,呜呜呜——"

她吸了吸鼻子,明知故问:"你在厨房里干吗?"

姓谢的狗:"烤东西。"

姓谢的狗:"不然,我来练书法?"

她下意识地敲出"你还会写书法?"几个字,意识恢复过来又赶紧删除,毕竟有求于人,于是略施温柔。

捡个桃子:"您好,我可以沾光吃一点儿您的烧烤吗?"

对面的人回复得非常冷酷:"不可以。"

简桃迅速跳往搜索引擎,搜索复制了一段不适用于这个场景,但乍一看很有说服力的定义:"夫妻共同财产归夫妻共同所有,夫妻对共同财产有平等的处理权。"

捡个桃子:"分我一半,别逼我求你。"

第二计,动之以情,晓之以理结束,然后是第三计——轰炸计。

简桃调出键盘,指尖在"w"和"u"之间反复横跳,终于,在她再次发出"鸣"的时候,左侧跳出蓝色的对话条。

姓谢的狗:"出来。"

知道这是成了,她火速掀开被子,瞥一眼正在洗澡的潇潇和于老师,火速前往后门。

简桃越靠近后门草坪,闻到的香味越浓。

石阶上垫着一本书,上面摆着两层锡纸,锡纸包裹着几根竹扦。

"用书垫着啊?"简桃看向不远处的谢行川,"怎么没用盘子?"

谢行川:"一共五个盘子,用了容易被发现。"

计划成功,曾经他说过的句子涌上心头,简桃按了又按,头顶的恶魔角还是没忍住地弹出一只,她点头赞许道:"你也蛮会偷情的。"

想到自己之前说过她会偷情,谢行川停了停,"嗯"了一声。

简桃打开锡纸,奇怪地抬眼:"你'嗯'什么?"

"用完我就翻脸不认人,不愧是你。"

"我什么时候翻脸不认人了?那不是在夸奖你吗?"简桃偏头,"我在夸你思虑周全,公司在明我们在暗,兼顾细节才能百战不殆,你干吗曲解我的意思?"

他半俯身地站在一边,踩着块石块,正在叠着什么,等她说完话连眼皮都没抬,也不知道是听了还是没听。

不过这不重要,简桃开始享用劳动换来的烧烤。

他带的东西不多,吃完后,简桃将竹扦用锡纸包起来:"怎么没有烤鱿鱼?"

谢行川看了她一眼:"你吃不完。"

顿了顿，他淡然补充："主要也是没烤。"

简桃心说：这才是关键原因吧？

她用足尖蹭了一下地面，从口袋里拿出小瓶子递到他面前："喏，报酬。"

她也不能白吃人家的东西，准备了谢礼。

谢行川垂眼："什么？"

"驱蚊的，这边蚊子多，被叮了也可以快速止痒，很小一瓶，也好带。"她将瓶子塞在他的手心里，又想到什么似的，"你今晚应该把风扇带出来的，滴两滴这个在上面再用，就很清爽。"

见他不说话，她不由自主地说了下去："你的风扇不会是没电了吧？闪红光就该充电了，用Type-C（一种USB接口外形标准）接口，充到亮绿色灯才算充满电，能用几个小时——你应该会吧？"

说完她又感觉自己好像在教小孩，连充电都要问他会不会，他不会又要说自己当他傻吧？

简桃抬头去看他的表情，见他隐在阴影中，心微微一跳。

对她的最后一句问话，谢行川坦然地给出如下回复——

"不会。"

简桃敏锐地眯了一下眼，察觉到情况不太对。

果不其然，下一秒，男人已然微微起身，略勾着唇，目光在她的指尖上扫视了一圈——

"没有你，我怎么活得下去？"

简桃眯了眯眼，怎么感觉这话那么像反讽呢？

简桃吃完烧烤，回到房间时，其他人已经睡了。

她屏住呼吸，安静地在夜里做了半个多小时运动，消耗完热量才去洗澡睡觉。

第二天起床还有点儿累，她直接套上浴袍，打算吃完早餐再换衣服。

结果她吃到一半时，潇潇发现了端倪："小桃姐，你衣服上这是什么？"

简桃低头看去，衣领处赫然沾着点儿孜然和酱料，应该是昨晚吃烧烤的时候不小心弄上去的。

她千防万防，连垃圾都丢到了最远的公共垃圾桶里，竟然漏了这里。

谢行川在对面看着她，稍稍眯起眼，大概是无语的。

简桃启唇，无言半晌。正当有人看向厨房，就差说出"很像烧烤酱料"时，她脑子猛然灵光一闪，迅速开口："我想起来了，这是我代言的咖啡味磨砂膏。"

潇潇："啊？"

终于，话题被她拉向了自己的新代言产品。大家都知道昨晚谢行川在厨房里，料想她也不可能吃谢行川做的烧烤，于是这个话题就此揭过。

早餐过后，大家要从这个民宿搬出去了。

下一站，露营。

由于是六位嘉宾，所以这次他们开的是房车，露营的位置离这里有些远，上半场是谢行川开车，下半场是温晓霖。

谢行川开车的时候，温晓霖坐在副驾驶位上。谢行川下来后，就直接坐在了后面。

简桃对面的座位上本没有人，她正躺着打瞌睡，腿直接伸着，还算舒服。

结果谢行川突然加入，就坐在她对面，他的腿又长，直接挤压了她的活动空间。

简桃还没来得及收回腿，能明显感觉到他无视自己，腿摆在她的附近，逼退她的意味明显。

之前《星夜环游》碰头会时，他在底下钩她的椅子的场景还历历在目。

瞌睡被吵醒，见桌下没有摄像机，她又计上心头。

简桃缓缓绷起脚尖,侧着伸进他的小腿之间。谢行川刚翻开书,似是感觉明显,眉心皱了一下。

这正合她意,她得逞地垂眼,然后将脚尖勾起,压在他的小腿上,一松、一放、一收、一压。

既然她没办法钩他的椅子,钩他的腿总行了吧?

她也不清楚自己想干什么,总之让他不爽就是这一趟她的目的。

然而她没来得及摆弄太久,下一秒,她的脚踝骤然一紧,被人用双腿夹住了。

一瞬间,简桃的脑子里闪过无数惊叹号。

她动弹不得,难以置信地抬头看向他。

桌下风起云涌,面上谢行川倒是一个眼神都没给她,依然淡淡地翻着书页,但简桃怀疑他一个字都没看进去。

她的腿根本拔不出来。

他倒是也不用这么赶尽杀绝吧?!

屋漏偏逢连夜雨,简桃正与谢行川的腿搏斗时,邓尔开口了:"小桃姐,我想要个果冻。"

果冻放在她头顶的柜子上。

简桃点头:"行,我帮你拿。"

她刻意说得大声了些,暗示谢行川赶紧松腿。结果她一起身,重新又被他压回了座位上。

谢行川这人怎么油盐不进啊?

邓尔略显迷茫:"怎么了?"

大家纷纷看过来,就连谢行川也短暂抬眼,手搁在书页上,置身事外地悠然看着她。

简桃从他的眼神里读出了三个字:还玩吗?

她深呼吸了一下,笑着回应邓尔:"没什么,刚才车子颠了一下,我穿着高跟鞋,没站稳。"

房车在行驶中确实很容易颠簸,因此邓尔"哦"了一声:"那我自己拿吧。"

很快，大家重新投入自己的事中，她的腿也终于被放出。

重获自由的那一刻，简桃连忙把腿收回自己这半边领域，动作快到像是怕等会儿又被人控制。她听到谢行川似乎笑了一声，如同嘲笑她的厌包行为。

大丈夫能屈能伸，简桃安慰自己，君子报仇，十年不晚。

这次的露营点是在一个山谷处，车里能睡两个人，帐篷额外准备了四个。

昼夜有温差，潇潇和于雯老师怕冷，所以睡车里，简桃睡帐篷里。

睡前大家吃了烤肉，玩了各种游戏，这才挨个儿在房车里洗完澡，准备睡觉。

已经快到十二点了，摄像老师拍完远景全部收工，只有车里还留着摄像机，怕车外的嘉宾担心镜头少，节目组给四个人发了手持的运动相机。

简桃没什么好拍的内容，直接把相机关了，怕晚上睡觉不方便。

不知道他们怎么扎的帐篷，也可能是她选的位置不够好，她的帐篷居然和谢行川的面对面，他们拉开帐篷的拉链门就能看到彼此。

不过这总比面对别人要自在一些，看到谢行川在对面看书，简桃想放松一下，直接将里面的内衣脱了，从睡衣下摆处拽了出来。

正当她将内衣甩到一边时，谢行川也抬起了头来，视线悠悠地落在她的胸前。

简桃心说：你根本没在看书吧？

不过既然他抬头，她也有话要说，拿出手机打字："我这个帐篷怎么有点儿晃？你要不要来看看，是不是有问题呀？"

姓谢的狗："没。"

"你都没看呢就知道没问题？别敷衍我！"

"我刚才看了两眼，"似乎嫌她没完似的，他解释道，"我的也

第二章 咬两口 姓谢的狗

是这样扎的。"

"真的假的？"

简桃钻出去，回身看了一眼没人，这才走到他的帐篷边。

但她还是有些紧张，时刻留意着附近的风吹草动，生怕有人来。沿着他的帐篷看了一圈，她又小心蹲下，听到一点儿异动立马转身，本就轻薄的睡衣随着她的动作，被勾出清晰的腰线。

盈盈一握楚宫腰。

她背对着谢行川，正要起身回去时，被身后的人一把拉了进去。

她摔进谢行川怀里，脑子一木，彻底失去了反应能力，叫都不敢叫出声，只能状似激烈实则安静地挣扎。

他又发什么疯啊？

谢行川："上午在车上，玩得开心吗？"

简桃回头，惊愕地看看他，又看看他的手持运动相机。

谢行川："早关了。"

她松了一口气，仍是低声问道："那账你不是都跟我算过了吗？"

谢行川看着她，眼神坦荡："谁说的？"

嗯？她愣在当下，一时忘了动作，然后一个反转，双手被人扣住反按在头顶，熟悉的侵略感袭来。

枕头就垫在脑袋底下，她要是不知道谢行川想干什么，就白练出这条件反射的反应了。

求生欲迫使她第一时间发出信号，缩着脖子小声求饶道："我错了，行不行？"

谢行川顿住。

眼见他的动作停了停，还以为有效，简桃继续吹气道："错了，哥哥，真的错了，下次再也不玩了——"

他像是笑了一声，背后衬着昏昧的灯光，慢条斯理地垂下眼。

"现在求饶，是不是晚了点儿？"男人揉上她的耳垂，"嗯？简桃老师？"

077

山谷中的夜寂静而夜色浓稠,偶尔有动物穿过树丛,或是细小的人声混杂,弄出"窸窸窣窣"的碎响。

简桃头皮发麻,听到不远处邓尔的帐篷似乎被拉开了,紧接着是人踩过树叶的声音传来,脚步声在她的帐篷前停下。

耳畔呼吸声清晰可闻,她不敢动弹,手指陷进了谢行川的肩胛骨处的肉里。

邓尔就站在外面,有暗色的影子落在帐篷上,像一双大手精准地攫住了她的心脏,再狠狠收紧。

大概是发现了她的帐篷开着,她人却不见踪影,邓尔奇怪道:"人呢?"

邓尔就站了那么几分钟,她感觉自己的汗都快淌出来了。终于,人影挪动,脚步声渐行渐远,她想说话,动静却被谢行川封进略显不耐烦的吻里。

谢行川这个账算得有点儿久,在简桃的感受里,可以算得上是度秒如年。

再往后她就不记得了,睁眼的那一刻心脏猛然跳了一下,心想着:后来结束后,我是不是直接睡了?

她现在在哪个帐篷里呢?

简桃猛然抬眼,映入眼帘的是淡粉色的帐篷布,快跳出喉咙口的心脏这才被咽了回去。还好,她在自己的帐篷里。

外面已经有了交谈声,看样子大家都起了。怀着点儿隐秘的心思,她小心翼翼地拉开一点儿帐篷门,看谢行川那边的帐篷也是完全敞开的,这才略清理一番,走了出去。

因为条件有限,今天的早餐是燕麦加面包。

她全程非常安静,生怕显出一点点存在感,让邓尔想起她昨晚"失踪"的事,并当场询问。

她连搅动勺子的动静都很小,正当她以为要平稳熬过这个早上时,

第二章 咬两口 姓谢的狗

忽然听见邓尔开口。

"对了，你昨晚有没有听到什么别的声音？"

简桃差点儿被面包噎死。

这话他是跟潇潇说的，潇潇正在嚼面包，暂时没法开口，只赞同地点了好几下头。

桌下，简桃的腿迅速收紧，脑子里开始翻江倒海、头脑风暴，她努力思考着如果话题不对劲，自己该怎么力挽狂澜。

潇潇："你打游戏的声音太大了吧！拿个'双杀'要那么大声地欢呼吗？"

简桃心脏猛地一沉，又倏然浮出水面。

邓尔不好意思地挠了挠头："我就怕你们听到了。不好意思，下次我知道了，肯定小点儿声。"

搞了半天他问的是这个，简桃松懈下来，瘫在位子上。

她就说她昨晚嘴一直被谢行川堵着，应该没什么声音啊。

吃完早餐后，打游戏声音很大的邓尔被分配到去洗碗，大家则在外面坐着玩《狼人杀》，给节目积攒素材。

谢行川负责发牌，简桃无意间扫视了一眼，居然在他手上发现了一道牙印。

牙印就在虎口位置，不太明显，但不知道为什么，偏偏她一眼就能看出来。

这个牙印……是她的杰作吗？

不该吧？

接下来一局游戏她玩得有点儿心不在焉。大家出发前往下一个目的地时，谢行川依然坐在她的对面。

其余人在聊天，她却看到谢行川似乎抬高手机，对着虎口的位置拍了张照片。

很快，她收到了那张照片，还有他的消息。

姓谢的狗："你是属小狗的吗？"

她真不记得自己什么时候咬了他,反驳说:"那论狗,我觉得我不如你。"

她反扣手机,不愿再看,看向窗外发呆时,潇潇也在镜子的反射里看到了她的脸,好奇地问道:"小桃姐,你的脸怎么红了?"

简桃面不改色地说:"是吗?我刷的是我代言的 R301 珊瑚水红,淡妆腮红很提气色。"

车行驶在蜿蜒的公路上,导演也宣读着近期安排。

"在大家的共同努力下,现在你们的财政状况终于不是负数了,这几天的餐旅和住宿费已全部结清,这确实在我们的意料之外。

"当然,要感谢小桃的羊毛毡和谢老师的海边素材,给大家带来了巨大收益。不过其他老师的努力工作也功不可没。

"接下来的三天呢,会有两位飞行嘉宾加入我们的阵营。等抵达目的地,大家就可以和他们会合了。"

半个小时后,车在空地旁停下。

潇潇最是好奇飞行嘉宾是谁,早早地拉开窗户朝外探头。不远处有两个模糊人影走来,看了几秒,确认来人是谁后,潇潇没劲地收回了脑袋。

简桃看她表情,问道:"怎么了?"

她这是看到谁了?

潇潇把麦关了,这才小声说:"是元宵月。"

简桃顿了一下。

"我不喜欢她。"潇潇撇了撇嘴,"她就是去年营销'小简桃'出道的吧,最近因为和蔚丞的剧播得不错,两个人又官宣了恋情,到处秀恩爱。反正我就是觉得很假。"

何止,简桃心想。

元宵月不仅借着神似她的名号出道,通稿中还数次拉踩她,完全不动脑子地复刻她的路线,还想抢她的代言。不过二人的地位相差

第二章 咬两口 姓谢的狗

十万八千里，元宵月当然只能以失败告终。

随着元宵月和蔚丞走近，玻璃窗外浮现了那张妆容过浓的脸。

潇潇以前没注意，现在靠近看才发现，因为简桃是清丽的杏眼，一笑卧蚕弯弯，元宵月就刻意画了很重的眼睑下至，卧蚕也不是贴合自己眼型的，而是模仿简桃的眼睛的形状。简桃鼻子生得好看，元宵月就加重鼻梁和鼻下三角区的阴影，让相似度更高。

现实里看着妆感很重很违和，但在镜头里，元宵月也会刻意模仿简桃的神态，乍一看，某些角度她跟简桃确实容易有些相似。

如果真像那也就算了，但元宵月完全是碰瓷。

哪里像了？潇潇吐槽，分明一个是"高奢"，一个是盗版。

简桃拍了拍潇潇的肩膀，示意大家都走了，二人也得下车。

元宵月和蔚丞属于各自没什么粉丝的类型，但是配合官宣恋情和剧播出，吸引了不少情侣组合粉，最近热度不错。

简桃一下车就见两个人在那里秀恩爱，周围弥漫着一股说不清的甜腻又不甜蜜的氛围。

简桃扫视一眼便收回视线，打算忽视他们，毕竟也没什么非得产生交集的必要，别影响了这趟旅游的心情。

今天他们要打卡的是萤火虫洞，是新西兰非常有名的一个地标，不仅有形态各异的钟乳石以及石笋，更重要的是，洞穴内遍布萤火虫，萤火虫就在黑暗中攀附于岩石之上，游客抬头就能看到，如同虫洞中的星。

简桃当时看介绍就很心动，结果没想到进去的路有那么长，脚下是岩石和水流，洞穴漆黑，他们只能靠头顶的灯光照明，甚至还有一小段漂流路程。

元宵月和蔚丞本来走在前面，简桃也乐得清净，结果后面二人不知怎么的又挪到了中间，漂流时还非得你抱我我搂你，搞得跟前面的队伍都脱节了。

摄像师和队友越走越远，简桃和元宵月还没有下去。

蔚丞在底下等着元宵月,谢行川也在此时顺利地漂流完毕,倚在岩石边调整裤腿。

简桃看着他的动作,想着一会儿该怎么摸索着石头走下去,元宵月也在此刻垫坐着设备滑行下去,然后等蔚丞把自己抱到水浅的区域,站定。

元宵月抬起头来,朝蔚丞感慨:"你也太好了,这里的水好冰,而且自己走容易摔跤,幸好我不用自己走,不然也太惨了。"

她说着说着,目光便控制不住地转向简桃。

简桃无言地耸了耸肩,心说:这怎么就内涵上我了?难道是上周这人想抢我的代言没抢到,来这儿找平衡感了?

她调整了一下身后供漂浮的黑色车胎,刚俯身,元宵月又开口了:"简桃,要不我找工作人员来接你吧。这里确实很难下来,刚才潇潇都脚滑了,还好有人扶着。我们这里也没人能扶你呀,一个人看起来真的挺惨的,要不你等等吧。"

元宵月状似关切,然而多的话都不说一句,也丝毫没有想帮她叫工作人员的意思。简桃知道,元宵月是想让自己求她。

怎么可能?

谢行川不是人吗?

简桃微微抬起眼睑,和正悠闲地靠在岩洞上的谢行川对上视线。他没说话,就那么看着她,嘴角有一点儿隐约笑意,不知是在看好戏还是在笑她。

元宵月顺着她的视线回头,正好撞见谢行川噙笑的目光。男人真是生得一副极好的皮囊,饶是蔚丞在生活中算得上帅哥,此刻也被比得黯然失色。

大概没人能活着从谢行川噙笑的眼里走出来,元宵月禁不住心狠狠一跳,猜测他难道是在看自己吗?应该是吧,他总不可能在看简桃——毕竟他们关系那么差。

元宵月这么想着,心跳越发迅猛。半黑的溶洞让无数心思暗自滋长,

她难以招架地躲开视线，感觉呼吸不畅，喉咙也越发干哑，终于鼓起勇气想用眼神说一些话时——

高处的简桃已经顺着水流冲下，微闭着眼适应气流和俯冲，再下一秒，落在石阶边沿。

元宵月不知谢行川是什么时候站在那儿的，只见他伸出手，单手将简桃揽到了地面上。

简桃卸下身后的黑色车胎。

元宵月怔住。

如果不是溶洞漆黑，她本该看得更清楚些。

谢行川刚刚是……搂简桃的腰了吗？

元宵月堵在入口处，整个人如同被雷劈到般僵在原地。

简桃没法往前走，只能凑近了些，像是根本不在意她方才在底下"叽里咕噜"地说了什么话，这会儿只挑了挑眉梢，问："还不走？"

简桃靠得近，元宵月无法躲避地直视着她。

溶洞内大家仅靠各自头顶的灯光视物，如此"死亡"的光照下，简桃的面部纹理却仍旧流畅漂亮到不像话。

元宵月以前从未细看简桃，此刻才被迫接受真有如此带有冲击性的美，那双漂亮的瞳仁里映着灯光和自己的影子，像是被簇拥的展品和赝品被人同时放置在一处，对比中高下立见，让人心虚、恐惧，甚至……无法不自惭形秽。

元宵月控制不住地后退两步，只觉得在简桃越发清明的目光中更加难堪。她甚至特意让摄像师和队友先走，以为在拍不到的地方便能压简桃一头，未承想竟是自己吃了个闷亏。如果摄像机在拍，简桃又怎会如此张扬地凑到她面前来？简桃向来是连一分热度都不屑于给她的。

元宵月握紧双拳，只觉得方才不畅的呼吸此刻更加阻塞，方才哽在喉头的得意和雀跃情绪也全变成了翻涌的窒闷感，让人心烦意乱，喘不过气来。

谢行川怎么会搂简桃？他们不是关系很差吗？难道是自己刚刚说得太过分了……连谢行川都忍不住帮了简桃的忙？

想到自己或许还成全了这亲密行为，元宵月更是气不打一处来，看着简桃和谢行川即将消失的背影，推了凑上来的蔚丞一把。

蔚丞脸色一变，身影融进漆黑的背景里。

冲了一趟漂流，还得应付元宵月，走过拐角时，简桃发现自己的麦克风进水了。

元宵月大概是气得不轻，半天都没跟上来。

简桃低着头调整着麦克风，把腰上别着的线扯开，防止水进一步渗入。

她腰上有护具，又缠了不少线。她一点点整理时，后方的谢行川也伸出手，把她的护腰拉紧了些。

简桃回头问他："怎么了？"

"刚才搂的时候摸到了，太滑。"

好在最后终点的景致是值得的，众人从跋涉开始的大费周章也有了意义。

潇潇很快发现简桃不见了，带着大家又找了回来，不过他们似乎遗忘了新来的飞行嘉宾，一起欣赏美景的时候也是六个人，在出口处拍了合照离开，才和后面的元宵月碰上面。

被大家遗忘，元宵月敢怒不敢言，只是下午拍摄时老实了许多，没再蹦跶。

晚餐随便吃了些东西，大家搬进了新的小别墅，准备睡觉。

睡觉前，大家也还是要玩玩游戏的，简桃最先洗完澡，坐在沙发边准备。

今晚的游戏元宵月不来，不过蔚丞参与。

简桃换了件比较舒服的睡衣，所以领口有些大，左侧只坐着谢行川，然后就是墙壁，没法安排机器。

第二章 咬两口 姓谢的狗

她玩着手机等人到齐，结果等着等着，等到上面滑出条消息。

姓谢的狗："肩膀露出来了。"

简桃以为他要说自己有伤风化，特意将睡衣往下再拉了拉："怎么，不是很正常吗？"

紧接着，她感觉男人的视线在某处停顿了两秒，旋即，在卧室里走出下一个人之前，镇定地回复她。

姓谢的狗："嗯，你不介意'草莓'被所有人看到的话，请便。"

简桃心说：你还给我搞了这种额外馈赠是吧？

潇潇坐到沙发上后，发现简桃已经端坐在一侧，并将睡衣领口打了个结。

潇潇："怎么了呢？"

简桃："空调风大，漏风了。"

所有人到齐后，烧脑的剧本杀游戏开始。

因为案子太过复杂，一个多小时后进入中场休息时间，大家吃起了水果，暂时放松。

简桃吃了一会儿，想起谢行川说的"草莓"，连忙进浴室，想看看他到底留了几个。

她将衣服扒开，全面检查起来——不多，也就一串三个吧。

她面带微笑地咬牙切齿，打开了和谢行川的对话框。

捡个桃子："你搁我这儿种糖葫芦呢？"

谢行川敲来一个问号。

她觉得有必要好好跟谢行川说一下这趟旅行的克制问题。

就算他克制不住，也不要在明显的地方留印记。

简桃理智地分析："这边到处都是机器，昨晚还有人走来走去。"

她刚将消息发送出去，就听到外面草坪上传来打电话的声音，听声音挺熟悉，好像是元宵月的。

不过蔚丞不是在外面的客厅里坐着吗？

简桃将手指搭上门把手，正想出门确认草坪上的人是不是元宵月，结果屏幕倏然一亮,是谢行川回复了消息。

对她处处是机器的提醒,对面的"狗"轻飘飘地回复:"那怎么了?"

紧接着,欠揍的第二句话传来:"那不是更刺激?"

咬三口
摆烂夫妇

第三章

屏幕上反射的头顶灯光让人有片刻眩晕，面对着谢行川如此坦荡的回复，简桃一时失语，甚至都忘了要做什么。

更刺激？他的关注点就是这个？

捡个桃子："你看你说的是人话吗？"

他挺悠闲似的，惬意地反驳："怎么不是？"

她正想继续打字，听到客厅传来一阵喧哗声，便顿了顿，顺势推门出去。

她一抬眼，就见元宵月正走进客厅，带着屋外深夜的雾气，大门也在元宵月身后敞开着。

看来方才在外面打电话的人确实是她。

元宵月径直走向沙发边，和蔚丞钩着手指说话，一副一日不见如隔三秋的模样，看起来有不少悄悄话要讲，而蔚丞的手机正远远地放在地毯上。

那方才电话另一端的人也的确不是他。

简桃收回目光，回到自己的座位上。

好奇心是被满足了，但这两个人的举止也越发奇怪起来。

剧本杀结束后，工作人员开始收拾机器撤离，简桃住在楼上，回房拉窗帘的时候，好像看到蔚丞还在跟场务聊天。

潇潇在她的房间里卸妆，应该也看到了这一幕，撇了撇嘴，说："还聊呢？我之前就听说他爱搭讪工作人员，没想到当飞行嘉宾他也不收敛。就刚刚，大家洗澡的时候，他几乎把后面的女助理的微信要了个遍。"

简桃："全要了？"

"是啊，他花样还挺多呢，一下说什么都是老乡，有空聚一聚，一下说人家家乡那边什么很好吃，想了解一下，要不就是说有问题想问，总之目的就是加微信。刚才录完节目他还给我的助理发消息问'睡了没'呢。"

简桃觉得好笑，晃了晃指尖，问道："他跟元宵月到底是真情侣还是假情侣？"

第三章 咬二口 摆烂夫妇

为炒作假恋爱的情侣不在少数,等没什么热度时再宣布分手,又能赚一下流量。

"听说真倒是真的,私下他们还会去对方家那种,"潇潇说,"不过我看着他们总有种说不上来的怪异感觉,感觉他们谈得摇摇欲坠的,不知道哪天就要分了。"

二人又聊了一会儿,卸完妆后,简桃躺在床上休息。应该是大数据使然,"橙月"的超话被推送到了她眼前。她随意地看了看,粉丝确实不少。

蔚丞和元宵月现在有剧在播,再加上营业勤快,虽然有点儿黏糊的迹象,但对观众来说,有总比没有要好。

况且很多观众就爱看这样的效果。

简桃也就扫了几眼,退出后感觉口袋里有什么东西硌着自己,拿出来一看,是几个铆钉。

她略一回忆后才想起来,是剧本杀太烧脑,她的手在桌子底下控制不住地抓了些东西,好像把谢行川的外套上的装饰全给拧下来了,结果忘了装回去。

怕到时候被人发觉,简桃想了想,决定趁早给他装回去。

楼下仍有动静,应该还有人没睡,夜间有点儿凉,她披了外套,下楼倒水喝。

她刚走到楼梯口,就看到大门处一个人影闪过,看着装,应该是温晓霖走了出去。

这会儿,邓尔也伸着懒腰,从房里走了出来。

简桃顺带往里看了一眼,谢行川的床空着。

她问邓尔:"你们到处乱跑什么呢,有任务?"

"哪里到处跑?"邓尔揉了揉乱糟糟的头发,"我刚打完游戏准备去洗澡,晓霖哥应该是出门买东西了吧,行哥是经纪人找他,应该是工作的事。"

说完,邓尔还指了指别墅外边,示意谢行川在左侧。

简桃表面挺不在乎地"哦"了一声,仰头喝水,听他问:"小桃姐,你也要出去吗?"

既然他都这么问了,她就顺势点了点头:"吃得有点儿多,我去夜跑一会儿。"

说完,简桃朝别墅外右侧跑去。

跑了一会儿,她找到个还不错的地方,隐在雕塑后面,那里还有张长椅。

她给谢行川拍了张照片,发了定位,这才跑完一圈,坐回来休息。

她正看着脚尖拉伸时,身后传来树枝被拨动的轻响,紧接着,有漫不经心的声音随风掠过。

"怎么?又来找我幽会?"

她回头,就见谢行川手里正卷着一沓合同,有一搭没一搭地敲着手腕。

他懒懒地问道:"什么事?"

简桃转眼一看,他的外套上的铆钉果然全没了,就留了个环儿在上头。他都没发现的吗?

夜风袭来,裹了点儿空气中的粉尘,简桃开口正要说话,冷不丁地打了个喷嚏。

还没止住,她又打了一个,咳嗽了几声。

谢行川瞧了她一会儿,抄着手右挪两步,站到了她跟前。

她刚打完喷嚏,声音还带着点儿鼻音:"你干吗?"

"这不是得给你挡一下?"他说,"不然你不得骂我?"

他挡在风来的方向,外套衣摆被吹动,简桃本想把东西给他,让他自己装,但看这人好不容易有点儿良心,遂决定亲自行动一下。

"手伸出来,"她说,"你的铆钉掉我这儿了。"

"嗯,"他抬了一下眉,挺欠揍地说,"反正肯定不是你玩剧本杀的时候在桌子底下拧的。"

第二章 咬三口 摆烂夫妇

没想到他居然全程看到了她的动作,简桃停了一下,正要开口时,听到不远处似乎传来响动。

她异常警觉,几乎立时站起身来,不过好在不是有人来捉他们。几百米处的雕像后,蔚丞和元宵月正站在那边,不知道在说什么。

二人并没发现简桃和谢行川,应该是讨论合体工作之类的,丝毫没有分心,但今晚的风实在厉害,很快元宵月也打了几个喷嚏,蔚丞手指动了一下,却是把自己的口罩戴了起来。

除此之外,他再无其他动作。

简桃收回视线,一边往谢行川的袖子上拧着东西,一边想着这对真情侣还没她和谢行川这种假夫妻像样。

他这装饰拧下来容易,弄上去倒要费点儿功夫,等简桃处理完,蔚丞和元宵月也早走了。简桃被谢行川遮着,即使他们看到了有人,也看不到她。

简桃抚了一下袖口,看着自己的成果,舒了一口气:"我还蛮伟大的。"

谢行川抬眼,仿佛在问她说的是什么荒唐话。

她抬起头,目光清澈:"所以明天的菜单能多加一道惠灵顿牛排吗?上次忘点了。"

第二天一早,他们的"打工兼旅游"之旅再度开启。

今早他们要去的是牧场。

干了活,一行人参观过了羊驼和牛以及牧场表演之后,已经到了下午。

牧场的牛奶很新鲜,简桃满足地喝完之后,获知一个噩耗。

农场主热情地邀请他们去拍照,四人一组,很不巧,她和谢行川被分到了一起,而且还是他们和元宵月以及蔚丞一起拍。

今天仍旧大风,但蔚丞一反常态,看元宵月打喷嚏,不仅频频嘘寒问暖,还鞍前马后地给她找热水,全然没有昨晚戴口罩的避之不及样子。

拍照时，这么好的营业机会，元宵月当然不会放过，和蔚丞甜蜜地挽着手，且二人还用另一只手拼出了一个大爱心。

简桃和谢行川则截然相反，各自独美地站在旁边，中间像是能塞下一整个太平洋。

因为还在想他昨晚的袖子的事，她甚至都忘了看镜头。

很快，这张照片还被节目组用来为节目预热，发上了微博。

等简桃录制完一整天的内容，躺上床之后，才发现那条微博的转发量已经过万了。

照片成了"橙月"近期热度最高的神图。

简桃点开评论区，才知道大家都在嗑情怀。

"啊啊啊——梦回《初恋时光》开机，'橙月'刚认识的时候，第一张剧照也是这个姿势。"

"那时候他们还很不熟，现在已经是情侣啦！"

"回忆杀太美了……"

不仅元宵月和蔚丞会营业，他们的剧组也趁着热度宣传，并短暂地把微博背景换成了这张照片。

这更是让粉丝激动。

这张图的热度太高，很多路人博主也跟着凑热闹。简桃本来在热搜话题里闲逛，冷不丁地居然看到了自己的名字。

荔枝冰："主页都在刷'橙月'，只有我看到了旁边的简桃和谢行川吗？哈哈哈——两个人也太好笑了吧，'橙月'在左边如胶似漆，他们在右边不熟至极，对比太惨烈了。"

这条评论收获八千赞。

"内娱最真的一对，和内娱最不可能的一对。"

"世界的参差……"

"每当我看到简桃和谢行川就会感慨，怎么会有分别和别人都如此百搭，但两个人凑一起如此不相配的人？"

"今天的简桃和谢行川也是唯一一对没有情侣超话的当红艺人。"

本来大家只是在开玩笑，但很快元宵月的团队再次动手，大概是不满自家艺人被简桃抢去了风头，有博主发了微博，把一张简简单单的图上升到了另一个高度。

"简桃居然跟谢行川都没有登对感，一个女演员连这点都没有也是绝了，不像元宵月那么百搭。"

"哇，你说的是所有电视剧播放量集均破亿、公认'小白花'天花板、全民初恋——简桃，没有最热播剧热度才5000的元宵月有百搭感吗？"

这条评论嘲讽值点满，没一会儿元宵月的公司就不敢再有什么宣传动作，话题热度自然掉了下去。

简桃早已习惯这些套路，那些人一直被打脸，却从来不放弃。

大概蹭自己的热度是元宵月曝光路上唯一的法宝了吧。

简桃重新退回热搜话题，冷不丁又看到路人讨论她和谢行川到底为什么能够身处风暴中心五百年，却始终没有一个情侣超话。

简桃"咔嚓"按下截图键，将图片发给谢行川。

捡个桃子："他们嘲讽你不行。"

发完消息她也没等他回复，继续刷微博去了，半个小时后给手机拔下充电插头，顶上突然弹出条消息。

姓谢的狗："我行不行你不知道？"

简桃脑子一热，突然犯困，逃避道："睡了，晚安。"

姓谢的狗："别睡，起来看我行不行。"

她被吓得直接把手机关机，迅速进入梦乡。

但第二天简桃起来一看，他后面没再发消息了，应该就是随便一说，并没放心上。

只有她被吓个半死，生怕他图刺激真跑到自己的房间里来。

简桃这么想着，有种被耍的感觉，撇了撇嘴。

她退出和谢行川的对话框，钟怡又发了新消息来。

钟怡发的是张图片——她正在喂小狗吃罐头。大概是公司附近的哪里开了家宠物咖啡店，她迫不及待地想跟简桃分享。

简桃看了一会儿，想也没想就回："怎么挺像谢行川？"

钟怡："啊？"

捡个桃子："狗不都这样吗？每天伸个舌头到处舔。"

钟怡发来一个挺八卦的表情，狎昵道："这是我能听的东西吗？"

察觉到钟怡会错了意，简桃连忙澄清："我不是这意思。"

"那你的意思是你们俩接吻不伸舌头？"

"那我也不是这个意思……"

已经单身三年且很久没见过帅哥的钟怡发来一个"嗯"和一串感叹词。

感觉真是鸡同鸭讲，简桃收起手机，脑海中无法自控地涌出一些画面。其实她记不太清了，她和谢行川好像没有单纯地接吻过。

楼下，制作组人员正在呼号着录制即将开始，喊嘉宾们集合戴麦。简桃拢了一下白色的衬衫，快步下楼。

一楼空间逼仄，摄制组、打光组、导演组工作人员和助理全围在一块儿，几乎过不了人，潇潇已经被逼到了外头的草坪上化妆。

此刻，她敲了敲窗户，求助简桃："小桃姐，能帮我递一下桌上那个高光盘吗？我实在挤不进去了。"

"行。"

简桃拿起潇潇的高光盘，撑在窗台上递出去，这会儿才发现谢行川就坐在窗户下的沙发上，大概是在晒日光浴。

潇潇离得远，简桃不自觉地屈膝压在沙发上，方便前倾。

然而她预估错了沙发材质，力气没收住，整个人忽地下陷进去，往谢行川的方向歪去。

摄影师正准备拍宣传照，场务高举双手往两边散开，在他们背后拉起黑色的幕帘做背景，一瞬间客厅仍然吵嚷，他们却仿佛被隔绝在众人的另一头。

她无法控制地向前压，谢行川温热的气息侵袭上她的领口。

她能感觉到他的鼻尖抵在她的锁骨下，呼吸如同羽毛，软软地搔着。

第二章 咬三口 摆烂夫妇

她有些不自在，大脑皮层发麻，那块儿肌肤仿佛也跟着滚烫起来，不自觉地摩挲了一下指腹，心想：他应该不会干点儿什么吧？

下一秒，似乎仗着有遮挡肆无忌惮，男人的唇瓣毫无阻隔地贴上前方那块儿软肉，接着，他没什么力道地轻吮了一下。

四下人声嘈杂，潇潇正朝这边走来，简桃心脏狂跳，耳边"嗡嗡"地响，直到感觉他的舌尖探出轻轻扫过——她整个人无法控制地轻颤了一下。

潇潇走近时，简桃大脑警报开启，身子猛地向下压，蹭离谢行川身前。

以潇潇的位置，她完全看不到屋子里的沙发上是何种景况，于是愣在原地，错愕道："怎么了小桃姐？有什么吗？"

"没事，"简桃说，"腿撑不住了。"

她用力拢了拢领口，这才把高光盘递给潇潇，转移话题："你后面那个是什么？反光板吗？"

潇潇回头看了看才说："啊，是的，外面太晒了，得用反光板暂时遮一下才能看清细节。小桃姐，你要没事的话也出来化妆吧，马上开拍了，化妆师已经过来了。"

简桃点了点头，撑着桌台站起来，这才快步走了出去。

没一会儿，谢行川也慢悠悠地从正门踱步而出。

他的样子让人完全看不出刚才在沙发那儿他做了什么禽兽不如的事情，他将黑色衬衣的扣子扣到最上面一颗，一副高不可攀的样子，微眯着眼适应着光线。

潇潇奇怪道："谢老师也在屋子里吗？刚才怎么没看到，他从哪里出来的？"

简桃轻咳了一声，手指下意识地触到他方才吮过的地方，确认衣服有没有遮住。

摸到衣料后，她这才神色不正常地摇了摇头，回复说："不知道。"

很快化妆开始，一切终于进入有序状态，为了方便沟通，节目组工作人员特意找的是中国的房东，没一会儿，房东奶奶大概是听说这边有艺人拍摄，散步时往这块儿绕了一圈。

简桃和谢行川在等化妆师找工具。二人背对背，站在唯一一棵树的树荫下。

奶奶笑得挺和蔼，见简桃长得讨人喜欢，自然而然地就朝她笑起来："大明星啊？我都好久没看电视了，还不知道你们叫什么呢，等会儿用百度搜一下……"

"搜他吗？"简桃神色认真，很自然地介绍道，"百度搜不到，您得用搜狗。"

嘴仗结束，嘉宾化完妆，节目录制很快开始。

今天上午他们的工作是打扫房车，以及一起做一顿午餐。

简桃被分到的任务是采购食材，去的路上她还特意确认了一下谢行川吮的位置，发现他用的力道很轻，一点儿痕迹都没有，才放了心。

等她买完食材回来，元宵月和蔚丞已经在阳台上连体了。

二人在镜头底下持续恩爱。

蔚丞那条项链都在手里攥一个小时了，没开录前他硬是不送，一等到机器开启，立刻找了个好的双人角度，说："宝宝，我给你准备了条项链。"

元宵月也装作很惊喜的样子，哪怕其实这"惊喜"在制作组里已经尽人皆知了，她还是演绎出一副喜出望外的样子，让蔚丞亲手给她戴上项链。

等戴完项链，蔚丞直接表演一个"颧骨升天""盯妻狂魔"，笑吟吟地看她很久，才说："宝宝戴这个真好看。"

简桃受不了了，直接钻到厨房里去放食材。

今天厨房里只有谢行川一个人，他正在洗青菜，手指从水面浸入，捞起翠绿的生菜抖了下，这才将生菜搁到案板上，有水顺着指尖"淅淅沥沥"地滴下。

简桃侧头看了一眼,方才还觉得他那是一张吊儿郎当的狗脸,这会儿竟又难得看出了几分帅气样子。

托蔚丞的福,她看谢行川都变顺眼了。

谢行川用余光瞥了她一眼,如果不是有镜头在,她怀疑他下一句就会问出"是不是爱上我了"这种话。

简桃及时收回目光,把中午要用到的菜一件件地往外摆。

今天温晓霖身体不舒服,在楼上休息,她就自发接过了他的那份工作,全程也没怎么跟谢行川交流,但洗菜、备菜的事还是能做的。

今天的午餐他们是分开做的,想吃中餐的人吃中餐,想吃牛排的人吃牛排。

中午的蔚师傅又忙碌起来,忙着给他心爱的小女友剥虾夹菜。吃完之后二人又转战到沙发上恩爱,简桃不想去沙发上坐着,就主动去了厨房洗碗。

潇潇和邓尔帮她把盘子摞好,她站在最里面的洗手池前,戴上手套。

很快,厨房里清静下来,简桃也随之放松许多,没一会儿,开门声传来。

她侧头看去,谢行川将门推开一道缝隙,客厅的各种欢声笑语和打情骂俏声传了进来,很快又被他隔绝在门外。

他走进厨房,开始腌制晚餐要用到的鸡翅。

这个简桃看他做过,要把酱料调好,鸡翅用牙签戳几下,再放置几个小时才能入味。

厨房其实挺大,但由于空间分布问题,洗手池这块儿的位置较小,刚好只能站下两个人,她在这头洗碗,谢行川就背对着她在那头腌制鸡翅。

空间里只有水声和碗碟碰撞的声响,气氛宁静又克制。

突然,她感觉到背后的谢行川转了个身,旋即抬手打开她头顶处的柜子。

他应该是要拿什么东西。

简桃下意识地要让开，结果忘记此地空间狭小，往后一退，腰肢撞上他的身体。

两个人几乎贴得严丝合缝，简桃意识到哪里不对，一时间惊愕得忘记了动作。下一秒她抬起眼，碗柜边沿的反光条清晰地映出了谢行川此刻的眼睛。

男人眼神微敛，如同在输出危险信息。

她耳郭一红，迅速退开，半晌后才从齿间挤出一句话："不是故意的。"

他转过身时轻轻哂笑了一声，笑声被柜门关闭的声音压下，话筒收不到音，但她听到了。

看样子，他并不是很信她的话。

接下来洗碗的几分钟里，简桃心不在焉，满脑子都是谢行川的笑声。

他凭什么不信她的话？不然呢，难道她故意占他的便宜？

她是那种人吗？

不过在谢行川眼里，她可能确实是那种人。

想到这里，她有些不甘地挤了点儿洗洁精，正在想等会儿怎么反击的时候，身后的人又转身了。

她这次学聪明了，下意识地往左退，不会碰到他的身体。

但这次，他的目标好像是左边的胡椒。

下一秒，简桃感觉到男人伸出手，在她宽大的白色围裙的遮挡下，用手扶住她的腰，往右侧拨了拨。

她今天穿的是高腰上衣，他拿过冰镇可乐的手毫无阻隔地碰触上她的肌肤，冰得她瑟缩了一下。

然而她垂眼，宽大的围裙几乎遮住了他所有的动作，全封闭式的厨房也没有哪一处能记录下他此刻的恶行。

她身体轻颤时，下意识地抬眼想去看他的表情，所有摄像机都不知道的碗柜反光条下，二人的眼神对上。

他漫不经心，镇定自若，出色的表演能力让他轻松地用眼神说出

第三章 咬三口 摆烂夫妇

如下七个字：我也不是故意的。

简桃错愕半晌，数秒之后才感觉到怀疑：狗也会说话吗？

下午的行程是去葡萄园参观，他们顺便参与了一下葡萄酒的制造过程，赚点儿旅游基金。

等忙了一天回到别墅里，大家都已经累了。

潇潇那层的卫生间正被占用，于是她来到简桃这层，跟简桃一起卸妆。

表面上是卸妆，但潇潇一进来就盖住摄像机扯了麦，一副有话要说的样子。

简桃低声问："怎么了？"

潇潇："蔚丞加我的微信了。"

简桃顿了一下，问："加你说什么了？"

"很奇怪，"潇潇说，"他就说什么一天辛苦了，今天什么做得很好，夸我好看……就是那种，话也挺正常，但是仔细看又觉得不大对劲的消息。"

简桃大概能懂，点了点头："不太正常，但没办法上升高度的搭讪行为。"

"对，他还说明天什么游戏元宵月恐高，可以和我一组……"潇潇觉得不舒服，"小桃姐，我不想跟他待在一起，你能和我一起吗？"

"可以啊，他找你的时候，你直接叫我就行，我去陪你。"简桃说道，"总之你别和他单独待在一起。"

潇潇猛点了几下头，感觉简桃头上已然出现了"人美心善的仙女"几个大字。

想了想，潇潇又挺不服气地说："蔚丞都这样了，怎么还没被曝光啊？要是当红艺人这样早该塌方了。"

简桃笑，随意地说着："说不定快了？搜集证据不也要时间？"

潇潇点了点头，觉得这话说得在理，这才开始卸妆。

揉了一会儿脸之后,不知是想到什么,潇潇对着镜子感慨道:"唉,看来看去,我还是觉得谢老师最好。"

简桃冲水的速度停了停,她不太确定地问:"谁?谢行川吗?"

"对啊,别看你们俩不太对付,但毕竟在圈子里这么久了,谢老师一直没什么花边新闻,更没有什么搭讪小演员之类的小道消息传出。"潇潇说,"要知道圈子就这么大,谁有问题早就传出来了。"

简桃心说:肯定的,谢行川签了婚前协议,如果行为不检点的话可得净身出户,他没那么傻。

潇潇洁面后抹着水乳,展开联想:"搞不好谢老师到现在还是个处男呢,禁欲自持,从不破戒。"

简桃立马开口:"那我觉得不太可能。"

"怎么不可能了?!我觉得可能!你不能因为你们关系不好就戴着有色眼镜看他。"潇潇振振有词地说,"你知道吗?有的男的越是看着风流,实际越是纯情专一。"

简桃沉默很久,实在不忍心打破十九岁的潇潇对男人的幻想,半晌后点了点头:"你说的是。"

是他就是他,全宇宙最纯情的男人谢行川。

第二天一早,大家开车前往皇后镇,准备体验喷射快艇。

这是新西兰的极限运动之一,游客高速穿梭在水流之中,有种时刻会撞山的紧张感。

驱车一上午后,大家终于抵达目的地。

简桃在车上听了太多"橙月"的恩爱话语,下车时已经有点儿受不了了,独自缓了一会儿还是晕,便绕到后方去找导演,问自己能不能先去休息区。

一个综艺节目需要的工作人员太多,导演组的人被挡在监视器和人潮后方,简桃绕过密密麻麻的人群才找到。

蔚丞也在,好像是来看拍摄画面的。

第三章 咬三口 摆烂夫妇

简桃没在意，扇着风跟导演沟通着位置和时间。她今天穿了件短T恤，是在腰侧打结的设计，随着她的动作衣服微微开合，露出了极白的一小截腰肢。

蔚丞只看过去一眼便难以挪开目光，心下感慨着果然是各大导演也连连夸赞的天花板颜值。倏地，他眼前又浮现出萤火虫洞内谢行川与她的亲密动作，一时间胡乱的念头奔涌，想着或许她并不排斥这种亲密动作？这么想着，他便情不自禁地伸出手去。

简桃沟通完毕正要离开，突然从面前的反光板里看到些不太对劲的东西，在蔚丞伸手时迅速抬腿朝前避开，这才莫名其妙地回头看向他。

蔚丞顿了一下，看她眼神中诘问意味明显，一时又因这双眼连这样也好看而走神，半晌后才回过神来，指了指头顶的摇臂，找了个托词说道："我……我看摇臂在晃，怕打到你，想让你躲一下。"

简桃抬头看去，在半空中托着摄像机器的摇臂离得挺远的，再旋三百六十度也碰不到她。

倒是这人，连欲盖弥彰的言行都这么好笑。

于是她没控制地笑了一声，这笑声落在蔚丞的耳内，却不啻一记重音，笑声带着慵懒、荒谬、可笑的意味。能让一个男人在一个女人面前有底气的资本，他一样也及不上简桃。这笑，更像是她在嘲笑他连自己几斤几两都不知道。

一瞬间感觉丢人至极，他第一次体会到什么叫抬不起头。

简桃没再看他，迅速朝休息区走去。

她在休息区的躺椅上缓了一刻钟，再起身时终于舒服不少。

看到一边有水上运动用的防晒泥，她图新鲜地往脸上抹了两道，很快，门口传来敲门声。

谢行川："穿好没有？"

她奇怪地拉开门，见没有摄像师跟着，这才问："他们让你来喊我的？"

"嗯，他们在点果汁，我不喝。"

大概也是嫌那边吵，他掩上门，径直在椅子上坐下，开始闭目养神。

简桃换完衣服回头，准备喊他，但就在看到他闭眼的那一刻，突然计从心头起，将绿色的防晒泥挤到指尖上，打算给他脸上也抹两道。

结果她的手指快接触到他的脸颊的那一刻，她被擒住了手腕。

男人悠悠地睁眼："干什么？"

"给你抹点儿，"她很无辜地说，"怕你被晒黑了。"

"不要。"

"那不行，这是我做妻子的职责。"

他的力气大，但她在上位，更方便用巧劲。推拉之中她找到机会，也没多想，直接一个跨步坐到他身上，眼见下一秒就要成功——一阵天旋地转，位置翻转，她被压在了椅子上。

简桃动了两下，这回发现挣扎不动了。

谢行川："还闹不闹？"

"我没闹，"她坚持自己的说法，"你以为我是故意涂绿你，其实我只是怕你被晒黑，你怎么能这么抵抗？"

在她说到一半时，他像是发现什么，手指在她的肩上揩了一把。

简桃："怎么了？"

她顺着他的目光看过去，在她的动作之下，衣服领口微歪，露出来的肩膀上有一枚小小的红印子。

谢行川垂眼看着，声调很平常："怎么还没消？"

"你还说呢，"一说到这个简桃就来气，"你这嘴比拔罐还厉害呀，不吸点儿什么东西难受是吧？那天在帐篷里顶灯都不关，我的眼睛都要被晃瞎了。"

她张嘴正要继续说什么，突然有声音响起，下一秒门被人猛地推开。

潇潇压低声音，语气震撼又兴奋地说道："小桃姐，'橙月'塌方上话题榜了！"

像是蹑手蹑脚而来只为分享这个消息，潇潇满面红光，兴奋不已，但就在抬起头，视线定焦的那一秒，面上表情被清空，嘴也一点点地惊恐张大。

十九年来她看过的所有科幻片加起来效果都没此刻看到的画面更震撼，待躺椅上的二人同时转过头来，她所有不可思议的猜想得到了验证——潇潇将目光挪向了简桃的肩膀。

"啪"的一声，潇潇手中的饮料洒了一地。

简桃启了启唇，想解释，然而目前这个姿势——

谢行川就压在她身上，手指拉着她已经垮下来的领口，指尖落在她那个将消未消的"草莓印"上——

看样子，她是解释不了了。

气氛呈现出一种黏稠、诡异、暗流涌动的安静感。

潇潇方才兴冲冲、迫不及待地想跟她分享的新闻，此刻也被压在喉咙里，被更震撼的事代替。

突然，外面又响起一阵仓促的脚步声，紧接着邓尔的声音从走廊那头传来——

"刚刚谁把水摔了吗？有什么事呀？"

简桃脑子里的弦"砰"一下断开了，下一秒，潇潇已经火速回过神来，回应："没事，我们已经准备过去了。"

简桃很快读懂了潇潇的意思，感动之余，连忙把身上的谢行川推下去，走到了门口。

还好她已经换了衣服。

潇潇挽着她的胳膊，二人和走来的邓尔碰上。

简桃感觉到潇潇的手有点儿颤，可能潇潇是兴奋的。

邓尔喝了一口果汁："怎么去了这么久啊？我还以为有什么事。"

潇潇往后指了指："有个东西倒了，所以……所以弄得久了些。"

她说话有些磕巴，能看出来有些紧张，好在并不明显。

谢行川明显比这新人老到多了，收到邓尔询问的目光时，处变不惊地点了点头，表示确实是那个情况。

邓尔毫不怀疑："行，那我们赶紧去吧，教练等着呢。"

简桃还以为外面会有些混乱，但没想到还算稳定，大概是潇潇5G冲浪最先发现新闻，其他嘉宾都收起了手机，所以并不知情。

只是导演组里有几个人神色微变，但也无法贸然叫停录制进程。

究竟是什么消息被曝光了？简桃想着。

这么想着，简桃随着邓尔的步伐走到排队处。

邓尔步子快，跟前面的嘉宾会合了，简桃和潇潇走得稍微慢点儿，跟他之间隔了几个外国游客。

那几个人身形高大，笑声和鼓掌声混杂，完全就是一道天然的屏障，把她们和前面的邓尔隔绝开来。

简桃正想问"橙月"塌方的事，潇潇却完全无心，伸手关了自己和她的话筒，仗着摄像机挤不进来，顿悟一般同简桃附耳："怪不得我之前说谢老师是处男，你那么斩钉截铁地反驳我呢。"

简桃就知道，还是逃不过。

看来方才的十来分钟里，潇潇已经自我消化了这件事。

比简桃预想中的情况好点儿，潇潇并没有询问他们的关系，而是兴奋地压低声音说："我之前也看过这种漫画，两个人白天是同事，天天真情实感地吵架，晚上暗度陈仓。"

简桃沉默片刻，心道：你说的是什么正经的东西吗？

简桃看着她，半晌才开口："我们……"

"我懂，"潇潇以手势制止简桃的话，一副很懂的样子，"成年人嘛，不必多谈。"

说着说着，潇潇又神秘地凑近简桃，像是非常稀奇："你们是什么时候开始的？背着公司在一起的感觉是不是很爽？平时你们都是什么时候一起……会约好吗？那我们旅游会不会影响你们发挥啊？"

简桃心说：这问的都是什么？你们十九岁的姑娘关心的都是这种事吗？

但看到潇潇期待的目光和表情，简桃又短暂地谅解了一下。

第三章 咬三口 摆烂夫妇

行吧,十九岁的小姑娘,可能正处在对世界好奇心和窥探欲比较重的时候。

这一个接一个问题跟连珠炮似的,简桃压根没法回,舔了舔唇打算糊弄过去的时候,潇潇再度抛下一个重磅炸弹:"谢老师怎么样?他看着就挺牛的样子——"

如同被哽住,简桃好半响开不了口,在众目睽睽、前后夹击的情况之下,再一次感受到了烈日当空,后颈灼烧。

半响后,她指了指栏杆,示意潇潇低头去看:"谢行川在看着你。"

栏杆上映出了后方谢行川慵懒又游离的眼神。

或许是地位的压迫感太强,潇潇终于有所收敛,缩了缩脖子,往前靠了靠。

好在终于要上游艇了,简桃暗自松了一口气。

"你有空回答我一下嘛,"潇潇这回将声音压得更小,"放心,我不会跟别人讲的。"

停顿了几秒,潇潇慨叹:"因为说了也没人会信。"

等潇潇远眺了几分钟后,简桃见是个转移话题的好时候,便开口道:"你先说说,塌方是怎么回事?"

"哦对,"潇潇轻声说,"有人开帖曝光蔚丞到处骚扰工作人员了,话题热度还挺高的,不过蔚丞的团队公关特别快,但'橙月'塌方的话题还是挤上话题榜了。"

二人聊到这儿,教练也抬手招呼大家上船。

潇潇小声说:"等会儿下来我和你详细说,我估计事情也快瞒不住了。"

一艘快艇位子很多,所有嘉宾坐在一块儿。

等待的时间太长,大家一般会相互聊聊天,给节目录制素材。

但是简桃注意到,元宵月的手机是亮着屏的,还被元宵月搁在腿上。元宵月身边坐着明显没那么自如的蔚丞,一副有点儿烦躁又不知如何

105

开口的样子。

看样子，元宵月也知情了。

简桃刚收回目光，伴随一声发动机启动的声响，快艇在水面上沉浮起来。

大家看宣传片的时候感觉快艇速度不快，但真正身处其中，溅起的水浪混着灼人的日光浇在眼睑上，没有安全带的座椅加重了人的恐慌情绪，尖叫声和水花四溅里，仿佛下一秒就会和岩石狠狠撞上，失重的眩晕感也像要把人抛进水底。

简桃抓着扶手，摇摇晃晃，沉浸入游戏里。

直到快艇绕过一圈停下，余韵仍未消失，大家上岸时还在回味，说这项目很有意思，紧张刺激，有机会还要来玩一次。

气氛高涨中，蔚丞和元宵月却站在一边，他低头给她擦着水，似乎还在解释什么。

接下来的过山车，蔚丞虽然也一直跟着元宵月，却明显有点儿提不起劲，不如之前那么殷勤和甜蜜。

这么大的事发生，蔚丞也没心思再骚扰其他工作人员了，潇潇则一直待在简桃身边。

项目结束后，几个固定嘉宾在一起商量晚餐的事，刚走上房车没一会儿，外面就传来争吵声。

简桃低头在案板上弄水果，房车上的人陆续下车看情况，没一会儿，潇潇出去一趟，又走了回来。

潇潇暗示道："两个人走了。"

"走了？"简桃问道，"去哪儿了？"

"不录了呗，吵得可厉害了。"潇潇拿起一粒樱桃，捂着麦说道，"我去的时候听到了，两个人就在车里对着吵，反正都在说对方的问题吧，说着说着两个人就开始互掀对方的底，很恐怖，最后还是工作人员强行拦住两个人，说让他们分开冷静一下。"

潇潇指了指："你看看手机，话题现在算是彻底炸了。"

简桃："是之前曝光帖子的事？"

"不止，"潇潇说，"他的女朋友出来了。"

简桃点进潇潇递来的手机，手机上正是话题榜页面，排行第一的是"蔚丞圈外女友发文"。

这个"女友"并非元宵月，而是小有名气的、拥有五十多万粉丝的慕冰。

慕冰："从中午开始就陆续收到了很多朋友的消息，在这里一一感谢并回复。今年年初我谈了一场恋爱，一直没有官宣，因为他说会影响他的事业。

"我从前年开始喜欢他，那时候我本人的情绪状态很差，他在《音动人心》的几个舞台表现非常打动我，他本人在采访中的乐观和幽默发言，很大程度上也陪我走过了低谷时期。

"去年年底经朋友介绍，我们认识并一起度假，后来确认关系似乎也是理所当然的事，那时候的他的确也是单身。

"这些年作为他的粉丝，我一直对他深信不疑。我想没人比我更了解他，也没人比我更支持他。我希望他完成他的梦想，站上更大更高的舞台。

"所以他告诉我他不做音乐了，因为不赚钱，我说好；

"他说为了知名度，必须先短暂炒作一下两个人恋爱的话题，不过让我放心，他和女方都知道这是假的，他实际上的女友还是我，我说好；

"他说剧播出期间可能会多一些营业互动，但那都是演的，让我放宽心，他真正想结婚的对象只有我，我说好。

"直到今早，有《星夜环游》辞职的工作人员发帖，说自己遭受了他的骚扰，越来越多的女生站出来，发布照片、视频、聊天记录。

"他让我相信他，但这一次，我不能再说'好'了。

"因为那就是他的声音，视频中分明是他的背影，每一次的夜不归宿也终于有了原因。我是如此了解他，乃至于任何辩解都苍白而虚假。

"我询问我的工作人员,她们说蔚丞对她们确实说过骚扰语言,但她们怕是自己多想,不敢和我开口。

"我联系到一些爆料人,她们告诉我蔚丞确实欺骗她们的感情,达到目的后再人间蒸发。

"我联系到元宵月女士的经纪人,微信对话清晰地告诉我,原来他们的关系并不是假的。

"所以有人拍到的那些过夜的情况是真的,暧昧是真的,亲吻和关照是真的,我受欺骗,也是真的。

"我从来不相信什么因为爱过才会高抬贵手放你一马。我只知道,如果我不发声,会有多少支持你的人再被你欺骗,会有多少人被你的甜言蜜语蛊惑,被你的艺人包装迷惑,像个傻子一样被你耍得团团转。

"接下来的十八张图片每一张都是真实证据,如果不是发布受限,我手中还有更多证据。

"真分手,不复合,不联系,不删帖,人渣,就要得到人渣的下场@蔚丞。"

评论数这会儿已经两万了,全是心疼女方和控诉男方的。

慕冰发声后,紧接着的证据越来越多,甚至不少圈内人也站在合作的角度,讲述蔚丞是如何不敬业,以及刚走红一点儿就开始拖延时间、耍大牌。

风暴愈演愈烈,蔚丞的公关团队却一言不发,放任他的风评一夕之间逆转,恶评如潮。

潇潇总算是出了一口恶气:"因为他圈外女友那个慕冰家里面很厉害的,而且手上还有更多没放的证据,他们不敢发律师函也不敢反驳慕冰,怕惹得情况更乱。"

简桃偏头:"不过现在事情已经够乱了。"

经历过各种风浪的合作方已经非常清醒,一旦有真实证据,所有代言方会立刻出面解约,一方面是为了和脏东西撇清关系,另一方面

第三章 咬三口 摆烂夫妇

则是为了赚大众的好感度。

短短两个小时，蔚丞的代言已经丢掉五个了。

简桃再一刷新微博，最新微博映入眼帘，蔚丞的最后一个代言也宣布与他解约。

"瓜"只能吃十分钟，很快，安排完蔚丞和元宵月的节目组工作人员回到现场，节目继续录制。

一顿晚餐，大家准备得尤其安静，潇潇和邓尔时不时互相交换眼色，表达对热搜榜话题的关切之心。

只有谢行川还是那副什么都不大上心的模样，甚至多做了两道菜。

等到了晚上，能自由活动的时间，大家打开微博，这件事的发展早已超出了大家的预料。

忌惮于慕冰的地位和手上更多的证据，蔚丞只有两种选择——早"死"或晚"死"。

他的团队选择不再回应，变相承认了此事，而他余下的路只剩退圈或过几个月再出来蹦跶，不过按照他的地位，他再复出也不可能有水花。

元宵月的团队见状，选择让元宵月写一则小作文卖惨。元宵月身为受害者已成事实，长相不错又被男方内涵，那则小作文底下，不少网友和粉丝关心她。

然而，元宵月吸粉未半而中道崩殂，蔚丞团队闻讯后快速给出证据反击——

其实元宵月从今年五月开始同样也有新男友，且参与过校园霸凌事件、学历造假，还被人扒出踩着简桃发了不少"不红倒是爱蹭"的通稿。

不食人间烟火的仙女人设被彻底推翻，元宵月原形毕露。

而根据蔚丞团队放出的通话记录显示，元宵月和另一位男友还在前天晚上节目录制中打过电话，就是简桃在浴室听到的那通。

曾经演出的最亲密的恋人，在跌落低谷后也不想让对方好过，短短一下午，双方互掀老底，惨烈又可笑。

简桃手指一滑，各式各样的评论都有，有说他们全员恶人的，有看热闹不嫌事大的，也有人站在简桃这边觉得解气的。

她没工夫多看，毕竟已经快十二点了，明天还有录制。

检查了一下微信没有新消息，她顺势躺倒。

次日简桃七点起床，又忙忙碌碌地跑了一上午，等到午休时，才多了会儿自由活动的时间。

她一打开手机，映入眼帘的就是钟怡的一百多个"哈"。

这两年来元宵月的通稿钟怡可看到不少，钟怡早就替简桃不平了，这会儿气全出了，爽到凌晨五点才睡。

这会儿钟怡应该是在睡觉，简桃怕手机振动把她吵醒，就退了微信，顺手进了微博看。

大概是昨晚简桃看过太多相关内容，今天的热点自动给她推送了一些相关用户的微博。

她们还新建了一个超话，叫"灾后重建"。

这名字有几分苦中作乐的味道，简桃不由得失笑，点进超话看。

"我觉得要嗑点儿糖才能对抗生活的苦涩，有没有假糖啊？"

"有理，只要我追的是假情侣，那他们就永远不会分。"

这一句话似乎打开了大家的思路，网友纷纷建言献策，举了很多不可能的例子。

简桃再往下滑，有人还在悲叹往昔，放出蔚丞和元宵月在《星夜环游》中那张出圈照："又在流泪……"

"明明只是三天前的情景，唉。"

"甚至看到旁边独美的简桃和谢行川，我都产生了一丝亲切感。"

"演得越甜蜜越不可信！"

评论到这里明明一切都很正常，四个人的合照，网友把她和谢行川拿出来说说倒也合理。

但是再往下，似乎有一些奇怪的事情发生了。

第三章 咬三口 摆烂夫妇

最新发帖来自三分钟前。

"那句话怎么说的？在哪里跌倒的就要在哪里爬起来，忘记一段感情最好的方式是开启一段新的恋情。"

"'橙月'最出名的图是哪张？不就是他们和简桃、谢行川的这张吗？图里有四个人呢，我们就不能有点儿出息，找个'高奢'版替代品吗？"

"既然你们都想嗑假糖，为什么不看看简桃和谢行川？！"

房车行驶在路上，玻璃窗映出了简桃本还带着点儿笑的眼睛。

谢行川抬眸瞥了她一眼，正想问她在笑什么，然后就发现，简桃笑不出来了。

房车匀速行驶，窗外的阳光和树影透过玻璃影影绰绰地洒在桌面上。

紧接着，谢行川看到简桃一言难尽地抬起头看了看他，又看了看镜子里的自己。

她百思不得其解地皱起秀气的眉心，不知是在询问谁——这配吗？

谢行川敛眉。

很快，简桃贴着防窥膜的手机亮了一下。

谢行川发来消息，一个言简意赅的问号。

她还处在对那个提议的巨大震撼心情中，缓了一会儿才说："没什么，看到了一些很惊悚的东西。"

她总不能跟谢行川说"我看到有人建议嗑我们俩的假糖"吧？

算了，这种提议，应该也不会被人采纳的。

很快，房车在超市前停下，简桃收起手机。

他们需要进行一些物资补给。

这还是大家第一次一起逛超市。

刚一进去，潇潇和邓尔就推着推车开始战斗，一路笑闹着穿梭在超市中，简桃则思考着买什么食物，推着车子在后方缓慢行走。

偶尔要开很久的车，午餐他们也需要在车上解决，所以她想买些熟食，或者垫肚子的零食。

　　她边走边挑，选得投入，等回过神来的时候，才发现自己正在跟着前面的人走。

　　她抬眼，前方男人宽阔挺直的后背映入眼帘，他正俯身在冷柜旁挑选合适的牛排。

　　她四处看了一圈，发现大家早就各走各的，不知道走到哪儿去了。

　　这个角落里只剩下了她和谢行川。

　　她挑完果汁就打算离开，冷不丁地看到男人突然拿起个什么东西，手指往上掂了掂，而后目光一挪，颇有深意地看了她一眼。

　　正欲转身的简桃被这眼神定在原地，强烈的好奇心迫使她停住动作，开口道："怎么了？"

　　这人半靠着冷柜，指尖半拢，学着她之前在车上的话，悠悠地吐出这么无可奉告的一句："没什么，想到了一些其他的东西。"

　　简桃沉默数秒，想到刚刚在车上自己也是这么讲的，心说：这人是真记仇啊。

　　她推着车向左走，脑袋里突然有片刻放空，想起了第一次见他的情形。

　　他从高中那会儿起就记仇得厉害。

　　简桃还记得那是个非常普通的正午，聒噪的蝉鸣声在校园的每一处奏响，震耳欲聋，窗口有梧桐树叶被阳光晒得发烫的味道。

　　他天生带了点儿风云人物的味道。

　　人家转学都是九月，他是八月，在大家补课时随便选了个人心浮躁的星期五，穿了件白T恤进了校门。

　　简桃低头背单词时，后排女生们的"叽叽喳喳"声像是字母一样蹿进她的耳朵里，女生们在说学校转来一个特帅的公子哥儿，那人正在校长办公室里领校服。

　　她们暗自下注，赌他今天会不会穿校服。

第三章 咬三口 摆烂夫妇

简桃压根没多想,也不在乎他到底是转到哪个班,背完单词拿出听写本,打算趁热默写一天的词汇。

谢行川就是这个时候进教室的。

据后来的小说爱好者钟怡所描述,那天的谢行川说一句帅到天绝地灭也不夸张。

他从正门跨步走上讲台,穿着最平庸的白色校服,手臂侧钩着书包,书包随意地挂在身后。

朴素的校服硬是被他穿出了几分风流韵味,头发一看就没怎么打理,他只是懒洋洋地抓了几下,却在光照下显出莫名其妙的帅气感,整个人像是撕破日光、突破次元走出来的漫画人物。

立体的眉骨、锋利的下颌线条、明晰的手臂肌肉和指骨,谢行川就是实打实的原生帅哥,不知道吊打多少搔首弄姿的男高中生,透着股睥睨众生的高贵劲儿,一看就很难搞。

所以那时候,作为简桃同桌的钟怡立刻兴奋地压低声音,戳简桃的胳膊分享道:"你看门口那个帅哥!"

正默背单词的简桃艰难地抽出一点儿神思,朝门外匆匆扫视了一眼:"门口?门口站的不是'光头彪'吗?"

钟怡无语,又推了她好几下。在钟怡锲而不舍的带领下,她总算抽空抬头看了谢行川一眼。

他正准备走下讲台,她在他抬腿的那一刻收回目光,继续挥笔。

钟怡:"怎么样,是不是挺帅?"

Inspiration,灵感。

简桃流畅地拼出这串单词,已然忘记他长什么样了,随口回道:"就那样吧。"

话音没落,钩着书包的谢行川路过,坐在她身后的位子上。

那就是她和谢行川的孽缘的开始。

当天下午,学校如火如荼地开展着校庆准备工作,每个班都要出

113

一个方阵，男女生各挑一个走在班级方阵最前面。

她是副班长，选人的任务交给了她。

班主任下课时，随意拍板定下："女生就是你嘛，至于男孩子……挑我们班最帅的那个就行，毕竟是全班的脸面。"

最帅的那个？那是哪个？

她就近先问了班长，可惜班长有点儿矮，不好意思站在最前面，让她再找找。

找来找去没的选了，她把目光锁定在了新同学身上。

简桃抱着马上要派发的作业册，走到谢行川身前，问他："同学，下个月校庆活动，你方便走第一个吗？"

这会儿她终于看清他的长相。

夕阳橘色的光织出张网，从他的肩颈处泾渭分明地弥漫开，他的白色校服被烫上炽烈的光，像调低了透明度的水彩画布，而分界线往上，是辨识度很高的眉眼，眼皮上有颗不明显的小痣。

他勾了勾唇，眼尾却没跟着动，漫不经心的眼里写满玩世不恭的意味，笑时喉结会很轻很轻地滚动。

这人就那么靠在椅背上，悠悠地问她："你不是说我长得一般吗？"

怎么也没想到会收到这种回复，她有些难以理解地站在他的桌前，手里的练习册还维持着放在他的桌沿的状态，像被人定格。

大概是等了一会儿，谢行川这才抬起眼来，手指挑了挑最上方的作业本，挑眉问她："怎么，要我帮你发作业？"

她当然知道他在说反话，也不知怎么的，可能是长期积攒的学业压力在此刻找到出口，又或者是有的人生来就不对盘——一贯被所有人评价平易近人的她，竟然从善如流地接招。

"可以吗？"她松开手，温柔地说，"那谢谢啦。"

这回轮到谢行川无语。

她一直觉得她和谢行川是道高一尺，魔高一丈，偶尔她高一尺，偶尔他多一丈。

就像最开始他那么不乐意当仪仗队的第一个人，最后还不是得乖乖就范？

只不过二人的梁子也越结越深罢了。

节目还在录制，没空再想下去，简桃及时收回了神思。

那时候她和谢行川的关系实在是差，有了初见的引子，后面就算是小组讨论问题，没一会儿他们也会戗起来。

现在他们关系虽然也不怎么好，只是比起高中那时候倒也进步太多了。

要是没有这综艺节目，估计他们俩这辈子就这样了，更别说偶尔还能平和地聊聊天。

简桃思忖间，大家又在结账处会合，服务员帮他们装好袋，简桃把自己选的那两大袋东西提了起来。

一行人走出超市，门外仍是骄阳高悬。

潇潇和邓尔找到一辆可以租的游戏车，投完几个币就开始加速狂飙，为数不多的摄像老师连忙跟上，生怕错过了镜头。

简桃提着东西，在后面慢吞吞地走着。

走了一会儿想到什么，她转头一看，身后已经没有摄像师了。

摄像师都去追潇潇和邓尔了。

这么想着，一计又成，她抿着唇，动作很轻地走上前去，小心翼翼地把自己的那两袋零食挂到了谢行川的指尖上。

突然负重，他顿了一下，旋即转头看她。

仗着二人走在后面大家看不见，简桃给了他一个充满肯定的眼神。

可能是想显摆一下自己比她的力气大很多，谢行川把所有东西换成单手拎，而后轻飘飘地问道：“又把我当苦力了？”

她故作意外地抬头，一脸"你怎么这么想我"的样子看着他。

"怎么会呢？"她说，"苦力要给钱，你不用。"

午餐大家是在车上吃的自热火锅,车子行驶了漫长的一段路后,他们终于来到新西兰的夜市,打算尝一下当地小吃。

因为用的还是简桃和谢行川赚的钱,所以潇潇点餐都很克制,算来算去,生怕多花了,勾了几个小吃又擦掉。

简桃看了,递菜单的时候又把那几个东西加了上去:"没事,出来玩嘛,想吃就点。"

潇潇不太好意思:"毕竟你们赚钱也挺辛苦的,把节目组的房费一还都不剩多少了。"

"那到时候再赚就行了,"想了想,简桃安慰道,"实在不行让谢行川再帮电视台拍个广告。"

邓尔心说:你们现在内涵的话都是当着面说了吗?这就把我行哥卖了?

谢行川正在擦餐具,闻言没什么情绪地笑了一声,大家生怕战争一触即发,连忙转换到了新的话题上。

之前的钱今晚一花,确实不剩多少了。

节目组工作人员甚是满意,拿着个小喇叭笑眯眯地说道:"各位之前赚的钱都花得差不多了,明天是不是该工作了?"

于雯:"你这话说的,我们哪天不是在工作?"

潇潇大笑:"就是,就是,来新西兰不就是工作吗?"

邓尔:"别以为我不知道你们,你们就是看我们没钱了,又能拿捏我们了,专门喊我们去做一些重活、累活,节目效果就有了。"

导演组工作人员还在装:"那我们不安排也可以呀,老师们自己找工作?"

"找不到的话我们可以施以援手"这句话导演组工作人员还没说出来,简桃回身看了他们一眼:"行啊。"

导演组工作人员怔住。

简桃:"我看这里就挺好,生意好,流量大,而且那边好像有几个空位招租,我们可以试试。"

第三章 咬三口 摆烂夫妇

导演组工作人员正要开口,潇潇问道:"那做什么呢?"

"烧烤,"简桃将小算盘打得"噼啪"响,"这边烧烤生意很好,而且味道一般,如果我们这边有会烤的人,肯定能赚钱。"

导演组工作人员:"那……"

温晓霖:"烧烤我倒是可以,只不过一个人忙不过来。"

导演组工作人员:"明……"

邓尔:"我可以,我可以!我给你打下手,我贼爱撒孜然。"

简桃点头,非常有生意头脑:"那这样,两个人备菜,两个人烧烤,一个人收银,另一个……我们弄个饮料台怎么样?"

潇潇:"一条龙服务!可以!可以!"

简桃:"正好我之前刷到过一些手作饮料的教程,回去再找找,这不比他们赚钱?"

导演组工作人员站在原地,很呆:请问我们还插得上话吗?

导演组工作人员自然是插不上话的,几个人吃完了比萨和小食,前去询问空位招租的事。

只可惜这老板好像不在附近,他们找了半天,找到的人都是不能管事的,只说租赁三个月起,如果按天租那些人不清楚。

好在老板是个华人,一通周旋下来,他们终于拨通了老板的电话。

老板说是十分钟就到,简桃等了十多分钟,也没看到人影。

她转身,看到谢行川正坐在椅子上,不由得抬腿走过去,仗着那位置暗,也想歇一会儿。

结果她刚坐下,头顶的灯就被打开了。

她这才发现自己坐在一户人家的门前,正要起身,面前出现一个笑吟吟的老太太。

老太太看看她,又看看谢行川,目测着二人之间的距离,半响后,柔软地问出一句:"闹别扭啦?怎么和你男朋友离这么远?"

简桃连忙起身,比奥运会跨栏冲刺速度都快:"我们不是……"

老太太了然地点头,这才问:"没吵架?那是第一次约会,所以不好意思吗？"

简桃结舌半晌，正要细致澄清，一旁的潇潇走了过来："这是空位招租的老板娘。"

简桃否认的话顶在舌尖上，于上牙膛上猛然收住。

老太太目光飘远了些，已然陷入回忆之中："当时我和我家那个也是这样，第一次约会他坐得离我那叫一个远，手也不敢牵，还是我主动……"

终于听完这段回忆爱情故事，简桃说明来意，说自己和其他朋友是一起来做节目的，不过经费需要自己赚，能不能租她的铺子一天，可以支付高一点儿的费用。

老太太听完十分感动，然后用最温柔的语调说出最绝情的话："一天吗？那不租的。"

简桃："我们支付五天的费用呢？"

"不行啊。"老太太转身，"一天太短了，弄起来复杂，我之前虽然也租过一天的，不过因为那是对小情侣，看着他们就想起我和老头子年轻的时候。

"没办法，能让我想起美好回忆的事不多了……"

就在老太太转身那一秒，简桃的脑袋里浮现出了明天节目组工作人员会为他们准备的工作大礼包，烈日、少得用来掌控他们的薪水，还有各种意外……

"等一下！"

嘴巴先于理智开口，看到老太太重新转过身来，简桃深深吸气，忍耐地朝谢行川坐近了一些。

见不够近，她又近了一些，压抑着呼吸，尽量调动自己的演绎细胞，朝他的方向偏了偏头，问："那如果我们是情侣，可以吗？"

果不其然，话音刚落，老太太转身欲走的脚步停住了。

顶灯之下飞虫环绕，一股巨大的羞耻感包围着简桃，摄制组的人也纷纷露出见鬼了的神情。

老太太连皱纹都散发出慈祥的光芒:"你们真是情侣啊?"

潇潇也向简桃投来钦佩的目光,简桃屏息地点了点头——确实,我为你们的幸福付出了太多代价。

她深吸一口气,半晌后说道:"您需要的话,我们可以是。"

这已经是极限了,她真的说不出来肯定句。

老太太顿悟般点了点头。

她知道了,这两个人肯定是在暧昧期,没捅破那层窗户纸呢。

年轻人嘛,是要羞涩一些。

老太太"呵呵"笑着:"我就说,你们看起来很般配的。"

这句话让简桃又想到"'橙月'灾后重建"里的提议,她不太明白地心想:我们到底哪里般配啊?性别吗?

她很难在这个话题上继续下去。让她和谢行川扮演情侣,她怕没两分钟就会露馅。

但老太太似乎还没想马上跟他们讨论场地的事,又笑眯眯地看着她和谢行川:"能拍张照就好了,回去给老头子看看,他年轻的时候也有这么帅。"

不知道是谁带了相机,也不知道大家围在一起吵吵嚷嚷,重点怎么就变成了教老太太用相机拍照。

取景框后,老太太被大家逗得直乐,看着简桃和谢行川,伸手指了一下:"要是你的头能靠在他的肩膀上就好了。"

这话一出,四下寂静。

众人脸上露出不同程度的惊恐神色,如同听到了什么不可思议的内容。

简桃呼吸也跟着一滞。

她轻咳了一声,问一边的潇潇:"要不我们还是先说一下租场地的事吧,我看那边有两个店面是连在一起的,如果能一起租下来,就不会施展不开了。"

"可以是可以,但是老太太会同意吗?"潇潇示意,"现在她正等你呢。"

简桃转头，没想到装聋这招没用，老太太就站在她对面，依然表情充满期待地看着她。

她甚至能想到如果自己拒绝了老太太，接下来的谈判会变得多么艰难。

算了，简桃将心一横，就当是拍戏。

她身边的谢行川一直非常出色地扮演着置身事外的角色，这很符合他的性格，一副随他们折腾反正他是累了的模样，没说不行，当然，也没说行。

她僵着脖子，在镜头下慢慢地侧了侧身子，试图让自己的太阳穴去碰触他的肩膀。

两个人之间的距离越缩越短，然而就在她要沾上他的一瞬间，她迅速弹了起来。

虽然再亲密的事情他们也不是没有做过，但简桃一直觉得亲吻也好，碰触也好，有一些举动只是出于人身体中的本能，并不需要情感联结。

但这样的亲密动作，涌动的全是恋爱的青涩感，众目睽睽之下，她感觉到无所适从。

这样的感觉，她和谢行川之间似乎从未有过。

憋了半晌，简桃干涩地说道："我不行……"

话音刚落，她的声音被一旁的邓尔的声音盖住了，他惊呼："哇，奶奶，你这边还有烧烤架吗？"

老太太回道："是的，之前买了没用上，如果你们租下的话可以用。"

简桃眼睛一亮。

他们不用额外买烧烤架了吗？

她的头立刻搁到了谢行川的肩膀上。

谢行川垂眼看向她。

拍完照片，老太太心花怒放，自然很快就答应了他们的要求，两

个铺子按天租，并且还提供烧烤架和炭。

唯一美中不足的是，老太太看完照片，指了指图中的简桃的肩膀，问谢行川："你怎么没把手搭在她的肩膀上呢？你的手呢？"

谢行川看了照片一眼，很自然地承认："断掉了。"

解锁了新地点，他们在这附近住下了。

分好房间后，大家放了行李，就开始在客厅里集合，讨论出烧烤点单的菜单，并记录明天要买的食材。

简桃还特别计划出了两个套餐，上网搜了些饮品的教程。

做饮料这件事交给谢行川，大家还期待着他站在最靠外的位置，能靠脸揽来一些生意。

忙完之后，大家各自回房睡觉。

简桃还热血沸腾，又做功课搜了很多，打算把他们的偏好和当地人的口味结合一下，例如新西兰人喜欢吃甜食，那饮料可以适当做甜一些。

等忙完，简桃已经很是疲惫，结果洗了个澡，还发现自己来"姨妈"了。

可能是水土不服的原因，例假提前了一个星期，导致她来不及做任何准备。出发的时候她也完全忘记了这茬儿，根本没带卫生棉。

她躺在床上，感觉浑身的血条都被人抽空了。

新西兰的外卖不比中国发达，她搜了好半天，发现实在太麻烦。

况且这会儿，大家应该都睡了。

但她这样子……又没法出去买卫生棉。

纠结半响之后，她抱着最后一丝期待，较为忐忑地敲开了谢行川的对话框。

捡个桃子："睡了吗？"

两分钟后，谢行川说："睡了。"

她无语片刻。

捡个桃子:"睡了还可以回消息是吗?"

姓谢的狗:"自动回复。"

她没说话,对面的人也没说话。谢行川不用睁眼都知道她在想什么,见她没回复,这才问道:"怎么?"

捡个桃子:"'大姨妈'来了。"

捡个桃子:"但是我没带那个。"

下方传来新消息,谢行川输入了一个问号。

她尽量让自己楚楚可怜一些,虽然屏幕对面的谢行川可能感受不到:"你知道超市在哪里吗?"

姓谢的狗:"出门左拐,走五百米右转,再走七百米。"

简桃发送了一个含泪的表情:"啊,有一千多米啊……"

谢行川已经不说话了,静静地看着她演。

捡个桃子:"什么?你说你要帮我买?啊,这样不太好吧……"

姓谢的狗:"我没说。"

捡个桃子:"没事的,我自己可以!"

紧接着,她伸手用手电筒和桌子角撞出响声,完成了两条加起来长达八秒的卖惨语音,然后继续裹着被子娇弱地说道:"不好意思,刚刚因为贫血力气不足撞到桌子了。"

捡个桃子:"没关系,我再坚持一下,很快就要走到门口了。"

谢行川舌尖抵着腮帮,一言未发。

眼见他又不回复消息,感觉这招是不是不奏效,简桃想了想,又换了一招。

她上网搜到自己常用的那两款卫生棉包装,存图发给了谢行川。

捡个桃子:"不好了!猛兽入侵村庄,洪水席卷而来,村民岌岌可危!购买这两款物品,可以拯救危在旦夕的他们!"

谢行川还是没回复。

都一刻钟了,她自己出门买都买回来了。

她绞尽脑汁,打算再试最后一次。

剑走偏锋，这次她找到了疯狂星期四的发疯文案，打算从里面挑一个改编。

她正改编到一半，谢行川的消息发了过来。

"出门，后花园。"

这次他们住的民宿有一个很小的后花园，不过因为住的大多是旅客，每天大家有自己的出游安排，所以此时花园的人不是很多。

干吗？他要跟她单挑是吧？

不过正好，她可以让他开车带自己去买东西。

简桃多穿了件外套，这才避着摄像机走出门去。

好在嘉宾们来后花园逛逛也算正常，她还看到潇潇发了朋友圈，导演组的人应该不会往那方面想。

走到花园最内侧，有个靠墙的小凉亭，她正思考着怎么跟谢行川开口，看到他正低头滑着手机。亮光照射下，她又看到他面前放了个塑料袋。

她惊讶地走近，翻了翻里面的东西，诧异道："你买回来了？"

他收起手机："不然？看你给我发一晚上的发疯文案？"

她有点儿赧然，但一想又觉得有什么可害羞的？

他会害羞吗？

他买了挺多款卫生棉，简桃挑挑拣拣，又听他状似随意地说道："你要的那款没有，随便拿了几款。"

她点了点头，表示非常理解，有能用的卫生棉她就很感激了。

"不过你还知道要买夜用的？"她挺意外，"我都忘记和你说了。"

"没买，"男人垂着眼，漫不经意地说，"送的。"

"还送这个？为什么啊？"

"我怎么知道？"他斜靠在身后的墙上，挺浑地抬了一下眉尾，"看我长得帅？"

简桃的停顿反应很诚实地出卖了她。

"差不多行了"这五个字，她很善良地没有说出口。

简桃顺利地拿到卫生棉，回了房间换好，然后准备睡觉。

临睡前，她又打开对话框，思忖着敲了两个字上去。

但对着"谢谢"两个字，手指停留半天，她也想不出该怎么将其发送出去。

算了，口头感谢不切实际，明天她早点儿起来，帮他分担一下工作好了。

第二天一早，简桃听到响动就起床了，换好舒适的衣服，走出了房间。

大家都还没醒，只有谢行川的房门开着，四处倒是都很热闹，导演组工作人员正在摆机器，有些摄像机也没开机。

仗着面前有走来走去的工作人员遮挡，她问谢行川："你起这么早做早餐？"

"醒得早，"他说，"没事干就起床了。"

不过她想了想，确实每次和他睡一起，他醒得都比她早，好像他天生不需要太多睡眠时间似的。

很快，机器差不多摆好了，大家陆续起床，谢行川也从冰箱里拿出了要煮的东西。

简桃洗干净手，切好了需要的火腿肠丁，然后尝了一下味道。

当时在超市她没看到熟悉的牌子，这是她随手拿的，好在口感还不错，跟国内的差不太多，不然她怕鸡蛋饼做出来会不好吃。

锅里的水正在慢慢烧开，二人分站在厨房两头，也不交流，等待时就各自玩着手机。

但简桃还没搜多久功课，就收到了谢行川的消息。

"今早住厨房了？"

他应该是在说她平时都不进厨房，今天怎么有这个雅兴。

她抿了抿唇，实话实说："我来帮你。"

对面的人停顿了两秒。

第三章 咬三口 摆烂夫妇

姓谢的狗:"怕我吃不完,来帮我偷吃?"

她抿了抿唇。

她还以为他没看到。

她原本只是试试味道,但要做的东西很多,等的时间久,被他这么一说就有点儿饿了。

简桃四处瞟着,企图寻找什么东西用来充饥。

很快,机会就来了。

谢行川正在倒鸡蛋液,抽空短暂地回身:"看看馄饨熟了没有。"

这正合她意,简桃捞出一个馄饨尝了尝,这才说:"熟了。"

除此之外,两个人再没有多的交流。

几分钟后,馄饨和火腿鸡蛋饼以及燕麦片出锅,丰富地照顾到了每一个嘉宾的胃。

客厅里香味四溢,简桃坐在桌边吃完早餐,感觉生理期的疲惫感都被冲淡了不少。

大家一边吃早餐一边聊天,各种话题都在谈,没一会儿,对面的于雯笑着打趣潇潇:"听说你和邓尔的超话也开通了?"

潇潇叹气:"是啊,我刚知道的时候都蒙了。"

潇潇年纪小,所以来的时候是带了工作人员的。简桃觉得自己没问题,就没带,估计有些事就是工作人员和潇潇讲的。

"什么超话?"简桃顺嘴问道,"情侣超话?"

问完,她又觉得这都什么跟什么。她是不是之前看"灾后重建"看出后遗症了,才觉得大家看什么都想找点儿糖出来?

然而下一秒,邓尔已经悲恸地点了点头:"好像是。"

潇潇:"就是节目组之前放了一段我们俩骑车,摄像老师在后面追的花絮视频,结果没多久超话就开了,速度也太快了。"

简桃:"这也有人喜欢吗?"

"是啊,再冷的组合都有人硬在里面找糖,"潇潇说,"不过我觉我和邓尔的那个超话,大多数人喜欢的还是姐弟情吧。"

邓尔不愿意当最小的弟弟,站起身高声澄清道:"兄妹情!兄妹情!"

两个人在一旁又争论起来,简桃在某个点被刺激到了,又拿出了手机。

观众什么都能喜欢吗?也不至于吧?

之前那个提议她和谢行川组合的,应该没人会采纳吧?

毕竟在圈内她和谢行川的关系都已经那个样子了。

或许是大数据太懂她,直接就给她推荐了"灾后重建"超话,她甚至都不用搜。

简桃随意地从上往下滑,好在都没看到自己和谢行川的内容。正要放下心时,她发现底下关联了一个"你可能感兴趣的超话"。

她都要右滑退出超话了,突然感觉到什么东西很熟悉,眼神下挪,关联推荐的超话处能显示出小头像。

第一个推荐的头像是溶图风格,左右分别有两只眼睛,水墨一般洇开来。

右边的她很熟悉,是她自己的眼睛。

左边……是她熟悉的谢行川的眼睛,褶皱处有一颗浅棕色的痣。

没等她反应过来,手指已经先点了进去。

超话简介闻所未闻,见所未见,是一副对联。

上联:缺德人干缺德事。

下联:缺德粉嗑缺德糖。

横批:不做好人来摆烂。

她艰难地移动目光,看向最上方。

在她和谢行川的"合照"之上的,赫然是大家为他们起的超话名——"摆烂夫妇"。

作为还算红火的艺人,简桃虽然没跟人传过绯闻,但对热门动向都会有所了解。

第二章 咬三口 摆烂夫妇

别人的情侣名一般都是精心挑选的最合适的意象表达，融合了双方的名字，用词语或最浪漫的氛围描述。

而她和谢行川的名字，退一万步说，即使真的有人饥不择食地愿意"嗑"她和谢行川那不存在的"糖"，那怎么会叫"摆烂夫妇"？

这简直闻所未闻，见所未见。

超话简介怎么会是一副对联？

内容震撼心灵，难以理解。

确认一遍后，她又去了别的组合超话看了看。

不出所料，其他的组合名都很正常，很好听，浪漫又甜蜜，就连简介都在歌颂二人之间命中注定爱情。

所以她和谢行川的这个名字是什么意思？

她沉浸在这个超话名字带来的震撼后劲里，连大家都起身去了沙发那边也没发觉。

直到摄像机移动，谢行川站在摄像盲区里，屈起手指叩了叩她面前的桌子，她这才回过神来，仰头看向他。

提醒完她，谢行川转身欲走，但或许察觉到她的反常样子，略微停顿了半秒，然后偏过头来。

眼神相对的瞬间，简桃头脑发晕，终于忍不住感叹："谢行川，这个世界疯了。"

等她坐到沙发上时，大家已经在玩飞行棋了。

简桃坐在桌子一角，打开"偷情软件"。

捡个桃子："谢行川。"

捡个桃子："我看到有人在嗑我们俩的组合，怎么会有这么离谱的事？"

她决心不能一个人承担这一切，得把当事男主角也一起拉下水。

谢行川缓了一会儿才回她："没搜到。"

捡个桃子："你搜简桃、谢行川是搜不到的。"

捡个桃子:"因为我们的名字叫'摆烂夫妇'。"

谢行川发来一个并不理解的问号。

他正在厨房里做东西,因此回消息的速度并不快。一阵打沙冰的声响传出后,他才问:"由来?"

这她倒是不清楚。

简桃又去看了一圈,这才发现大家说的"摆烂"是指他们自己摆烂,而不是她和谢行川。

这大概也可以理解为……因为"橙月"塌方导致粉丝受创伤太深开始摆烂,生活无聊,有点儿糖才有盼头,但短期内不太想看真的情侣,那就看点儿假的。

于是她和谢行川就成了暂时被选中的人。

捡个桃子:"我懂了,他们就是开开玩笑,作为失恋期的一个过渡喜好,没认真,所以都在胡闹。"

再加上"橙月"塌方的后遗症,让他们现在从一个极端跳到了另一个极端。

因为在上一段"恋情"中无法选择的被支配感太严重,现在他们强行把她和谢行川凑成一对,有种生理上支配别人的爽感。

她就说,在这个综艺节目之前,她和谢行川连同框机会都没几次,这些人到底喜欢什么?

或许是一开始做了最坏的心理准备,再想到可能过两天他们就不喜欢了,简桃又稍稍……能接受了一些。

捡个桃子:"算了,这也不影响我们什么。估计等这个热度过去,过两天就好了,我看也没几个人签到。"

两个人聊完这个话题,没一会儿,厨房里又传出了冰块被搅碎的声音。

谢行川正在做饮料,由大家试喝过后,决定今晚烧烤上哪几款。

简桃整理着竹扦和锡纸。或许是并未完全适应新西兰的一切,她感觉小腹有些不舒服。

第三章 咬三口 摆烂夫妇

平时来"姨妈"偶尔也会这样，于是她起身，打算给自己煮点儿红枣水喝。

厨房里正站着谢行川，他背对着门口，应该没发现她。简桃也没跟他打招呼，自己站在料理台前准备东西。

她加了桂圆和红枣，看料理台上又摆了不少别的东西，随手加了点儿，这才放进壶里。

她转身正打算加水，突然有一堆碗筷被放在面前，她低头一看，摄像机被谢行川用摞起来的碗碟挡住了。

下一秒，她手中的壶被人夺了过去。

谢行川拿了个小篓子，把里面的材料重新筛了一遍，只留下了桂圆、红枣和枸杞，然后加水、烹煮，动作一气呵成。

简桃用唇语问他："你怎么给我把东西挑出去了？"

谢行川就没她这么谨慎了。他直接把麦扯掉，言简意赅地说："凉性。"

她靠在台边，想了想，捂住麦问他："那煮热了不就行了吗？"

不知道是不是错觉，她看到谢行川勾了一下嘴角。

男人侧身，单手拉开冰箱门，她下意识地后仰，整个人连他一起被压到冰箱门后，冰箱门遮挡住了最后一台摄像机。

冰箱里发出昏黄的暖色光线，却有丝丝缕缕的冷气逸出来，看着谢行川越凑越近、将笑不笑的脸，她居然心跳停了片刻，感觉到有一丝紧张。

"你以为凉性是说它温度凉？"他的声音混在门外起伏不定的笑音里，他凑在她的耳边低声问，"那你怎么不把西瓜汁煮热了喝？我给你煮个烫的？"

他的声音挺轻，但话语的侮辱性很强。

很快，谢行川拿出两个柠檬，重新把冰箱门关上，看起来就像是随手拿了一样食材，无法避免地和她撞上两秒。

并不会有人知道，在墙角和冰箱门的缝隙里面，他对着她能说出这么恶劣的话。

简桃搓了搓有些冰的指尖,不知道他是怎么把嘲讽技能练得这么炉火纯青的。

她低头看去,发现自己的麦不见了。

简桃小声问:"我的麦呢?你把我的麦藏起来了?"

谢行川整理了一下衣摆:"我没那种癖好。"

然而这个动作落在简桃眼里十分可疑,她猜测他刚刚是不是借机拿走了她的麦,好让她无法发挥。

于是简桃当即侧身挡住镜头,伸手在他身上找自己的麦。她本以为他会挡她的手,所以用的力气大了些,没想到他压根没动——下一秒,她把他的衣服撩到了腰上。

很显然,他身上没有她的麦,只有男人的八块腹肌,以及蜿蜒向下的、隐隐约约的人鱼线。

就在这一瞬间,门"咔嗒"一响,潇潇撞了进来。

简桃回头,与潇潇四目相对,潇潇立刻闭上眼。

"那个……邓尔说里面有动静怕你们打起来了,我就来看看……"

外面也传来了邓尔越靠越近的声音——

"没什么事吧?"

"没事!"潇潇做贼心虚,迅速把门带上,"你过来干吗?里面没事啊,他们正常洗碗而已。"

门外,她继续补充:"两个人离得挺远的,你放心。"

就站在谢行川面前的简桃,有一种很深切的无地自容感。

很快,外面又传来动静,她还以为大家是要组队来厨房了,但没一会儿,外面又完全安静下来。

潇潇的信息在两分钟后抵达:"我把他们都弄到楼上去了,短时间内他们不会下来,你们放心忙你们的。"

简桃有点儿头疼,感觉潇潇应该是看到自己撩谢行川的衣服,所以误会了什么。

第三章 咬三口 摆烂夫妇

捡个桃子:"你别多想,我们没干什么。"

潇潇:"嗯嗯,我懂的!"她还附赠了一个挤眉弄眼的表情包。

看着那个别有深意的表情包,简桃很确定,潇潇真的不懂。

简桃正要继续回消息,上方又弹出谢行川的消息,带着三分凉薄、三分讥笑、三分漫不经心,剩下的全是欠揍。

姓谢的狗:"你什么时候把她也收入你的'偷情'阵营了?"

无语半秒,简桃回道:"你以为你现在就站在我旁边给我发消息的样子,比她好到哪里去吗?"

说到这里,简桃侧头看了一眼,她刚刚扯开的衣服,他居然没有还原,任凭它就那么敞着。

怕大家看到真的误会,简桃连忙上前帮他把左边的前半段衣服重新塞进裤腰里。

手顺着裤腰往内有些磕碰,她还没多想,手腕被人捉住了。

谢行川忍无可忍地再次调低话筒,问:"往哪儿摸?"

简桃深吸一口气:"弄衣服,你别太自恋。"

最后,她终于在地上找到了自己失踪的话筒,应该是什么时候动作太大拉扯掉了,连线都被扯出来了,自然也收不了声了。

半个小时后,谢行川做的所有饮料和甜品上桌,大家也从楼上走了下来。

潇潇看到简桃,还暧昧地使了个眼色:可以啊,半个多小时。

简桃奇怪地蹙眉,但并没有开口。潇潇还是低估谢行川了,半个小时对他来说根本不够。

简桃轻咳了一声,坐到了桌边。

邓尔:"这么多啊?都是行哥一个人做的?"

门外的导演组工作人员使了个眼色,有工作人员前来提醒,邓尔才发现自己没开麦:"不好意思,刚才上厕所就关了一下。"

毕竟是长时间录制,话筒有时关闭也是正常情况,包括摄像机,偶尔其他嘉宾也是会盖住的。

正是因为如此,导演组的人才并不觉得简桃和谢行川有何异样,毕竟艺人也要有隐私。

很快,确保大家的麦克风都开启了,调整了机位之后,他们就开始选饮料了。

谢行川一共做了十款饮料、两款甜品。

旁边放了几个小杯子,大家可以自由品尝。

邓尔选了款蓝色的饮料,很快惊到:"这个好喝,海盐味,而且好像比我之前喝过的更凉,感觉凉到心里了。"

谢行川颔首:"天气热,多加了薄荷。"

他根据配料表,偶尔自己发挥加或减了一些东西,但评价出奇地一致,大家都觉得这些饮料更搭配烧烤和天气了。

看着面前那杯蜜桃沙冰,简桃有点儿坐不住了。

她拿了个小勺子,打算品尝一口,勺子伸到一半,被谢行川以一个眼神制止。

很快,她自己煮的那杯红枣茶被推到了她面前。

谢行川一个字没说,她已经很懂他的意思。

他的意思就是她别喝了,该喝什么东西她心里没点儿数吗?

邓尔禁不住小声说:"刚才在厨房里他们不会真吵架了吧?自己做的饮料不给小桃姐喝,只让小桃姐喝她煮的……"

很快,邓尔被旁边的于雯敲了一下。于雯示意他别把实话说出来。

终于到了椰子冻,这是谢行川昨晚做的,刚拿出来,已经放到常温了。

常温她总能吃了吧?

简桃伸手,手腕被谢行川扼住。

简桃终于忍不住问:"这我也不能吃?"

谢行川:"凉性,只做了五份。"

邓尔暗想：这人现在已经为了不给她吃，上升到了女性不能贪凉的地步吗？

行吧，简桃悻悻地收手，心说：等我过几天好了，吃空你的冰箱。

漫长的选品会结束后，简桃只蹭到了一口放到常温的手打柠檬茶。最后投票时，她毅然决然地投了它一票——主要别的饮料都是冰的，谢行川跟生理期卫士一样，她压根没法尝。

对她力荐的饮品，谢行川回复："别选这个。"

简桃蹙眉："为什么？"

"做起来麻烦。"

她觉得更怪了："那你做它干吗？"

男人抄着手，就坐在她对面，不冷不热地回道："这不是你给的链接？"

"可以了，可以了，"于雯生怕他们吵得更厉害，连忙起身说道，"都挺好喝的，麻烦的话有空再做，没空就不做了。咱们出发吧，差不多要走了！"

大家到场地时，已经是三点钟了。

耗时两个半小时，他们收拾好店面，写好菜单，把材料整齐地摞在一边，简桃还细心地带了桌布，让画面更美观。

五点半，离烧烤的点单期大概还剩半个小时。

他们边做着开烤准备工作，边聊着天。

导演组的人也在这会儿开口了："先讲一下比较远的一个事情，我们到时候打算弄一个晚会，看每个老师能不能出个节目什么的？"

潇潇骇然："你们还搞晚会呀？"

"年轻化一点儿，现在我们都叫派对，"邓尔日常与潇潇拌嘴，"别落后好吗？"

二人你一言我一语地争起来，简桃想了想，趴在收银台上问："就是那种我们在台上,你们在台下坐着的晚会吗?"

导演组工作人员:"是的。"

简桃:"那我们为什么不直接做个小型现场演出呢?还能在旁边开个吧台赚钱。"

导演组的人被安排得明明白白,茫然地四目相对。

"对呀!好主意!"邓尔眼睛又亮了,"我和晓霖哥都是歌手,潇潇应该也能唱两句,正好,节目有素材了,我们也有资金了!小桃姐,你这是什么商业头脑?!"

导演组的人再一次被反套路,很快,简桃的提议得到全票通过。感觉这是一笔大买卖,大家迅速开始寻找位置。

不远处有个装修挺漂亮的独栋别墅,趁着这会儿没声音,留下温晓霖和不想动的于雯姐照顾摊位,其他人前往询问别墅的主人。

别墅是个情侣酒店,只租给情侣。

简桃:"怎么还有这样的?"

"这不是很正常?"谢行川说道,"情侣酒店当然只租给情侣。"

简桃对照着上面贴的电话一看,才发现这就是租那个烧烤摊给他们的老太太的电话。

老太太挺有童心,又很特别,那开出这样的酒店也不奇怪了。

潇潇打了个电话去问,老太太说在家,让他们直接去。

谢行川还记得位置,走在前面,速度最快,邓尔在他后面说着什么,潇潇则挽着简桃走在最后。

简桃还在看名片上的内容:"这句话是手写的吧?看起来像新加的,字有点儿潦草,写的什么?"

潇潇也跟着研究半天,走到门口时才看出来:"哦,应该是夫妻打八折吧?"

很快,谢行川走到老太太的家门口,礼节性地叩了叩门,下一秒,大门打开。

第三章 咬三口 摆烂夫妇

　　他还来不及看清头发花白的老人，突然，身后传来一阵不明力道，紧接着，他的手臂被人挽住，一具温软的身体贴了上来。

　　简桃站在他身侧，轻轻地眯起卧蚕弯弯的杏眼，言笑晏晏道："奶奶，我和老公来看你啦。"

蜜桃咬一口

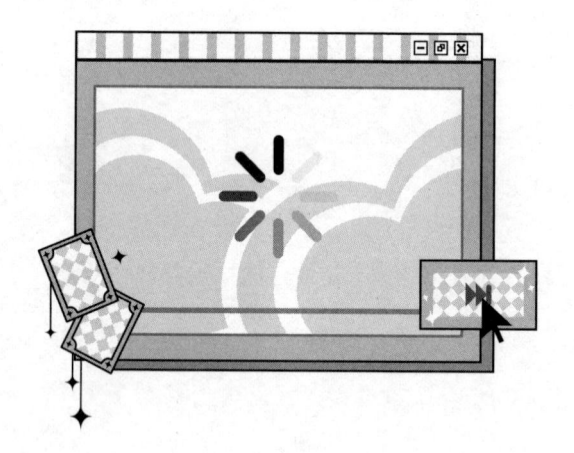

咬四口 似醉非醉

第四章

一声"老公"响过后,一室人沉默。

简桃听到身后传来"砰"的一声,像是有谁摔了机器,但这不重要,重要的是租金打八折。

旅游,最重要的就是经济独立。

她在酒柜的一处反光镜里看到了谢行川略显迟疑和错愕的神色,男人的手臂似乎动了动,她猜他是想挣脱她的禁锢,于是更用力地挽住他,将他的手臂贴在身前。

人一旦犹豫,就会败北。

最终,凭借自己的三寸不烂之舌,简桃租下了心里开演出的完美场地。

一出门,她就迅速松手,放开了方才还紧握在怀里不愿松开的手臂。

刚才太上头,她差点儿忘了经纪人有可能审片。

她做了个手势,问导演:"这段视频能剪掉吗?"

导演:"你猜。"

简桃叹了一口气,邓尔也追了上来,一副实在是委屈了她的表情:"辛苦你了小桃姐,为了我们的经费,还得扮演这种角色。"

简桃顺势点了点头,心想:我倒也没有和他扮演夫妻,我们确实真的是夫妻,看不出来吧?

等大家回到烧烤摊旁边,简桃本以为会挺热闹,没想到还是没什么人来。

过了一刻钟,别的摊位都陆续变得红火了,他们这边还是没开张。

邓尔有些着急:"怎么回事啊,怎么没人来?"

潇潇:"估计看我们是新开的吧,他们不太敢尝试。"

于雯:"那怎么办,我们吆喝一下?"

简桃想了想,见温晓霖的第一份烤串快好了,突然冒出个办法。

"邓尔,要不你拿着烤串去前面吃?"

邓尔:"还有这种好事?"

简桃:"嗯,你坐在我们前面的桌子边就行,拿杯水、拿几根烤串,

第四章 咬四口 似醉非醉

想吃什么拿什么。"

邓尔热量消耗大，早就有些饿了，闻言连忙拿了烤肉串和鸡翅，就在不远处吃了起来。

温晓霖厨艺非常不错，加上邓尔又爱吃，烤串味道很香，渐渐开始有人看了过来。

两分钟后，第一单生意来了，客人点名要吃邓尔吃的那份东西。

潇潇有些惊喜："这个办法可以啊，既没有夸大宣传，又在无形之中加强了路人的购买欲。脑子好用就是好，我刚才还想着去哪里买扩音器或者发传单呢。"

有了第一单生意，后面渐渐顺利起来，等到第一批顾客都拿到烤串开吃之后，其他路人见感觉不错，纷纷前来点单，店铺前终于热闹起来。

最忙的时候，简桃连水都来不及喝，光顾着结账和推荐菜品了。

谢行川站得最靠外，那张脸一如既往地好用，招蜂引蝶，时不时就拥来三两个年轻姑娘，只买他弄的饮料。

终于有短暂歇息的时候，简桃拉了个板凳坐下，倒了杯水，顺便监督他做饮料。

他好像不管干什么事都有股漫不经心的味道，铲冰、配料、摇晃，一套动作下来行云流水，眼皮垂着，撩起来的袖口下露出手臂上明晰的青筋。他穿起衣服来很瘦，活脱脱的衣架子，但是脱了衣服，哪儿哪儿都是肌肉。

盖上薄荷柠檬冰的杯盖，男人抽出根吸管，白皙的手指上缭绕着一圈水雾，在她面前叩了叩。

简桃"啧"了一声："别耍帅。"

谢行川轻蹙眉心，淡然地反驳："没耍帅。"

后侧的潇潇探身过来，笑嘻嘻地说："他是本来就帅。"

最后，当晚九点，他们提前收工，原因是所有的食材都卖完了——中途甚至去超市补了两趟货，但生意太好，再不收工大家就要累死了。

简桃压根没想到，自己当时随口提议的卖烧烤，一晚上竟然能赚这么多钱。

回去理账的时候，潇潇人都快傻了："这么多吗？这要是省着点儿花够我们整趟旅游的花费了吧？"

简桃笑道："那不至于。"

潇潇："谢老师的饮料居然这么能打？我们定价虽然不高，用的材料也都很好，但饮料利润率挺高的，竟然能卖得这么好？"

邓尔："我看他的手都快摇脱臼了。"

客厅里登时爆发出一阵笑声，温晓霖和于雯也跟着笑了起来。

谢行川抬眼："一晚上而已，我的体能没那么差。"

"受害者"简桃正要含恨点头，突然意识到摄像机在，于是只能忍住，在心里默默认同。

九十斤的她，谢行川单手就能举起来。

这晚上的工作量对他来说，真的不是很夸张。

忙碌了一天，这夜简桃睡得格外安稳，一觉起来，身体也轻松了许多。

吃过早餐之后，大家开始收拾房车，准备下午出发去海钓。

简桃干完自己的工作后回到客厅，谢行川正坐在沙发上看书。

上一本他已经看完了，这本是《瓦尔登湖》，散文集，她大学的时候看过。

她不太清楚谢行川在旅行途中是不是真的在认真看书，抑或只是装一装，立个人设，因此忍不住回头多看了他几眼，这才进房间拿出自己的化妆包。

节目组的化妆师时而上班，时而睡觉，大多数妆是简桃自己化的，今天上午有时间，她打算化精致一点儿。

客厅的阳光正好，方便她判断妆效。

这周正好轮到谢行川直播。

第四章 咬四口 似醉非醉

她刚涂完防晒霜,正在等成膜,发现谢行川已经调整好了手机支架的高度,把手机搁上去,开始混时长。

反正导演组的人只说要直播,也没说播什么,他只负责两件事:

一、打开摄像头;

二、人在屏幕里。

简桃这么猜测着,却不知道他仅仅露个脸,弹幕就已经快烧着了。

"我以为永远都看不到谢行川直播了!让我们谢谢节目组!"

"老天,怎么会有人穿蓝色衬衣都这么帅啊?"

"虽然他一言不发……但我已经非常知足……帅哥能够出现在我面前……本身就是对我眼睛的一种奖励……"

"可以了,低头翻书已经够帅了,他再开口说话我不得直接晕过去?"

因为安静,网友从他的头发丝观察到指尖,再慢慢发散开来,很快,各位"显微镜网友"发现了一些别的细节。

"等一下,右上角那个空隙露出来的……是简桃吗?她在化妆?"

"好像是的,估计她还不知道自己入镜了,哈哈哈——她怎么又在上粉底啊,刚才没上吗?"

"刚才她那是素颜啊?素颜这么好看?"

"怎么还有人会惊叹简桃的美貌啊?我以为大家已经心照不宣了。"

"没想到第一次看到他们和平地待在一起,是因为简桃不小心入镜了……"

"但是画面真的很好笑,谢行川低着头,简桃动来动去。"

就这样,大家一部分专心看谢行川,一部分看简桃在后面化妆,各说各的,也算和谐。

简桃看到面前摆着橘子,伸手剥了几个塞嘴里,顺便侧身去挑眼影盘,不知道今天要化什么颜色。

她完全不知道这个角度自己正对镜头,双颊鼓鼓的,是女艺人鲜少出现在大众视野中的一面,可爱又鲜活。

大家被萌到心软,弹幕滑动速度也变快了,谢行川抬头看时间,视线扫过屏幕,又蓦地凑近几分。

"你干什么凑这么近?!"

"怎么定着没动,他是在看简桃吗?"

没过几秒,确定什么后,男人从一旁抽出纸张擦了擦屏幕上的灰尘,一阵窸窣声响传出。

"洁癖人设,诚不我欺。"

"想多了,想多了,我还真以为他也被可爱美女吸引了。"

"不可能,他可能还没我们这群女的对简桃感兴趣吧。"

"可是我看他们好像开了超话,你们都没看过吗?"

可惜这最后一句虽是实话,却因为太离谱无人关注,很快淹没在高速刷过的弹幕之中。

简桃耗时四十分钟完成了妆容,端详了一下觉得不错,对镜拍了两张自拍照,然后发了条微博。

粉丝最近一直在催她,说好久没看到她了。

她自拍、发微博的全过程被镜头捕捉到了,大家连连说:"谢行川,求你跟人家学一下怎么营业行吗?"

简桃一边解着头上的发卡,一边看有没有别的水果,动作间却总感觉对面有镜子似的,好像她干什么都有镜像。

她一抬头,发现对面的屏幕里有个缩小版的自己。

她怎么记得谢行川的镜头一直没动过?

也就是说,从她化妆开始,整个过程全被拍进去了?

他故意搞她是吧?

不知道大家发现没有,她刚才应该没什么不好看的动作吧?

简桃决心自己不能白白被拍,略一思索,起身前做好整理工作。

很快,直播时长已够,谢行川抬手准备关闭摄像头。

关上摄像头的前一秒,他发现右上角的内容已经变了,人不翼而飞,

第四章 咬四口 似醉非醉

而那一处整整齐齐摆着的,全部都是她代言的美妆产品。

产品高低有序,错落有致,每一个放大都能看清牌子,仿佛是在他这个热度爆炸的直播间里写着——广告位招租。

直播完已快到一点,大家准备出发前去海钓。

车程两个多小时,全都是谢行川在开车,因此他上午才没活儿,因为最累的开车工作归他。

三点多,大家抵达海边,准备上船。

简桃刚在车上睡醒,全身力气还没缓过来,上扶梯的时候被前面的潇潇拦了一下,腿一软,身子就跟着往后仰去——

她正以为自己要摔了时,整个人坐到了谁的大腿上。

她一惊,身后的谢行川已经用力将她扶了起来。

她低头看了一眼,还好栏杆是封闭的,没人看到他们刚刚的情况。

她正想看看摄像师,大家摩肩接踵地步入船舱,谢行川也在经过她身边的瞬间,用极低的声音同她说:"下次占我的便宜,可以选个好点儿的姿势。"

简桃来不及骂他,车已经开了。

船只是停在路边的,所以要靠前面的车拉着驶进海里,一行人在平地上坐船,有种挺奇异的感觉。

很快车停在海边,船只也顺着悠悠荡荡地滑进水里。

简桃只跟着短暂地晃了一会儿,船就慢慢地开始加速,朝海中央驶去。

海风掠过耳畔,船上的人能听到水声和游船发动机的声音,行驶过的轨迹留下一串航行线,礁石上有趴着晒太阳的海豹,海豚跃出水面,又沉进一片碎金光芒里。

简桃拿出手机拍照,耳边也传来潇潇和邓尔的惊叹声。很快,潇潇走到她旁边问:"小桃姐,你晕船吗?"

于雯已经有些晕了,坐在船舱里没出来。

但可能是简桃以前练舞转圈习惯了，这种程度的眩晕感适应一下能习惯。

"有一点点，但还好。"简桃说，"你晕吗？那我帮你弄鱼竿吧。"

现在在海钓的鱼竿已经非常发达了，不需要自己甩钩子或是怎样，只需要转动摇杆就能操控，看到鱼漂沉下去，迅速拉竿就好。

潇潇又菜又爱玩，虽然很晕，但还是想尝试钓鱼。

简桃一个人管两根鱼竿，在包里找了半天，找出两枚薄荷糖，让潇潇含着。

等了一会儿，邓尔在那边欢呼雀跃，说有鱼咬钩了，结果注目半天，捞上来一捧水草。

旁边的谢行川也已经悠闲地收了线，上下的鱼钩都有鱼咬饵。

船长："这是笋壳鱼，很好吃的，你们今晚回去可以做。"

话音刚落，简桃也递出自己手中的鱼："那我的呢？"

邓尔："小桃姐你也钓上来了啊？！"

"是啊。"她偏头看向摄像老师："我们谁更快一点儿？"

邓尔看看谢行川的鱼钩，再看看她的："这也要分个高低吗？"

简桃正色说："速度是尊严。"

不知道是触发了哪个关键词，谢行川抬头看了她一眼，没等导演回放视频，已然掷地有声地说："她快。"

谢行川要的东西她得要，谢行川不要的她也不要。

刚听男人说完，本能被坑怕了似的，她连忙把话递了回去："为什么？那还是你快吧。"

谢行川抬起眼皮看向她，眼神有点儿警告意味。

海钓的时间计算得不够精确，大家商量过后，决定就住在近处的房车营地里。

晚餐他们吃的是他们海钓上来的鱼和龙虾，谢行川红烧了两条、炖了一条，汤很鲜，龙虾肉是炸的，又嫩又爆汁。

温晓霖则负责处理新西兰独有的黑金鲍鱼。

晚餐非常丰盛，吃完后大家挨个儿去洗澡，洗完即入住营地。

因为是临时订的，房间有些不够了，还剩一个单间和一个套房，加起来能睡四个人。

潇潇："于雯姐睡眠不好，住单间吧。"

邓尔："然后我和晓霖哥睡车上就行，都是一次性的东西，换也方便。潇潇你和小桃姐睡营地里吧，舒服一些。"

潇潇本还在推辞，想了想，又一口答应了："行，反正是套间，让谢老师睡单人的房间就行。"

话是这么说，但当简桃洗完澡出来时，她发现潇潇已经很自觉地睡到了里间的单人床上。

简桃："你不是和我睡一起吗？"

潇潇很狡黠地低声说："那不太好吧，你和谢老师睡一起呀。"

这是什么意思？

"不用，"简桃说，"你赶紧起来，跟我睡那张双人床。"

潇潇掖了掖被子："这床我都躺了，再给谢老师睡不太好吧。"

很快，简桃被潇潇"驱赶"了出来，然后潇潇无情地关上了门。

谢行川洗完澡进来，便发现简桃正坐在两米宽的大床上，垂着细白的小腿，眼神挺幽怨地看着他。

"潇潇非要睡里面，让我俩睡一起。"

因为入住营地突然，房间里没有摄像机，导演组的人只给发了手持运动相机。现在很晚了，大家就都关了相机。

他随手擦着头发，偏过头，漫不经心地"嗯"了一声。

"对了，"简桃说，"最近肯定要办一次演出，他们说让我协商，组一下节目。"

她问："你要表演个什么节目？"

"我不表演。"谢行川坐在一旁的吧台椅子上，"我调酒。"

简桃权当他这是逃避的说辞："你还会调酒？"

高中那会儿校庆活动也是,她是副班长,负责登记节目。班上人少,基本每个人都要上台,谢行川也是不愿意出节目,最后被塞到了他们的话剧里当工具人。

没想到过去几年了,历史重演。

简桃正要跟他算高中的账,见男人伸手拿起杯子,桌台上还摆着营地老板送他们的酒酿和果汁,他低头嗅了嗅,然后开始调酒。

直到他调好第一杯酒,简桃还在怀疑:"你是不是在唬我?"

她赤着脚踩上沙发,端起那杯酒闻了闻,然后趁谢行川转头洗杯子的时候,浅浅地抿了一小口。

生理期其实最好不要喝酒,但她已经过了头几天,这会儿状态跟平时无异,就尝一下没问题。

酒的味道好像还行,前调是葡萄和荔枝的味道,又因为酒精不显甜腻。她奇怪地蹙了一下眉心,又尝了一口酒。

谢行川正在专心思考各种原料的比例,突然感觉腰上一动,回过头的时候,简桃的足尖已经踩到了他的腰上。

她半靠在沙发那头,一只脚踩着沙发扶手,另一只脚踩在他身上,眼神显出几分朦胧感,睫毛垂着,眼尾泛起些绯色。

应该是手够不到,她只能用这种方式叫他。

谢行川垂眼,见她直起身子,领口下的锁骨越发明显,在光下泛着莹润的色泽。她慢吞吞地,脚又踩着他的腰往内挪了些,不知是在跟他打什么商量。

"时长不够,要不你还是……出个节目呗?"

他目光一转,果不其然,放在一旁的杯子早就被人偷了过去,一小杯的酒少了一半。

就这么点儿酒……

男人俯身,屈起的指节在她的脸上刮了刮,触感是烫的。

觉得好笑似的,谢行川擒住她的脚踝,偏头确认道:"真醉了?"

他的手指就落在简桃的颊边,她轻巧地偏了偏头,竟像是在他的

第四章 咬四口 似醉非醉

掌心蹭了蹭，跟只小猫似的。

此刻，她酡红着脸颊，眼尾泄出几丝雾般的暧昧神色，眼直勾勾地盯着他。

"你猜？"

她喝没喝醉还得他猜？

谢行川哼笑一声，站起身来："不猜。"

男人背对着她洗手，"汩汩"水流淌过手背，溢进指缝中央，指尖上的果汁也被冲刷干净了。

她今晚好奇心尤其重似的，贴过来想看他在干什么，探头探脑的，谢行川一回头就看到她趴在沙发和吧台之间，跪坐在沙发扶手的软垫上，手攀着大理石台，腰部随着动作轻轻下压，凹进去一道漂亮的线条。

他眯了眯眼，伸出手，指腹在她的下唇上狠狠蹭过，有水珠滴落。

"干吗？"她有点儿不满地后仰，又不解地蹭了蹭自己的唇，"我涂口红了吗？"

夜色无边，她听到他似乎模棱两可地说了声"嗯"。

谢行川垂眼，看着自己刚刚摩挲过她的唇的指腹。

她再度前倾身体，胳膊压在吧台上，凑近想看他的手掌："让我看看？"

他觉得无语似的勾了一下唇，视线从她略显湿润的眼睫向下移，扫视一圈后又收了回来，意味不明地说道："你怎么什么都想看？"

大概是话里的欲味太明显，她慢慢回过味来，谨慎地后撤一些距离，小声嘟囔："那我也有不想看的……"

房间里安静了一会儿。

简桃重新坐了回去，怀里搂着个抱枕，腿伸展开，方才跪过的膝盖泛起些浅淡的红印记。

她在衬衣下配的是短裤，露出了笔直白皙的大腿。

"谢行川，"她脚趾轻轻压进皮质沙发里，一浅一深地踩出几个凹陷的坑，注视着他脸上的表情，"你觉得我喝醉了吗？"

147

谢行川:"你喝没喝醉都是这副神经兮兮的样子。"

她不想再跟他聊,气势汹汹地扔下抱枕,去床上睡觉了。

困意渐渐席卷而来,混着让人失重的眩晕感,她来不及问他到底睡哪里,就被拖进了梦里。

第二天一早,感觉脑袋底下的枕头好硬,简桃揉着太阳穴坐起身来,低头一看,好像不太对劲。

谢行川正安稳地躺在床的左侧,两只枕头横向放置,而她的……是斜的。

她刚才躺的地方,是谢行川的胸膛。

怪不得,她就说怎么枕头那么硬。

简桃顿觉不太妙地眯起眼,撑着床垫,还没来得及开口,就听到男人懒洋洋地开口:"嗯,自己躺在我身上占了一晚上的便宜,醒来一脸受害者的表情,全演艺圈你是第一个。"

简桃还是不太相信事实:"我自己跑过来的?那你怎么没把我拉开?"

"我怎么没拉?"他语气淡淡地说,"你看有用吗?"

简桃哽住。

大概是刚醒,他声音沉而哑,像大提琴的声音。

"还有,"谢行川缓慢地起身,"你昨晚是真醉还是假醉?"

说到这里,简桃屈起小腿:"半醉半醒来着。"她正儿八经地说,"喝了两口,我想起有人说我在处女作里的醉酒戏演得不好,正好趁着酒劲试试我进步了没有。"

"所以我才问你觉得我醉了没有。"她凑近了些,目光微微闪烁,眼睛带着些亮光,"你也没看出来吧?那我是不是演得还可以?"

谢行川:"演的?"

"对啊,"简桃说,"我就模仿那个女主角的性格,根据情景自由发挥了一下,因为当时演的是一个人的戏。

"你没觉得昨天的样子和我都不像吗?她很嗲的,我平时哪里有

第四章 咬四口 似醉非醉

那么哆？"

怪不得昨晚她跟只猫似的蹭来蹭去。

谢行川瞥了她一眼："没看出来。"

既然要复盘，她想了一会儿，又记起什么："我昨晚真涂口红了？我记得我卸妆了啊，难道我一晚上带妆睡的？"

谢行川盯了她半晌，嘴里逸出冷笑声："这还要问？"

简桃奇怪地偏过头。

谢行川没好气地说："我那当然是想亲你。"

简桃眯着眼战略性后仰，顿了顿，又说道："你平时不像是这么克己复礼的人。"

"那你不是喝醉了？"谢行川抬眼，"我能对一个喝醉的人干什么？"

简桃欲言又止，想起了婚后在吉隆坡那晚的情形。

看到她明显起了疑心的眼神，谢行川都不用费劲思考就很清楚她在想什么。

男人淡然地说："你还觉得吉隆坡那晚是我先动的手，是吧？"

简桃振振有词地说："难不成是我主动的？"

虽然谢行川一直说是她先动的手，但她实在缺失那晚的记忆，又因为后来对他的秉性有所了解，因此更加不觉得是自己挑起的火。

她怎么可能无缘无故先动手啊？她绝对不是那种人。

谢行川见跟她讲不通，看手机上有人在催退房，便起身松了松脖颈，懒得再跟她讲话。

不过没关系，来日方长，她总会搞清楚事情真相的。

谢行川洗漱完先出了房间，开始准备早餐。简桃给他发去消息，自己要吃溏心煎蛋。

等谢行川走后，她去叫潇潇起床。

潇潇睡得很死，简桃敲了半天门她才起床。迷迷瞪瞪地开门后，她把耳朵里的耳塞取了出来。

简桃骇然:"你怎么还戴了耳塞?"

潇潇打了个哈欠,实话实说:"我怕影响你们发挥。"

简桃以为自己幻听了。

"我们昨晚真没…"简桃都不知道她是怎么想的,"我一躺下酒劲就上来了,直接睡了。"

潇潇起先还没反应过来,直到一起刷牙时,才难以置信地含着一嘴泡沫转头看向她:"所以你们昨晚就单纯地躺一起睡着了?"

简桃:"是呀。"

"那我不是白给你们创造机会了?!"

简桃哽了一下。

含着水她没法说话,只是表情有些复杂。潇潇大概是会错意了,很快就放下牙膏牙刷安慰她:"没事,下次我再找机会。"

说完,没等简桃拒绝,潇潇潇洒离场。

简桃洗漱得久一点儿。她一般晨间有空的话,喜欢再贴张面膜。

新西兰紫外线毒辣,补水和舒缓面膜不可或缺。

等她忙完之后,潇潇已经把早餐给她端到房间里来了。

本着趁热吃的原则,她盘腿坐在沙发上吃完早餐,这才开始换衣服。

她仗着潇潇在门口打电话,其他人应该进不来,于是偷了个懒没关门,套上裙子之后,手伸到背后去拉拉链。

结果她找了半天,正在艰难进行中,突然后背一紧,有双手帮她将拉链拉了起来。

简桃回身看去,来人是垂着眼的谢行川。

她还没来得及问他走路怎么没有声音,就被人拎着一转,变成了和他面对面。

两个人距离不近,但也不远。

他俯身时,眼皮上那颗浅色的痣出现,带了点儿淡淡的欲念,简桃顺着向下看去,撞进了他意味不明的眼底。

第四章 咬四口 似醉非醉

这位置特殊，无可避免地，她想到了昨晚自己在这儿上蹿下跳，还被人抹了嘴唇。

他回来是专程找她算账的？

果不其然，她心里冒出这个念头的下一秒，双手就被人擒住，压在了头顶。

男人的力气是碾压式的，他仅凭一只手就能紧扣住她，然后……多出的那只手拎住她的领口，稍稍用力便扯开一截。

简桃怔了怔。她白皙的肩头猝不及防地暴露在冷空气里，感受到他喷洒出的热气，激起一阵电流。

她忍不住颤了一下。

紧接着，她感觉到男人低头，在她的脖子的软肉上不轻不重地咬了一下。

酥酥麻麻的感觉无法形容，她的耳边"嗡嗡"直响，半晌后她惊诧地抬头。

他是狗吗？

很快，邓尔在外的催促声响起，谢行川松开了对她的手的禁锢，拿起自己在柜子上的东西。

领口被他拉起，仿佛方才什么都没有发生，而简桃下意识地捂住了侧颈上谢行川刚刚咬过的位置。

邓尔过了几秒才进来，犹疑地看着她问道："小桃姐，你怎么了？"

简桃垂眼，面不改色道："我落枕了。"

一旁的潇潇面不改色，顿悟般说道："啊，这儿的枕头是不太舒服，我也有点儿落枕。"

临上车前，简桃在镜子前检查了一下，那印子还有些红红的，这男人火气真重。

没办法，她只能又状似随意实则在意地捂了一路，等到要下车前，看到大家都在忙着整理包裹，便把镜子放在腿上，小心翼翼地挪开一点儿缝隙观察。

151

印记终于消了。

她长出一口气,这才把手放下来,结果一侧头,撞到玻璃映出的男人正噙笑瞧着她,似乎把她整了一顿心情挺好。

简桃心说:你笑个屁。

今天,他们要去的是新西兰最大的动物园。

据导演说,原本的安排里,他们来动物园本该是打工的,但烧烤那晚赚的钱太多,所以今天他们是纯粹来玩的。

简桃又变成了团队的功臣,邓尔还作势给她打伞,大家一路走走停停,喂了各种动物,还看了打哈欠的小狮子,顺便盘算着后面的演出要怎么办。

节目组的人想把他们骗进来穷游,但每个嘉宾都是正儿八经地想过来玩的。

玩完已经到了下午,大家回房车里休息,征求了节目组同意后,潇潇把今天喂鹿的自拍照片发了微博。

简桃给她点了个赞,这才退出登录,开始随意地浏览微博。

每个艺人的账号都有无数双眼睛看着,艺人日常刷热门话题,是一定不能用自己的账号的,不然他们万一手滑,话题又得上榜了。

所以大多数艺人有小号,简桃也有,不过用得特别少。她基本都是不登录状态,这样最保险。

但或许是刚刚点赞过潇潇的微博,简桃再一刷新,大数据自动帮她刷到了相关内容,是一样的图片。

她心说怎么又来,但看到评论数量,又感觉不对。

她正想看一下发帖ID,猝不及防看到了ID后方蓝色的超话后缀:摆烂夫妇。

简桃在原地停滞了两秒。

这是她和谢行川那个恐怖的超话?

超话里发潇潇的图干吗?

简桃把图点开,发现他们的重点果然不在潇潇身上,而是圈起潇

潇背后的自己和谢行川,画了一个爱心。

"新鲜假糖出炉咯!走一走,看一看!简桃谢行川,般配嗑糖人,火热招募中!"

"人造假糖制作中,请大家多多加入我们吧!"

"'摆烂夫妇',来这里,我懂你。"

…………

简桃很难形容自己这一刻的震撼心情,就像是她走在路上突然被雷劈了,又像是无缘无故被迎面走来的狗踹了一脚。

他们竟然真的开始"嗑"了。

抱着某种猎奇的心态,她不认命地点进超话,才发现之前谢行川直播的时候,二人的同框画面也被截了下来。

这更恐怖,他们还调色加了滤镜。

简桃此刻的心情如同那个著名的"地铁、老人、手机"表情包,沉默许久,她深呼吸,试图调整心态。

翻了一会儿,发现超话帖子居然还不少,她屏住呼吸拉到最上方,去看超话的粉丝数量——一千粉丝。

还好,还好,现在哪个有流量的情侣组合不是十几二十万粉丝起步?她这离得还远,说不定等她死了超话人数都升不到两万。

两万以下,其数据足够被淹没在热播剧和热门综艺节目的各种情侣组合里。

通俗点儿来讲,这种邪门的东西,估计也只有她刷得到,其他人甚至不会知晓世界上居然有这么一个离谱的超话存在。

她看到就算了,别人看不到就行。

而且目前看来,大家就是随便玩玩,一点儿都没有上头的那种氛围。

那后面超话应该也不会加入更多人,大家就更不会追得发疯了。

简桃这么给自己吃了颗定心丸,这才退出微博,继续和大家商量明天的演出安排。

演出定在明天,因为后天他们就要出发去南岛看极光和冰山。他们定了一下演出的时长,也敲定了酒水的价格,还是他们一贯的正常路线,没有定得太高。

吃完晚餐,大家好好休息,养精蓄锐,准备明天的旅行。

简桃正要躺下时,收到一张谢行川发来的图片。

捡个桃子:"这什么?"

谢行川说:"酒的配比。"

她琢磨着问:"你发这个给我干吗?你不是负责调酒吗?"

谢行川:"刚才临时接到通知,节目组需要我拍个广告,我不确定明天什么时候能到,大概九点。"

简桃看了一会儿,这才点开他发来的图片,试图记录一下。

但他的字连笔太多,她看起来有点儿费劲。

简桃拿了支笔,确认了手机电量,这才给他发消息:"太潦草了,看不懂。你出来给我口述一下吧,我记重点。"

姓谢的狗:"位置?"

她一时没想起来那是叫什么地方,想了半天,说道:"上次见的那里。"

对面的人回得轻巧:"忘了。"

她无语:"就我们偷情的地方。"

很快,屏幕左边弹出新消息:"懂了。"

简桃先去后花园等着他,只敢开一个小手电筒压在桌上,见熟悉的人影走近,确定轮廓是他,这才把手机拾了起来。

男人扫视了一下周遭,这才笑了一声:"偷情环境倒是越来越好了。"

"这不是你选的吗?"简桃没跟他多说,迅速问道,"这几个是什么字?糖浆的量杯呢?需要摇晃对吧?星号的都是只能做冰的?"

核对完纸上内容后,简桃将纸叠好:"行,那明天我先去登记,拿了房卡布置一下,晚上六点开始表演,你要是能到尽量早到,没到的话我们来调。"

第四章 咬四口 似醉非醉

她正要起身,突然发现谢行川没动。

似是想起什么,他问道:"那你明天一个人,能登记好吗?"

简桃:"嗯?"

谢行川:"情侣房不是得两个人的身份证号?"

"噢,"她想起来了,"好像是,那我问问登记的人。"

登记不归老太太管,所以当时离开前,简桃加了一旁的联系人的微信。

不过她加了微信就没说过话了,不知道对方现在在不在。

好在对方也是中国人,他们应该好交流一些。

捡个桃子:"你好,请问在吗?"

对面的人回得挺快,一个平头男生的头像迅速跳出来:"你好,在的。"

简桃言简意赅地说明了这边的情况:"是这样,我们订了明天晚上的情侣房作为演出场地,但是他明晚登记的时候可能到不了,请问要紧吗?"

谢行川还在旁边,她倒也不好意思直接叫老公,用"他"做了代称,对面的人应该看得懂。

很快,Andy 贺回复:"提供身份证是可以的。"

简桃点头,看向谢行川:"他说可以,你提前把身份证给我就行。"

谢行川抄手靠在椅背上,没想到似的:"这么容易?"

"对啊,不信你自己看。"

简桃直接把手机推到他面前,跟着他的视线把对话又浏览了一遍。但很快,对话框里又跳出男生的消息。

Andy 贺:"哈哈哈,其实我也早就看出来你们不是一对了。"

紧跟着,对面的人又发来一句话,话语带着点儿试探和庆幸之意。

Andy 贺:"所以你现在是单身吧?"

简桃怔了一下,缓缓抬眼,对上了谢行川的目光。

花园寂静,头顶的大片树叶晃出"沙沙"的轻响,简桃和谢行川对视了两秒，有些奇怪地低下了目光。

对话框里，对面那句"所以你现在是单身吧"还没有撤回，暗含着某种兴奋之意。

"什么意思？"她问。

谢行川一脸看透表情地坐在椅子上，唇角荡起点儿笑，不知是玩味还是什么。

他扬了扬下巴，示意："你说他是什么意思？"

简桃心说：我管他是什么意思呢，这都不是重点。

简桃也不知道怎么回消息，干脆就不回好了，打了个哈欠，缓缓说道："困了，回去睡觉。"她收起手机，继续说着，"你明天尽量早点儿来吧，实在不能来也行，广告重要。"

结果她走出去几步，觉得身后没有动静，回头看去，谢行川还坐在暗影里。

她奇怪："还不走？"

男人终于起身，跟她错开时间回到了房子里。

次日上午，大家出发去图图卡卡海湾潜水。

海水碧蓝，海底热带鱼游过身侧，珊瑚和海胆触手可及。

简桃遥遥看去，斑斓的海底奇景中，小鱼晃动着尾巴向前奔去，视线尽头的海宽阔无垠——大概这才是旅行的意义。

上岸后，她觉得这趟来得很值。等潜完水拍完照，解决了午餐之后，大家开始筹备晚上的演出。

两点后谢行川就不在了，也不知道被带到哪儿拍广告去了。

四点多钟，大家开着房车出发，抵达定好的位置。

简桃先去登记，一推开门，发现谢行川正靠在柜台边。

她以为自己幻视了，眨了眨眼，发觉居然真是他："你怎么来了？"

他半只手臂搁在柜台上，垂下来的手指指骨清晰分明，声音里掺了些说不清道不明的东西："我不能来？"

第四章 咬四口 似醉非醉

她一瞬间有些恍惚,这对话像回到了节目拍宣传照那天的情形。

"那也不是,"她一边往外拿身份证一边说,"你不是拍广告,八点能不能结束都不知道吗?怎么现在四点就到了?"

谢行川:"离得近,拍得快。"他用干净利落的六个字做了解释。

简桃点了点头。有时候拍摄的确是预计比较久,实际拍得很快,不过大多数时候拍摄时间是比预计的时间长的。

不过他能来正好,她正愁人手不够。

顺利地登记完成,简桃别的都没空关心,开始布置房间以及吧台。

露天舞台的布置交给了剩下的四个人,但吧台要打扮得漂亮些,谢行川在一边放酒,她则在叠桌布。

简桃几乎是忙到开场,就连邓尔上台唱了第一首歌,她都还没歇下来。

暮色渐渐西沉,她买的星星灯带也派上了用场,在夜里星星点点地闪烁着光,非常打眼。

他们的演出不用门票,不想消费的人只听歌也行。

买了酒水的客人有位子坐下,再加上人慢慢多了起来,买饮料的人自然不在少数。

半个小时后,简桃终于得空休息,在吧台边坐下,看着邓尔表演。

他唱的基本都是快歌,很抓耳朵,节奏处理得也不错,慢慢地,场内越来越热闹。

歌曲间隙时买饮料的人会变多,等到表演开始,谢行川偶尔也能休息。

简桃这会儿才觉得渴,撑着脑袋去看谢行川。

台上流泻出偏蓝色的灯光,像是给他的发梢也镀上了一层蓝光,谢行川看了一会儿台上的表演,察觉到了她充满暗示意味的目光。

"喝什么?"

简桃往他背后看了一眼:"都是酒吗?"

台上的人正唱到热烈处,鼓点混合着大段rap(说唱)将气氛点燃,话说出口时,她才发现连自己也听不清。

"咚咚"声中,她攀在吧台边,身体前倾,靠近他问:"有别的吗?我想喝纯牛奶。"

结果不知道是她往前倾得太多还是怎样,说到最后一个字时,她的嘴唇擦过一个软软的东西,应该是他的耳垂。

简桃不自然地略微后退,覆了点儿绒毛的耳垂触感似乎尤其清晰,她好像从没碰过他这里。

等谢行川转身时,她迅速屈起手指,用指节蹭了蹭唇。

她想:他倒是跟没事人似的,可能都没感觉到吧。

很快,纯牛奶被推了过来,再往后,就没人说话了。

中途有人过来搭讪,问他今晚是不是一个人,谢行川头也没抬地说:"有家室了。"

这话说完,他用余光淡淡地掠了她一眼。

简桃心说:我怎么觉得你这眼神挺有深意呢?

台上的人仍在唱歌,一首接着一首,所有摄像机全部对焦台上,简桃在底下坐了一会儿,潇潇怕她没镜头,强行拉着她上去唱了首歌。

下来时,简桃还带了把吉他。

和摄像机之间隔着沸腾的人海,谢行川瞧了她一眼:"你还顺下来一个礼物?"

"不是,邓尔说吉他音不对,让你帮忙调一下。"

简桃找了把椅子坐下,几分钟后才想起忘了说:"哦,对,调音这个下个软件就能调了,没学过吉他也行……"

她一抬头,谢行川已经把东西递过来了。

简桃:"调好了?"

"嗯。"

简桃微顿,然后问:"你会吉他啊?那去唱首歌呗,活动已经快结束了,我看他们都跳不动了,你可以去把最后一首歌唱了。"

谢行川垂眼,答她:"不会。"

第四章 咬四口 似醉非醉

她一看他就是在扯，他那姿势怎么看都是起码会唱一两首歌的。

简桃撇嘴，也没再劝他，枕着胳膊随口回忆道："好像还没听你唱过歌吧。"

他高中时期一直在藏，从不出头，从没有表演节目，如果不是后来结婚，简桃还不知道，其实他会挺多东西的。

想想也是，家世优渥的小少爷，从小到大不学点儿什么东西压根不可能。

简桃这么想着，谢行川已经离开去给邓尔送吉他了。她又回忆起些什么，略微出神时，又被灯光拉回注意力。

灯慢慢暗下去，舞台上漆黑一片，应该是在转场。

不出意外，这是今晚最后一首歌了。

前奏响起时她微微愣怔，觉得旋律有点儿耳熟。

City of Stars（《星光之城》）？

果不其然，一束蓝色灯光亮起，她看到有人坐在舞台中央。

即使是难以驯服的高脚凳，谢行川也能凭借优越的身高轻松驾驭。他屈起的右腿上搁着吉他，左腿伸展支地，偏瘦的脚踝露了出来。

他垂眼拨动琴弦，好像从简桃认识他起，他就是这样，游戏人间地穿梭在人生百态之中，像阵风，没人了解他，旁人无法捕捉他，不会知道他在想什么，也猜不到他下一秒会做什么。

他总是时近时远，稍纵即逝。

简桃出神时，音响里扩散出男人偏低的声音，他声音中总是带着一种潦草的深情，像那种无所谓就能说出"我爱你"的电影男主角，但所有人都知道他其实并没有真心。

意识到自己职业病发作，似乎联想了太多乱七八糟的东西，简桃收回飘远的思绪，副歌已进入第二段。

City of stars.（星光之城啊。）

Are you shining just for me?（你是否只愿为我闪耀？）

…………

　　Cause all that I need is this crazy feeling.（我只愿能感受这奋不顾身的疯狂爱意。）

　　A rat-tat-tat on my heart.（以及我胸腔中"怦怦"跳动的心。）

　　…………

　　等到演出结束，回去的路上，大家仍在讨论谢行川的最后一首歌。

　　潇潇："没想到谢老师唱歌也这么好听，惊到我了。"

　　短短十几天，邓尔似乎已成为谢行川的迷弟。

　　邓尔拍了拍桌子，敲重点："行哥能混到这个位置，肯定是有两把刷子的，不要小瞧我们行哥！"

　　于雯笑："我现在知道为什么那么多小姑娘为你疯狂了，我女儿今晚如果在台下，估计也要为你爆灯吧。"

　　简桃因为坐在副驾驶座上，被山路颠得困意来袭，没参与他们的话题。

　　等大家回了民宿，收拾东西间，谢行川已经提起了沙发上的吉他。

　　邓尔："行哥，你干吗去？"

　　谢行川："还吉他。"

　　等他加速出了门，没一会儿，简桃也想起自己找民宿老板借了小夜灯，连忙从袋子里将其找出来，也推门走了出去。

　　因为都是去找民宿老板，二人走的同一条路，一前一后，虽然大家今晚讨论的重点都是他，但简桃莫名其妙地就是觉得不太对劲。

　　等他们还完东西，走出大门，他依旧没说话。

　　虽然他平时也不会时时说话。

　　想了想，简桃问他："最后一首歌，是邓尔他们非要拉你上去唱的吗？"

"嗯。"

然后他就没了下文。

两个人就这么走了一分多钟,有沿路探出头的树枝蹭了一下简桃的小腿,她这才开口道:"你今天怪怪的。"

"是吗?"他淡淡地问,"哪儿怪?"

"跟以前不一样,"她转头,想去看他的表情,不太确信地问,"我干什么了吗?"

"没。"

她点了点头,眼见也问不出什么,可能他今天就是不太想说话吧,也不是针对她。

伴着沿路的虫鸣声,简桃专心走路。直到路过一张长凳,她还没来得及完全经过——就被人一拉手腕,跌坐到了他的大腿上。

谢行川长腿叉着,眼里的情绪意味不明,总而言之,不太爽。

"这就走了?"

他的发问太突然,乃至于她没时间计较自己为什么要坐到他的大腿上这件事。

简桃犹疑半晌,问:"你不是说你没事吗?"

"我说我没事我就没事?"

她挺不确切地偏了偏头,他这个语气,指向性好像已经很明显了。

简桃指了指自己:"我怎么了?"

谢行川眼睫半敛:"你说呢?"

她觉得好恐怖啊——她好像那种恋爱微博里投稿的,被女朋友盘问的直男。

四目相对,简桃看着他的眼睛,分神地过了一遍今天的事,觉得自己今天表现挺优秀的,难道是没洗桌布,他有洁癖受不了?

似乎等得有些不耐烦,谢行川终于开了口:"你后来怎么跟他说的?"

简桃莫名其妙:"谁啊?"

"昨晚那个。"

她还没回过神："昨晚哪个？"

谢行川被她给气笑了，捏着她的手腕的手紧了紧："可以啊，你一晚上几个？"

她觉得荒谬，脱口而出："我不就你一个吗？"

他打了顶级哑谜后，简桃想起来了："昨晚，那个登记的Andy？"

"嗯，"谢行川眼皮上那颗小痣不爽地隐一下现一下，"当着我的面不敢回他的消息是吧，后来回被窝里偷偷躲着回的？"

"什么啊？"简桃说，"我什么时候不敢了？我不知道说什么，就没回了。"

谢行川："还暗示我晚点儿去最好别去了，怎么，方便你们偷情？"

"你疯了吧？"简桃骇然，"我跟他有什么啊？那不是你在拍广告吗？"她说，"一般这种情况我都不会回信息的，他们自然就知道我是什么意思了。后来我去登记，他不也没跟我说话了吗？"

她都习惯了，结婚以来面对过太多这种试探情况，怎么回似乎都不妥当，反而沉默才是最好的选择。

谢行川："但别人和我搭讪，我一般都会说我结婚了。"

这一秒，简桃顿悟。

只是别人问她是不是单身的时候，她没有第一时间否认，让高贵的谢少爷觉得自己没有被承认，没有存在感，所以他不爽了。

谢行川倒确实可以这么说。以他的气质和行事风格，他说自己结婚了就跟说自己没有微信号一样，别人只会觉得这是拒绝的托词。

但如果她说她结婚了——明天他们俩就会被打包送上热搜榜，她的十几年演艺合同将就此终结，她会被公司雪藏。

简桃："你是希望我以后也像你那么说吗？"

"那倒不是，"他似乎也想到了什么，"你说了会很危险。"

她无言地想：你也知道呀？

第四章 咬四口 似醉非醉

简桃:"那你……"

"那我不能不爽?"

简桃转头看着他。

如果她没理解错的话,他这个状态有点儿像女生过生日,男友被迫加班,一下班就紧赶慢赶地到了女友家楼下,但是得带一束花。

这大意应该是——我理解你,但你要哄我。

这个认知无来由地让她脊背发麻,但事已至此,她觉得自己也要学会做一个好男友,不是,是做一个合格的妻子。

人家男朋友迟到也得带束花呢。

于是简桃抬起手,缓慢地在他的头顶上摸了摸。

仍在参毛的谢行川顿了两秒才问:"什么意思?"

"哄你啊,你不是这个意思吗?"她声音小了点儿,"猫参毛就是……摸它的脑袋……"

谢行川:"人跟猫一样吗?"

"那人是怎么哄的?"

听到她的问句,他没再说话。

他只是垂眼,目光抽丝剥茧般从她的鼻尖上掠到唇边,然后缓缓挪至锁骨上:"怎么哄男人,还用我教吗?"

什么意思?简桃脑子有些木地想着,是要接吻吗?

不至于吧,他铺垫了一整天,就为了这个?

她眨眼间,腰已经被人揽住。她受力被迫前倾,鼻尖抵住他的鼻尖。

简桃想了一会儿,闭上眼,有些不熟练地偏过头,思考着应该在哪里找他的嘴唇,腰上指尖似乎染上些灼意,隔着衣襟有些烫人。

就在两个人触碰到的第一秒,丝丝缕缕的痒感还没来得及被压实,背后传来踩踏的声音。

简桃吓了一跳。

很快,潇潇跑了过来,小声又急切地说道:"先别亲了!快起来!你们再不回去大家要一起来找你们了!"

此刻,简桃突然无比感谢之前被潇潇撞破两个人关系的事情。如果没有潇潇,很多场合她都不知道该怎么圆了。

简桃连忙起身:"谢谢你。"

"没事,后面我再帮你们找机会让你们亲,你们先忍耐一下。"

她倒也不必如此反复提及这个字。

再回去的时候,简桃在门口的超市里随意地买了些东西。

这样三个人一起进门的时候,大家会投来目光,但一看塑料袋,就会知道他们为什么去了那么久,不再追问。

已经是九点之后了,摄像老师全都下班了,屋内只有固定的摄像机,因此播出时需要用到的夜晚画面并不多,大家相对自由一些。

不过他们偶尔也会聊聊天,多准备一些素材。

果不其然,今晚的活动还是由邓尔安排。

"小桃姐快坐,"邓尔上蹿下跳,"今晚来讲鬼故事。"

为了配合氛围,邓尔只开了一盏灯,外加点了根蜡烛,烛火摇摇晃晃的,倒是多出一丝诡异气息。

"我先来,我先来——"

邓尔抛砖引玉,先讲了三个鬼故事,简桃还在树林里的事中没缓过来,有一搭没一搭地听着。

"那天电梯很空,里面只有两个人,他不小心按到了负一层,开门之后又连忙关上,惊恐地跟旁边的人说:'幸好没打开,听说负一层有鬼,而且鬼的手腕上会系一条红绳子。'

"电梯里安静了很久,距离到他家还有很长一段时间,他看到旁边的人缓缓伸出手,低声问——"

讲到这里,邓尔突然用视线拉回简桃的思绪。

她看到烛火倏然颤了颤,邓尔的脸从下往上,被照得昏黄又诡异。

"你说的红绳子,是这一条吗?"

潇潇胆子小,已经被吓得先尖叫起来:"不听了,不听了,我洗

澡去了!"

邓尔得逞地"哈哈"大笑,这才反应过来:"对,对,你们快去洗澡,等会儿十一点要停电了。"

简桃:"是吗?怎么了?"

"刚才有人来说这个,所以我们才想去找你们,"邓尔说,"好像是电路维修还是什么的吧,暂时会断一会儿,不知道什么时候恢复,我猜应该不会太久。但还是做个准备,万一没来电怎么办?"

潇潇还站在厕所门口发抖,显然是没缓过来:"太恐怖了,小桃姐,我今晚跟你睡。"

很快,大家开始为停电做准备,简桃卸了妆拿了衣服,也进了浴室。但她头发长,洗澡的时间久,出来时已经快到十一点了。

房子里只有两个浴室,于是她擦头发的时候先出来,让需要的人进去洗澡。

她将头发差不多擦到半干,也该吹了。

浴室门敞着,谢行川正在里面洗脸。

简桃没办法,再不吹干头发就要停电了,于是就站在有吹风机的另一侧,和他隔着一段距离开始弄头发。

其间邓尔进来了一趟,说是要用凳子,搬走了抵住门的那把小木椅。简桃起先还没反应过来,直到门"砰"的一声被风吹关,她还没来得及开口——吹风机骤然失声,眼前一片漆黑。

停电了。

她连手机都没拿进来。

简桃放下吹风机,下意识地就凭着反应去摸门把,因为黑暗总归是有些让人慌的。她摸了半天终于摸到门把,迅速往下一拉,清脆的"咔嗒"声响过后,门打不开了。

邓尔的声音很快出现在门外,他问:"小桃姐,你在里面吗?"

"我在,"简桃尽量让自己镇定一些,"你帮我把门打开。"

"好。"

165

蜜桃咬一口

  手电筒贴近,她能看到微弱光源,外面的人用力几下,门却始终没有被推开,像是被什么卡住了。

  邓尔觉得很新奇似的,转头和一边的温晓霖分享,控制不住地大笑出声:"门坏了!"

  温晓霖在门外安抚道:"先别着急,我给房东打电话,应该一会儿就能来电。我们就在外面,你也不用怕。"

  很快,温晓霖去信号好的地方跟房东沟通,邓尔的手电筒本还贴在门上,不知道人又跑到哪里去了,唯一一丝光源也消失了。

  门外一片安静。

  简桃本不觉得他之前说的那个鬼故事恐怖,但是被关在一片漆黑的浴室里,门外又没有人,无来由地就觉出有几分惊惧了。

  她深呼吸着,想去找找洗衣机上有没有什么能照明的东西,一伸手,摸到个软的东西。

  她被吓得差点儿尖叫,谢行川的声音倒是很稳定:"怕成这样?"

  她反应过来了。

  "你在里面啊?"

  "不然?我难道还会瞬移?"

  总之有人在旁边,情况就要好很多了,简桃轻出一口气。但很快四下又变得安静,黑暗将紧张不安的感觉越发放大,简桃觉得发怵,越想越没底,凭着本能感觉朝他的方向靠去。

  一步,她没找到人;两步,还是没人。

  她索性再迈一大步,撞到个温软东西的时候,也被人转身抵在了墙上。

  他的声音有点儿哑:"干什么?"

  简桃勉强能看清一点儿他的轮廓,说:"我想……"

  接下来的话她没说完,因为嘴唇被人堵住了。

  应该是为了继续方才那个未完成的吻,他捏住她的下巴微微上抬,手将她的腰卡住了。

第四章 咬四口 似醉非醉

她能感觉到他唇上湿漉漉的水珠，他的脸也没来得及擦干，都是水痕，水珠蜿蜒着沾湿了她的衣襟。

突然，门外又开始响了。

应该是邓尔在试图打开门，一下一下地拧着门把，她的心跟着一下一下紧张地收缩。她生怕下一秒就有人推门而入，撞破她被人压在墙面上的局面。

她以为一会儿就好，但一分钟过去仍是这样，邓尔没停，谢行川也没停，反而变本加厉。

她被折磨得发疯时，听到玻璃门被人敲了一下。

"小桃姐，还在吗？"

简桃从来不知道接吻也能缺氧。

在他们不算太多的接吻经历里，接吻只能算他们折腾中的调剂品，不会持续太长时间，过程中也会配合着断断续续地进行。

但是此刻，新西兰民宿的浴室里，里间雾气缭绕空气稀薄，外面还有人在不停地试图开门，她配合地仰着脖子，仰得有些发酸，大脑被亲得晕乎乎的，身体也没力气。

所有人都觉得他是挺佛系的一个人，对什么事都无所谓，玩世不恭，也没什么兴致，简桃也一直这么觉得，但除了在这种事上。

一旦涉及这种行为，也不知道是不是原始的野性被激活，他进攻感总是很强。

她终于被人放开，止不住地想咳嗽，却咳不出来。

谢行川还在清理她嘴角的痕迹，搞得好像挺缱绻温存一样。

简桃心说：你可得了吧，这不都是你干的好事吗？

几分钟后，民宿又奇迹般来电了。

邓尔在外面大叫："真来电了吗？不会一会儿又停了吧？"

简桃发现自己跟谢行川调换了个位置。现在她站在洗漱台附近，而他靠在另一边的墙上，不知道在想什么。

几分钟后，浴室门被打开，大家看到……简桃正在盥洗台前洗脸。

不过一会儿她就抬起头来,眼睛和嘴唇被洗得红润潋滟,眼底蒙着浴室里的蒙蒙雾气,眼尾有些潮红。

民宿老板:"怎么了,不修门吗?"

"哦!修!"潇潇终于反应过来,"美女洗脸果然不一样,小桃姐,你到时候教教我洗脸的手法,你洗完脸好粉、好好看啊。"

很快大家开始修门,就在谢行川压着她的那个地方来回晃。简桃无地自容,借口头晕回了房间里睡觉。

她转身时,和谢行川短暂地对上视线,他嘴角的笑一掠而过,看来他是被哄好了。

不过她付出的代价还挺大。

简桃这么悲怆地想着,转身上了楼。

次日,门修好了,他们也出发前往新西兰南岛。

南北岛之间相隔着海,所以他们要坐船过去。

大家把房车开上轮渡,这才穿过甲板往船舱内走去。

在船内逛逛玩玩了一圈,大家回到会客厅里,开始聊天。

简桃因为有冠名商的中插广告要拍,所以仍然留在船头,调整光线拍了快半个小时,才被放回船舱。

摄像师去往会客厅拍摄嘉宾,简桃有些困了,说自己回包间里休息。

节目组订了三个连着的包间,简桃挑了中间那个,还没来得及躺下,觉得这里靠门口太近,有些吵,于是起身朝尽头的包间走去。

包间的床上没人,她掀开被子躺了进去,看这边也没有摄像机,便心满意足地脱下裙子,只穿了冰丝的安全裤。

她正要完全躺下的时候,听到哪里的门锁响了一声,围着一条浴巾的谢行川走了出来。

简桃不知道应该先对哪件事发问,踌躇半晌,最终问道:"你怎么没在外面玩?"

他随意地擦了两下头发:"没意思。"

第四章 咬四口 似醉非醉

简桃拉了个枕头垫好:"在这里洗澡有意思是吗?"

谢行川:"来睡个午觉。"

她想了想,他开了两个多小时的房车过来,应该确实有些累。

但是这个房间又挺安静,她都躺下了,有点儿舍不得出去。

衡量过后,简桃说:"那一起睡吧,我也困了。"

他嗤笑了一声,也不知是在笑什么,随意地吹干了头发,将浴巾解开,套了条运动短裤,这才掀开被子另一角。

简桃:"你不穿上衣吗?"

他后背靠着床头,眉尾稍抬,把被子朝上提:"这样?"

怕她占自己的便宜似的,他将被子拉得挺高,两个人盖的又是同一床被子,简桃顷刻间感觉足尖一凉。

"你别往上拉这么多,我的脚没盖到。"她低头一看,发现了问题,"你把我的指甲油弄掉了。"

谢行川眯起眼:"碰瓷?"

简桃抬腿:"你自己看。"

"看不到。"

这人油盐不进,她直接整个人转身,和他面对面,把脚搁在他的腿上:"现在看到了吗?"

她屈着膝盖,顺着大腿下侧往里,投出一片漂亮又神秘的影子。

谢行川收回视线,把她的脚踝托起来,看了半天才发现大脚趾处的指甲油脱了一小块。

他觉得好笑似的,扬眉问道:"所以呢?"

"你弄的你补,我等会儿还要穿鞋,露出来不好看,"她振振有词地说,"不是你现在弄的就是之前在沙发上弄的。"

他垂眼,语焉不详地说:"那我的本事还挺大。"

简桃无暇去管他这话到底是什么意思。她承认确实也存在一部分原因是她懒得自己涂了。

她将脚掌在谢行川的大腿上踩实,用了些力道去够桌台上的随行包,里面应该有化妆品和指甲油。

她的脚趾在他的皮肤上蹭了两下,被人按住了。

谢行川的声音意味不明:"你再动,你的腿就不在这里了。"

她心说:有这么恐怖?你还能给我砍了不成?

她微微回身,看向他:"那在哪里?"

"还能在哪儿?"他说,"在我的肩膀上。"

思考了一下这句话的意义,简桃觉得他倒是还不如把她的腿直接砍了。

为了防止被他摁在这儿,她虽然已经握住了指甲油的玻璃瓶,但仍是有些悻悻地收回了腿:"我不涂了……"

谢行川握住她的脚,他的手力道很大,她完全挣脱不了。

"由不得你。"他接过她手里的瓶子看了一会儿,说道,"卸甲水也给我。"

简桃找出卸甲湿巾,递过去时才发觉:"你还知道这个?"

"直接补上去有分层,卸了再涂好看点儿。"谢少爷头也不抬地说,"这么简单的东西我还是知道的。"

这还是条挺有审美能力的狗。

她这么想着,枕着手臂悠悠地躺下时,突然感觉这几天以来二人的关系好像更近了一步。

从醉酒到今天,她在他面前时胆子似乎大了许多。

她这么想着,再加上脚趾处冰冰凉凉的触感,她竟然慢慢地睡了过去。

再醒来的时候,她听到头顶传来声音,是船要靠岸了。

她迷迷糊糊地睁眼,发现自己已经睡到了枕头那边,而与此呼应的是歪七扭八的被子。

简桃有些恍惚地坐起身来:"我是螺旋桨吗?"

谢行川脖子枕着手臂,这会儿慢慢抬眼:"你也有优点。"

简桃奇怪地看着他。

谢少爷娓娓道来:"比如,有较为清晰的自我认知。"

船靠岸,他们去的第一站是皇后镇。

大家都在船舱外看风景,无暇顾及简桃和谢行川在哪里,因此下了船的一路上,这事也没人提及。

休息好了之后,简桃也格外有精神。

她给谢行川发消息:"睡觉中途没人进来吧?"

姓谢的狗:"锁门了。"

今天他倒是还知道锁门。

她撇了撇嘴,看向窗外。

很快,手机上方又跳出来一条信息。

姓谢的狗:"你嗤笑个什么劲儿?"

捡个桃子:"你今天还知道要锁门,昨晚在浴室里,外面的人都敲成那样了你还亲得下去,万一他们进来了呢?"

对面的人淡然回复:"我的手抵着门,他们进不来。"

怪不得他那么肆无忌惮,简桃失语,最终收起手机。

新西兰的南岛相较北岛来说,气温更低,也更适合观光。

他们在海边解决了晚餐,龙虾非常新鲜,个头也很大。

吃完后,他们在附近逛了逛,然后准备前往节目组预订的民宿。

到了民宿后,潇潇转身,指着对面说道:"那边的景好像更好。"

简桃在转弯的时候就看到了那边的景色:"我也觉得,还有秋千。"

邓尔问导演组工作人员:"这两个是一家的吗?"

导演组工作人员说"是"。

"你们也太抠了吧!那么好的房间不给我们订!"潇潇转头看向简桃:"小桃姐,你想住那边吗?"

"想啊,"简桃说,"你们都喜欢的话,我们找老板升级一下房型应该就可以了。"

导演组工作人员:"那边贵。"

"贵怎么了？！看不起谁呢？我们办演出也赚了很多钱好吗？！"潇潇很阔绰地拍了一下钱袋，"反正现在有钱了，我们是来旅游的，就要住好的房间。"

导演组的人现在已经无法用钱绑住他们了，只能笑着叹气，算作妥协。

本来节目组一开始是真的想好好让他们见识一下社会的险恶，谁能想到简桃这么有商业头脑，现在他们已经可以享受起来了。

不过接下来等着他们的，是更大的挑战。

升级了房型后，大家如愿以偿地住进了更宽阔的房子，邓尔在沙发上一颠一颠的，感叹着好舒服。

导演即将离开之前，嘱咐道："对了，邓尔和潇潇别忘了今晚有直播任务啊。马上第一期节目就要上线了，今天你们预热一下。"

邓尔说："知道了，不过第一期节目这就上线了吗？！"

导演说："是的，临时救场一下电视台的档期，上一档综艺节目收视率太差，所以我们提档了。"

潇潇："那我们的收视率肯定好。"

导演笑了一声，心说：能不好吗？有简桃和谢行川在，本来就已经很保险，更何况二人的关系还备受瞩目——

即使抛开二人的关系不谈，就节目里这些嘉宾恶整导演的反套路情节，节目播出去也够有意思了。

导演："反正你们别忘了啊，我先走了，还得确认一下片子。"

都是成熟艺人，他们挺让导演省心的。

邓尔和潇潇直播期间，还和每个嘉宾连了麦，这个倒是简桃提的，说微博连麦的话有提醒，热度容易起来。

果不其然，晚上九点多，"星夜环游"已经在话题榜上挂着了。

观众摩拳擦掌，异常期待。

广场里也有人在嗑邓尔和潇潇，简桃心里隐约有些没底，去"摆烂夫妇"的超话看了一圈，幸好，涨幅正常，没有一点儿热门组合的样子。

正当她以为这个超话会永远被掩盖在繁荣景象下时，睡前一刷微博，在话题里看到一个拥有百万粉丝的博主分享的内容。

小鸡吃老鹰："哈哈哈——我是不是第一个知道的？太邪门了，简桃和谢行川居然有超话了，好像是'橙月'塌方之后，喜欢他们的人团建弄的超话。里面一个认真嗑的人都没有，大家都在瞎嗑。太好笑了！'橙月'，你们伤人至此！"

十分钟后，博主编辑："不会吧？这么多人对这个超话感兴趣？果然，人类的本质就是缺德。他们俩的超话名叫'摆烂夫妇'，太扯了，我脸都笑歪了，明天就要播第一期《星夜环游》了，让我看看这对假情侣到底有多剧毒。"

简桃没敢点进评论区。

半个小时后，这篇微博的评论已经有9000。

看到转发量为1.2万时，简桃内心隐约泛起了一丝不祥的预感。

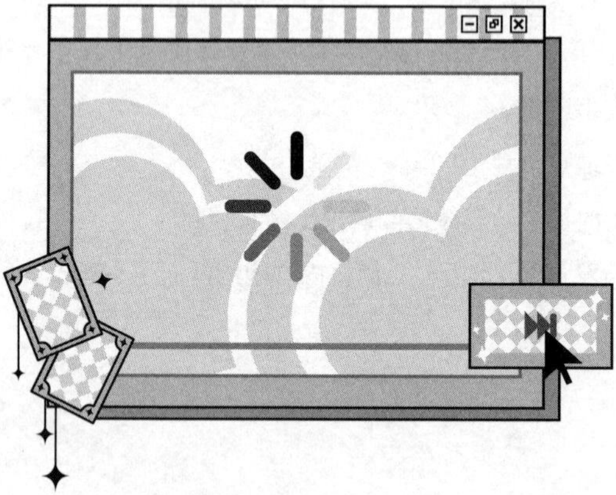

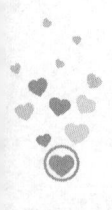

咬五口错冬芭蕾

第五章

简桃躺在床上踌躇良久,一时不知道要不要点进评论区看。

不看吧,她又挺好奇;看了吧,怕自己今晚被吓得睡不着。

人真是怕什么来什么,她上一秒还在沾沾自喜"摆烂夫妇"无人在意,下一秒微博就送了她一套推广大礼包。

正当简桃鼓起勇气打算去评论区逛一逛的时候,房门被人敲响。

她身子微起:"哪位?"

潇潇的声音从门外传来,她问:"小桃姐,我想到那个鬼故事,还是不想一个人睡,我能跟你一起睡吗?"

他们换了个大点儿的别墅,每个人住的都是有两张床的套间。

"可以啊,"简桃说,"你进来吧。"

潇潇就带了枕头和手机,在简桃左侧的小床上躺下,喃喃自语道:"我住最高的那层,不知道是什么东西在往下滴水,听着好恐怖,我就来找你了。小桃姐,你胆子大吗?"

简桃放下手机,躺在枕头上回忆:"以前好像也不大,后来总是被朋友拉去玩密室逃脱,胆子就练起来了。"

"大学吗?"

"大学少,高中时候很多。"她说,"高中时候学校管得严,只有周天下午才放假,大家都学得受不了了,所以会到处去玩。"

潇潇:"你和你的朋友两个女生啊?那去玩密室逃脱不怕吗?"

"也有男生啊,"简桃说,"她会拉跟自己关系好的那个男生一起去,男生再拉自己的朋友,一共四个人,人多玩什么都方便。"

潇潇平躺着,听语气好像还有点儿遗憾:"我还以为你大学跟谢老师一起玩过呢,我今天搜资料才发现,你们是同一所大学毕业的啊?"

简桃脱口而出:"那倒没有,高中一起玩得够多了。"

"高中?"

"哦,"简桃随意地说道,"那个男生的朋友,就是他。"

不然以她和谢行川的关系,他们怎么可能一起出去玩?

一般都是钟怡捎上江蒙,江蒙再带上谢行川。

第五章 咬五口 错冬芭蕾

潇潇被这个情报惊讶得愣了好久，这才诧异地问道："你们高中就认识啊？！"

公司有意在他们的简介上抹去了高中同班的信息，后来虽陆陆续续有人向微博人气博主投稿，但说的也都是他们关系差，这跟大家的认知并无不同，他们二人身上又有挺多受关注度高的话题，这事就没传播起来，至今仍是圈内的冷知识。

听到潇潇的语气，简桃也没意外，反倒笑了一下。

"不可思议吧？"简桃说，"我们一点儿都不像认识七年的样子。

"不过严谨来说也没有认识七年，我们也就高二一年待在一起，高三他就转学了，后来大二我才知道他和我上的是同一所大学。再后面他就红了，我们就更没怎么见面了，倒是我经常在电视和商场的海报上看到他。"

潇潇眼睛都笑弯了，但只是看着简桃，没说话。

又过了一会儿，潇潇侧身看向她，说："想听听你们高中的故事。"

潇潇大概也没觉得他们此刻是在恋爱或已经结婚，具体怎么想的简桃也不知道。

"我们？"

"嗯，你和谢老师。"

简桃略微回忆道："我和谢行川啊……没什么特别的故事，高中我们关系很差，我第一次跟他说话是学校要走方阵，他嫌我没有承认他是班上最帅的男生。"

潇潇："那后来就没走吗？"

简桃扬了一下嘴角："结果没两天班上开始分学习小组，我跟他一组，他打球，作业交晚了半个小时，按道理来说得记名字。我说不记名字也可以，但是他得走方阵。"

潇潇乐得不行："然后他就走了吗？"

"对呀，他又没的选。"

简桃到现在都记得谢行川那时候的表情。

少年单手搂着球，垂眼睨着她时，眼睛微微眯起，沉默，不爽，却无可奈何，最终气笑得抬了抬眉梢，舌尖抵着后槽牙，说了声"行"。

那会儿的少女简桃暗爽，甚至生出一丝得意感，觉得她就是来克谢行川的。

方阵排练第一天，放学之后，她收拾书包的时候看到他还在后面看漫画，怕他忘了或是赖账，只能提了书包敲了一下他的桌角。

"别忘了排练。"顿了顿，怕他最关心的事没得到解决，也不知道是什么心态作祟，她故意字正腔圆地喊了一声，"帅哥。"

谢行川手指一顿，抬眼看她时周遭同学哄然大笑，江蒙和钟怡笑得险些背过气去，而他泰然自若地应声："行，副班长。"

就这样，十几个班的学生一起排练，每班两个人，大家一般是互相称呼名字，后来负责的老师要培养他们的默契程度，让大家写上对同伴的称呼，贴在彼此背后的纸上。

简桃给他贴的是"帅哥"，谢行川给她贴的是"副班长"，连老师看到他们晚餐时坐在一个房间都放心不下，特意端着餐盘坐到两个人中间。

两个人互相顶撞的高中岁月似乎就是这么拉开帷幕的。

因为临时换了房间，卧室里没有摄像机和麦克风，简桃就聊得多了点儿。

她从方阵说到小组，再到四人行电影院占位，甚至是食堂里的最后一块炸鸡排两个人也要抢，又或者是密室里她把谢行川错当成钟怡，勒着他，在他身上挂了一路，导致他出来时脸都是冷的。

人家都说，人无法同时拥有青春和对青春的感知。她当时只觉得看他不顺眼，所有人也都觉得他们好不对盘，但此时此刻她回忆起来，青春又给回忆多添了层滤镜。再回想那时候他们并肩而行的一言一语，她居然也觉得挺好玩的。

第五章 咬五口错冬芭蕾

起码他们吵吵闹闹的,冲淡了学习的枯燥感和青春期的伤春悲秋情绪,让乏味的试卷也多了几分记忆点。

就这么聊到睡着,简桃也不清楚自己是在哪一刻闭上的眼睛,总之再醒来时,已经是次日清晨了。

潇潇在床上睡得四仰八叉,外面有碗沿碰撞的声音响起,简桃轻手轻脚地拉开门,发现谢行川正坐在沙发上打鸡蛋。

人家打鸡蛋都是好端端地站在厨房里打,他是坐在客厅里,腿随意地伸展着,一脸也不知道是不是没睡醒的表情。

因为昨晚的回忆,推开门又看到七年后的他,简桃莫名其妙地有点儿很奇异的感觉,在原地站了一会儿,看清晨的光从落地窗里透进来。

"看很久了。"男人不知道什么时候起身,路过她身边往厨房走去,不疾不徐地丢下了一句,"暗恋我?"

她撇嘴,光速路过。

嗯,狗就是狗,狗是不会转性的。

等早餐的时候,简桃拿出手机,发现钟怡又给自己发消息了。

她这会儿正有点儿想钟怡了,饱含情感地点开了消息——

钟怡:"哈哈哈——我昨晚在你和谢行川的热搜话题里逛了一整夜。"

简桃愣了一下:"什么热搜话题?我昨晚睡了。"

准确来说,她昨晚跟潇潇聊天去了,还没再看手机就困得睡过去了。

钟怡:"就是说你们俩有超话了,你知道吗?"

简桃心说:我不知道就有鬼了。

"知道一点儿。"

钟怡:"热度不错,最高的时候话题在第三位,不过我估计你的公司处理了,后面话题热度掉得很快,但是我一觉起来再看,超话粉丝已经有五万了。"

看到这个数字,简桃心头一窒,还没来得及再说话,钟怡又发来一张图片，是他们的超话的截图。

准确来说，超话粉丝是五万七千。

粉丝怎么涨得这么快？

简桃还没来得及说什么，又发现一个重点。

她把最上方的"已关注"圈了出来，问钟怡："这是什么？"

钟怡略带羞涩地回道："关注一下。"

几秒后她摊牌了："我不缺德谁缺德？！"

简桃发去一个悲凉而又有些凄惨的问号。

钟怡在那边感叹："高中天天看你们俩吵架，没想到有朝一日能嗑你们的情侣组合，这不带劲？每天工作辛苦，小时候被老师训斥，长大被老板支配，谁不想拥有几秒操控世界的权力？强行按头当红艺人，我说他们是什么关系他们就是什么关系，这不爽？这谁不乐意？"

"嗑你们好爽，'摆烂'的味道，我知道。"

简桃来不及聆听更多钟怡的缺德感言，八点整，工作人员布置好机位，这才宣布他们在南岛的任务——参与一场舞台剧的拍摄，地点在新西兰最大的剧院，按照上座率和观众的认可程度，决定他们最终能否攀登冰川。

如果他们来南岛不能一览冰川景致，这趟旅行将毫无意义。

而他们拍摄的舞台剧内容，是知名童话作家维布伦的《玻璃雪》。

这故事简桃正好看过。

男主人公是铤而走险的盗贼。一场巨大的交易中，他得到了巨额的珠宝，觉得自己得到了一切。挥霍数月后，他买齐了自己所有想要的东西，除了一样，那就是爱情。

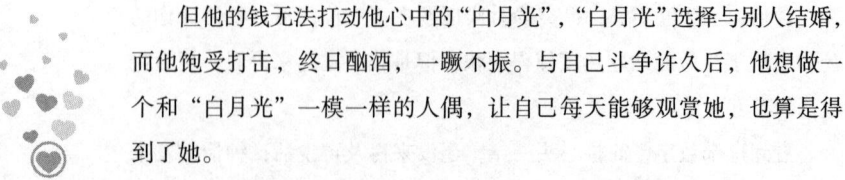

但他的钱无法打动他心中的"白月光"，"白月光"选择与别人结婚，而他饱受打击，终日酗酒，一蹶不振。与自己斗争许久后，他想做一个和"白月光"一模一样的人偶，让自己每天能够观赏她，也算是得到了她。

第五章 咬五口 错冬芭蕾

但他找遍了镇上所有的人偶制造师，没人能做出他心中完美的"白月光"。他一路寻找，终于在半年后找到了最有名的制造师，而制造师也承诺可以还原他的所有构想，但制造完美人偶耗费巨大，钱财方面是无底洞。

主人公欣然点头。他最多的就是钱。

制造人偶的过程比想象中还要难，他想要一个巨大的水晶球，能飘出剔透的雪花，而他漂亮的芭蕾"白月光"就站在水晶球里翩翩起舞。人偶需要灵活的关节、最精密的旋转之盘、最昂贵的八音盒、蓝宝石一般的眼睛。

他耗费了所有钱财，卖光了房与车子，成了穷光蛋，终于做出了想要的水晶球。一尘不染的玻璃透出人偶精致的五官，人偶在美妙的音乐和缤纷的雪花中起舞——直到仪器损坏，而维修的费用十分高昂。

水晶球再也无法播出乐曲，黑漆漆的地下室照不出人偶惊艳的五官，没有"人"再为他旋转，而他终于明白自己一无所有，生命在那个冬日结束。

所有物质上得到的都是表象，短暂拥有，终会消失，只有真正内心获得满足，这种满足感才坚固与持久。

这就是作者想讲的童话故事。

邓尔没看过这个故事。在简桃回想的过程中，他自己搜完了这个故事的概况。

"这好演吗？"他问。

"不好演，"简桃说，"我没见过这个故事改编的舞台剧。"

也就是说，他们现在没有任何经验，而年龄最适合演男主人公的邓尔，演戏方面还是白纸一张。

很显然，对给他们贡献了旅行难度这事，导演非常满意，笑说："所以接下来一周我们的任务就是在游玩之中找寻舞台剧的灵感，既能游玩，也有任务，这可是个不小的挑战，你们别掉以轻心。"

简桃提醒："收一下，你们的嘴角都乐开花了。"

有些凝重的气氛终于被缓解，大家开始充满斗志，商量出了阵容。

书中的男主人公正好是十八岁，于是由邓尔扮演。

简桃会跳芭蕾舞，所以拿到了"白月光"和人偶这两个角色。

未婚夫的角色没有疑义地给了温晓霖，毕竟只剩下两位男嘉宾，没人觉得简桃和谢行川适合演情侣，更不敢把他们配对，生怕他们直接在台上吵起来。

与此对应地，谢行川拿到了人偶制造师的角色。

简桃心说：这你们才该担心吧，"白月光"真人的戏份只有三分钟，更多的时间里她要扮演人偶，相比较来说，她和谢行川的对手戏还多一点儿，也更重要一些。

潇潇和于雯老师则负责两个比较重要的NPC（非玩家控制角色）。

确定下角色之后，大家决定先去剧院看看环境适应一下。

剧院很大，红色座椅的观众席一路铺陈到两边，最上方是剧院独有的星空顶，一片深蓝之中点缀着粒粒星光，让人像是置身山顶仰望苍穹。

"这么大？"邓尔回头，"这得多少上座率啊？"

导演组工作人员："60%算及格。"

小剧院，60%上座率也许不难完成，但这么大的地方，60%的上座率确实还有点儿难度。

大家商量了一下剧本构思。以及接下来的安排，很快到了午餐时间，简桃觉得留给自己练舞的时间不够多，拎着餐品进了舞蹈室。

邓尔在后面问："这么拼啊？"

"习惯了，"简桃笑了一下，"以前都是这么见缝插针地练舞，很久没跳了，我得先熟悉起来。"

任何好看的舞蹈动作，都建立在反复练习的肌肉记忆基础上。

她需要知道自己哪个角度最好看，才能更好地将美的一面呈现出来。

她一边吃饭一边看着舞蹈视频，吃得差不多之后，就把东西放在

第五章 咬五口 错冬芭蕾

一边,开始热身和做拉伸动作。

练了两个多小时,简桃找到了些感觉,又巩固了半个小时,这才短暂地中场休息。

目光随意一瞥,她看到餐品的袋子里好像有个自己漏掉的小玩具。

她将东西拿出来,是个顶着蜜桃头的小玩偶,点一下旁边的按钮,小玩偶就会旁若无人地扭一阵。

她觉得挺好笑,看了半天,录下来一个视频,打算整一下谢行川。

简桃点进对话框,思索了许久,想着怎么能让文案极具迷惑性,勾起他的好奇心,她再狠狠地践踏他的眼睛。

逐步筛选了几个想法后,她决定参考某类弹窗广告。

略编辑后,她确定了文案。

捡个桃子:"回复'1'看性感小桃,甜蜜唱跳——"

只等待对面发来一个"1",她就会迅速甩出这段必杀视频,让谢行川迅速失去兴致——

简桃正这么想着,手指已经点上发送键,对面的人发来了消息。

姓谢的狗:"234567890。"

简桃危险地眯起眼。

怎么?他的键盘上没有"1"是吧?

捡个桃子:"回复'1'看简桃在线摔跤。"

对面的人几乎是秒回:"1111。"

四个"1"。

行,好。简桃点头,攥紧手心。

她的拳头,硬了。

大家围绕着剧本忙了一下午,回到民宿里时,已经是晚上八点。

众人围坐在沙发边,照例开始复盘今天的情况。

潇潇提议:"小桃姐,要不你跳段芭蕾舞我们看看吧,我馋好久了。"

简桃衣服都换下来了,这会儿听到这句话,无来由地想到了在练舞室里和谢行川的对话。

她撑着脸颊:"算了吧,反正我跳舞在有人眼里跟狗刨水一样。"

也不知道是她形容得太精准还是什么,侧边的谢行川突然逸出笑声,声音很低,但很清晰。

他的背颤了一下。

简桃握紧双拳。

见这情况,邓尔生怕大战一触即发,今晚谁都别睡了,连忙站起来说道:"对了!今晚第一期节目播出,要不我们看看吧?"

潇潇:"也行,不是好多人爱看 reaction 吗?"

Reaction,也用来形容大家观看一些东西的即时反应,会有些意想不到的效果,所以这在圈内是挺受欢迎的一种方式。

这个提议很快被通过,邓尔煮了点儿泡面,决定大家一边看,一边吃夜宵。

节目开篇就是大家出发前的采访内容,除了谢行川还是那副宠辱不惊的样子,其他人都是摩拳擦掌、跃跃欲试,就差把期待一趟完美旅行写在脸上了——结果画面一转,是几个人跟霜打的茄子似的,听导演组工作人员说这趟的经费全要自己赚。

节目配上音效和后期花字吐槽后,连他们自己都觉得好笑。

再后面半个小时,大家略加熟悉之后,互相的接梗能力加强,潇潇和邓尔偶尔还会笑出奇怪的声音。

又看了二十多分钟,邓尔才发现自己没开弹幕:"完了,完了!我就说缺了点儿什么东西,不看弹幕的综艺节目没有灵魂,我赶紧打开……"

开启弹幕之后,邓尔又扫视了一眼:"我们这期节目的热度好高啊,好多高赞弹幕,不过应该都在前面,现在开肯定看不到了,这几条弹幕蛮好笑,我给你们读一下吧。"

邓尔从下往上地读了几条弹幕,气氛愈加热络。得到肯定后,他更加自信:"这里还有排前三名的,应该是最好笑的,都几千赞了。"

第五章 咬五口错冬芭蕾

他想都没想，直接从第三名到第一名，合并着迅速朗读：

"把潇潇的嘴给封了！简桃的衣领上怎么会有咖啡味磨砂膏？！这分明是两个人背着大家在夜黑风高约会时吃的小烧烤！小情侣在吃烧烤的时候肯定还这样那样温柔小意拉扯调情，'不行就桃'嗑死我了！"

邓尔读完之后，十八岁的脸上浮现出不合时宜的茫然神色，脱口而出道："'不行就桃'是什么啊？"

客厅里大概寂静了一分钟，大家脑子疯狂运转，思索着这名字会是谁和谁的组合？

"不行就桃"？

简桃和行……

众人反应过来的当下——

地处闹市区的别墅，陷入了时长三分钟的沉默气氛。

门外闪过动物穿过草丛的声音，像是被按下静止键的电影重新播放，邓尔僵着脖子去看简桃，一贯温和雅致的温晓霖也被面呛到了，镜子里映出了于雯略显震撼的脸。

邓尔："不行就……桃……是你和行哥的……组合名吗？"

短短一句话，他磕巴了三次。

不能怪他，谁看到这种阴间搭配不觉得三观震碎？

简桃心说：没错，更离谱的是我们一开始还叫"摆烂夫妇"呢。

但这话她是不能说的。

她模棱两可地说道："可能……吧。"

邓尔的不解溢于言表，如果不是眼珠属于人体，简桃怀疑他甚至可能把眼珠子给瞪出来。

"为什么你们两个会有这个东西啊？"他问。

这话她也很想问。

简桃诚恳地说道："我如果能知道为什么，事情就不会发展到这个地步了。"

邓尔:"可是他们在嗑什么啊?"

潇潇一直在看手机,这会儿才给出答案:"哦,就是我们之前'橙月'那对嘉宾不是塌方了吗?然后'橙月'最出圈的一张图,是和小桃姐跟谢老师的合照。因为'橙月'塌方太极端,所以粉丝不敢再嗑真的情侣,就自己瞎嗑一下假的,算是慰藉吧。"

邓尔惊骇:"所以他们就发疯吗?"

潇潇更惊:"大家上互联网不发疯发什么?!"

这话好像也……有点儿道理。

邓尔:"不过为什么非得是他们?"

潇潇严谨地反驳:"我们都能有超话,当红的他们为什么不能有?"

"那也是。"

两个人讨论了大半天,节目也到了快收尾的时候。

简桃本来也挺不能理解这事,但是一看到有人比自己更不能理解,突然就释怀了。

她回想起钟怡和潇潇说的,谁上网不是为了找乐子,只是前一个乐子消失之后,总也得找点儿新鲜的点缀一下生活,这会儿又正好有人提供了一个新方向,因为缺德,所以越发有趣,自然就一呼百应。

其实他们不是在嗑她和谢行川,只是给自己找点儿乐子,或者让自己更快速地走出塌方阴影。再者,被蔚丞和元宵月伤害之后,他们也希望能掌握主动权,享受一下自由支配、掌握开始和结局的乐趣。

有句话说得也对,正是因为她和谢行川什么都没有,才给了大家更多发挥空间。

网络的影响力就是这么大,网友蜂拥而来,蜂拥而去,跟风的很多,等这阵风吹走了,慢慢觉得没意思了,他们就散了。

简桃想起自己之前也不是没被人嗑过,当红艺人嘛,被匹配也是常有的事,不过等风头一过,因为她和对方根本没关系,热度自然而然就散了。

等等吧,总之她和谢行川这个样子,她不信节目播完还有人嗑。

第五章 咬五口 错冬芭蕾

估计那时候，网友们早就被更多让人眼花缭乱的荧幕情侣转移了注意力。

简桃这么想着，决定不再作茧自缚，越是关注就越是钻牛角尖，有这空还不如去想想舞台剧怎么演。

她打了个哈欠，说："他们也就是图好玩，反正也是假的，节目录完就好了。"

邓尔："行吧，行吧，那今天就看到这里，正好我也困了。"

大家在客厅里散开，简桃和潇潇也走进卧室。

简桃关上门的那一瞬间，潇潇在一边小声说道："不过你们这个名字还挺可爱的。"

想了想，简桃说："我也觉得。"

起码这比"摆烂夫妇"好听多了。

所以人就是需要对比的。如果今天有人突然告诉她，她和谢行川有情侣名了并且叫"不行就桃"，她连夜扛着火车跑；但是听过了"摆烂夫妇"，再看到这四个字，就觉得……努努力，好像也不是不能接受。

次日起床，大家前往皇后镇，体验新西兰的另一特色——高空秋千。

秋千距地面整整一百六十米，人坐稳后悬起，绳子松开后再猛然下坠，弹射出去，是新西兰的极限运动之一。

众人没想到邓尔恐高得厉害，他在签署协议之前还在碎碎念："节目组美其名曰让我们找舞台剧灵感，我看就是想整我们，谁没事干在峡谷里荡秋千啊？不行，我得再去上一趟厕所。"

就这样，大家签字等待的中途，邓尔去上了六趟厕所，潇潇都不禁问他："你是不是有什么身体方面的疾病啊？"

简桃没忍住笑出声来，一旁的温晓霖也笑说："别紧张，邓尔，我跟你一起。"

简桃本来也不怎么紧张，因为有时候拍广告会用到威亚，便觉得这高度也不是多么恐怖的事情，再加上邓尔寻死觅活的，她的注意力

187

都被他吸引过去了。

直到走上腾空而起的栈桥,巍峨群山撞入眼帘,脚下的栈道半透明,她隐约都能看到深不见底的峡谷。

她走在最前面,从扶梯到拐弯都还好,最后是笔直的通道——前方一个人影都没有,她下意识地就有点儿发怵。

她脚尖一顿,前进的步伐停滞,小步往旁边挪了挪,示意让一旁的人先走。

那人却不动。她顺着裤腿往上看,谢行川就斜靠在扶手上,懒懒散散地说道:"怎么,让我给你做替死鬼?"

她心说:我就只是单纯不想走在最前面。

潇潇见状挤了过来:"她哪里有那个意思,就是没人没底嘛。没事,我来走,小桃姐,你走我后面吧!"

潇潇说是自己走在最前面,结果还是挽着于雯才得以前进。简桃不过在原地站了一会儿,大家就都走到前头去了。

谢行川正要抬腿上前,她及时拦住他:"你走我后面。"

男人侧眼,听见她惜命道:"我要走中间。"

一行人终于到了尽头的小屋内,几个工作人员站在不设围栏的铁板边,简桃感觉呼吸都紧了几分。

她没做好心理建设,突如其来地看到这么危险的情况,太阳穴"突突"直跳。

潇潇和于雯先跳,给大家打个样,简桃只听"砰"的一声,二人极速下坠,在山谷里荡出弧线,像没支点的溜溜球,就那么荡在空气里,一切由惯性支配,毫无控制可言,连下一秒要去哪里都不知道。

终于晃够了,工作人员才拉她们上来。简桃腿根有点儿发软,正以为轮到自己时,导播也来跟她附耳,说要不要拍个防晒霜的中插广告。

她以为自己能逃过一劫,连忙点头说"好"。

结果她拍完广告回来,四个人劫后余生的目光落到了她身上。

"来吧!就剩你和谢老师了!"

第五章 咬五口 错冬芭蕾

简桃惊愕了:"我也要跳吗?"

"很好玩的,"潇潇劝她,"不玩真的后悔,很刺激。"

简桃脚后跟止不住地往后挪:"我怕摄像机拍到一些我扭曲的画面。"

"不会,"邓尔说,"我们帮你把头顶的运动相机拆了。"

事已至此,她不得不跳。

简桃站在"悬崖"边,感受到工作人员正在往自己身上绑东西,但灵魂已然出窍,心跳声也大到她听不清其他声音了。

她捏了捏掌心,一手的汗。

好在谢行川就坐在她旁边,冷静又淡定,很大程度上缓解了她的不安情绪。她还没来得及反应过来,身体骤然失重!

她尖叫了一声,闭眼低头,手牢牢地抓住个什么东西用力,感觉人在前面跑,魂在后面追,迎面而来的风撞击额头与脸颊,耳畔只剩下巨大的风声掠过,心脏也如同被人悬起。

掉到最下面的时候,她甚至觉得自己弹了一下。

她紧紧闭着眼睛,直到感觉腿被人碰了碰。

心尖一紧,简桃这才缓缓睁开一只眼,见他不说话,又慢慢侧头环视,岩石与青绿树木仿佛近得触手可及。风里裹着放纵的味道,看到的画面画质似乎都被人调成了高清,一瞬间她又觉得,好像也没有那么恐怖了。

谢行川关掉自己的麦克风,问她:"还没好?"

她有些茫然:"看好了呀。"

男人顿了顿,看向她的视线意味不明:"什么看好了?"

简桃:"你不是想让我看风景吗?"

谢行川垂眼,视线落在她紧掐着自己大腿的手指上,声音被山谷包裹得低沉:"我是说你把我的腿都掐青了。"

实在是没想到自己下意识抓到的是他的腿,还靠近上半部分,回去的一路上,简桃都进行了深刻复盘。

还好二人头顶上的运动相机被拆了,这一幕没人看到。

下午他们在附近的小镇上逛了逛,淘到些很有年代感的小玩意儿,边逛还边讨论着更美的舞台构想。

回到民宿后,简桃仍在思考。毕竟她也算是重要主角之一,戏份肯定是不能含糊的。

她觉得这个本子不太好演的地方有两个:一个是玩偶制造师将她从零件拼凑成精致摆件的全过程,另一个则是玩偶完全损坏后的呈现方式。

这么想来,完全损坏的情况倒也好演,她僵着不再动就行,但是零件被拼凑起来要怎么呈现才有美感?

自己想了一会儿,她觉得要和谢行川沟通一下。

她先是出门买了点儿零食,想假借发零食的机会潜入谢行川的房中,结果买完零食回来,绕着房子看了一圈,发现他住在一楼,有个窗户在外头。

这男的居然一点儿防备心都没有,窗户都没关,半边窗帘随风飘动,她还能看到他靠在床头。

简桃计从心起,凭借着过人的弹跳能力双手一撑,坐上窗台,又维持了一点儿女艺人应有的风度,徐徐搂着裙子转了个弯,跳进他的房间里。

谢行川不太理解地轻微皱起了眉心。

她轻轻脱掉高跟鞋,小声说:"别怕。"

男人无语地看她良久,似乎在思索她究竟是怎么进来的。数秒之后,他才放下手里的八音盒,好笑地问道:"别怕?这话不该是男的来说?"

简桃说道:"我过来主要是想和你商量一下话剧的戏份。"

"可以,"谢行川说道,"那你为什么不走正门?"

这话把简桃问住了。

她这才反应过来,聊剧本是很正经的事情,她完全有理由在镜头

第五章 咬五口 错冬芭蕾

之下直接进入他的房间，反正也不是做见不得人的事。

思忖半晌，简桃下了定论："偷情偷习惯了。"

谢行川垂眼。

"这不重要，"她及时标出重点，"你应该记得我们的对手戏吧，就是你把我从一堆零件做成男主人公想要的样子，我一直在想，怎么呈现这部分情节会直接又有故事感，你有想法吗？"

怕他不记得了，简桃继续提示："还记得吧，你不是要做我吗？"

男人本还垂着眼，闻言眉梢动了一下，挺有兴致地身体前倾，玩味道："我做你？怎么做你？"

她启唇，没说出话，怔怔地看着他……

与此同时，敲门声响起。

邓尔："行哥，你在房里吗？有空的话出来一下，我们聊聊剧本。"

谢行川却没答，仿佛只全神贯注在这一件事上，凑近了些，低声问她："嗯？说说看？"

门外的邓尔仍在继续敲门："哥？在吗？"

简桃连忙敛了目光，小声说："你先去吧，我们晚点儿再说。"

"稍等，"他朝门外说道，"房里飞进来一只小野鸟，我放生一下。"

不知是他的语气原因还是什么，她只觉得被这三个字灼了一下耳垂，推了他两下，这才飞速从窗户离开，等了几分钟，才提着东西进了屋子。

大家只当她是出去买东西了，连忙说道："来得正好，看看于雯姐写的剧本吧。"

于雯笑道："我只是基于故事做了加工，改编而已。"

因为原著的对话已经很多，所以改编起来并不费力，加上于雯有十多年的演戏经验，出色的业务能力让她清晰地知道详略该如何安排。

简桃看完剧本，觉得非常不错："我觉得我的这部分内容没问题。那我先去练舞了，你们聊？"

潇潇点头："你快去吧，有问题我喊你。"

简桃练了两个多小时的舞，看已经快十一点了，便拉开门，打算去泡个澡。

　　她本以为大家也都睡了，没想到邓尔干劲很强，还在拉着大家看舞台剧。

　　于是简桃也没打扰他们，拿了衣服进了一楼的浴室。

　　她选好音乐，调好水温，看浴缸里的水清澈地晃着，一种舒缓感觉蔓延至大脑，刚躺进去却发现了不对劲。

　　浴室天花板的角落好像有只蜘蛛。

　　她当即拿起手机，给谢行川发送了十二个"啊"。

　　谢行川的消息在五分钟后发来。

　　很好，她猜得很准，一个问号。

　　捡个桃子："总算回我了，浴室里有蜘蛛，好大一个，我不想活了。"

　　姓谢的狗："那你洗完出来。"

　　"不行，我刚才放了十分钟的水，我放弃不了。"

　　他无奈："浴室里有个晾衣竿，你把它赶出去。"

　　简桃很是惊慌："它不会顺着竿子爬到我的手上来吗？"

　　对她丰富的联想力，谢行川给予了一个肯定的问号。

　　简桃："我不活了，我不活了，我不活了，我不活了。"

　　姓谢的狗："窗户锁打开。"

　　她趴在浴缸边沿，把房间向外透气的窗户锁打开，没一会儿，谢行川从外面翻了进来。

　　她一时不知道该怎么形容自己的复杂心情，最终注意力落在了蜘蛛上。

　　她捂着胸口往边上指去，又怕吵到外面看舞台剧的大家，轻声说："在那儿。"

　　谢行川走过去，凝视蜘蛛良久，说道："这是它的皮。"

　　简桃："啊？"

　　"蜘蛛已经走了，这是它蜕下来的皮。"

第五章 咬五口 错冬芭蕾

她仍然神经高度紧绷:"怪不得我刚才拿吹风机吹它,它都不走。"

谢行川看她数秒,对她出色的自保能力表示了无语。

很快,谢行川清理掉了那恐怖的黑色外皮。

简桃总算松了一口气,双指紧攥浴缸边,觉得男人偶尔也是有点儿用的。

因为不着寸缕,她全程都是贴在浴缸上的,没敢泄露半分颜色,只是绵软的胸部压在浴缸边沿,太用力,拱起些形状。

等了一会儿,没等到他继续动作,她略微抬起头去看谢行川:"你怎么还不走?"

谢行川失语片刻,舌尖抵了下腮帮:"怎么,把我叫过来伺候你,伺候完就叫我滚?"

简桃不知道他这是什么脑回路,停顿半晌,然后说:"我什么时候叫你滚了?"

谢行川从善如流:"行,那我留下来。"

不是,你留下来干吗啊?这不是我在泡澡吗?

她没来得及开口,看着他抬步越走越近,头皮绷紧,小声说:"你别……你……"

她生怕这时候谁从窗外路过,连忙一把拉上窗户,然后落了锁。

他轻飘飘地抬了一下眼帘:"怎么,嘴上让我别,转眼关窗户?"他顿了一下,意味深长地问,"还是说,你也不想我走?"

简桃在此刻终于明白:你永远叫不醒一只装睡的狗。

她比了个大拇指:"老张如果知道你语文阅读理解是这个水平,当年不会让你毕业。"

或许是她这个大拇指传递了什么错误信号,她话还没说完——多一个人加入,浴缸里的水漫出来了。

简桃后背抵着他的胸口,感觉身体像是被架在火上烤。浴室是蒸笼,他的手指随水纹游走,她喘不过气来了。

水面上起伏的泡沫随音乐律动,水面下搅起一个接一个的漩涡。

谢行川将唇抵上她的耳垂："能做到吗？"

她已经短暂丧失了思考能力，腿难耐地屈起："什么能做到？"

"外面他们在看舞台剧，"男人的声音很低，带了点儿致命蛊惑意味的气音，"别被发现，行不行？"

客厅的电影音量开得很大，偶尔有笑声突兀地传出，搅得人心尖发紧。

水声"哗哗"地袭击着简桃的耳膜，她像被盖在一个不透明的玻璃罩里，氧气稀薄，所有的声音被无限拉远，除了他的呼吸声。

视线迷蒙中，她透过镜子，看见他的衣服仍然穿得完整。

简桃气不过，骤然转过身去，一口咬住他的肩膀，男人闷哼了一声，膝盖往上抬了抬。

等洗完澡出去，简桃已是头重脚轻。

她一刻也不想耽误地奔向自己的房间，结果一拉开门，迎面而来的潇潇被吓了一跳。

"小桃姐，你洗了两个小时啊？"

失语半晌后，简桃说："我泡澡了。"

"噢，"潇潇说，"那泡澡是比较久的，我看你听的歌的音量后来都变大了。"

声音应该是谢行川调的吧。

简桃没来由地耳骨发热，也忘了自己随便敷衍了几句什么，这才匆匆回到自己的卧室里。

潇潇抱着衣服进了浴室，本想先开窗透透气，没想到窗户是开着的，不由得感慨了一下简桃的细心，这才重新把窗帘拉上。

简桃在白天做了个不太对劲的梦。

梦里谢行川衬衫纽扣解开了几粒，衬衫松垮地挂在肩上，锁骨和

第五章 咬五口 错冬芭蕾

肩颈弧度因用力紧绷而愈加清晰，下颌上布满水珠，水珠滴滴下淌，分不清是汗还是雾气。长裤就挂在浴缸边沿，被水打湿成深色，而他眼里雾气弥漫，一侧头，鼻尖就堪堪抵住了她的脚踝。

简桃直接被这个梦吓醒，醒来才发现自己不知何时是跷着腿睡的，右腿正悬空搭在左腿膝盖上，怪不得会做这个梦。

不对，这不算梦，应该是回忆。

以前书上不是写过吗？梦是现实世界的客观反映。

不过她是怎么回事？她会梦到前一晚跟他的相处情形，这还是头一次。

简桃按了按太阳穴，觉得有些棘手，耳边突然响起一句话，是坐轮渡过来时，男人说的——她再动，腿就在他的肩膀上了。

没来由地，她又想起那一次，出发来这儿之前他的一句"下次开灯"，她当时以为他只是随口一说，没想到后来在帐篷里，他还真是开着灯。

想到这儿，简桃磨了磨牙，怀恨在心地起了床。

吃早餐时，对面的邓尔看了她两眼，这才说："你们住的地方是不是蚊子很多啊？"

简桃抬头："怎么了？"

潇潇背着摄像机给她使了使眼色，目光落在她的脖子和衣服的交界处。

凭借敏锐的第六感，简桃好像知道了什么。

她后背骤然一麻，像是全身血液止不住地冲向大脑，再向四周弥漫开来。

她今早忘记检查脖子了！

不会吧？不会吧？

正逢谢行川端着杯子坐下，简桃十分逃避地低下头，眯起眼，用余光给了他一个眼刀。

邓尔："怎么了？"

195

"他踩我的脚了，没事。"简桃装傻道，"你刚才说什么来着？"

"蚊子是挺多的，"潇潇跟着说道，"我也被咬得到处痒，下巴上还有一个。没办法，这蚊子专找嫩的位置。邓尔，你不是带青草膏了嘛，给我们抹点儿吧，我昨晚一晚上没睡好。"

话题被揭过，邓尔起身去拿青草膏，或许是大家都被虫子咬习惯了，也没人关注这事。此刻，大家都在专心地剥鸡蛋。

简桃借着白色的瓷盘看了一眼，果不其然，衣领半掩的位置有一个浅浅的吻痕。

蜘蛛被赶走了，来了一个"草莓圣斗士"。

说不慌是不可能的，低头喝粥的时候，简桃努力调整着表情，让自己尽量变得自然——她越在乎越是可疑，只有真的把它当成一个蚊子包，大家才会不关注。

所以今天，她不能遮。

吃完饭后，大家拿了各自的剧本开始背台词，简桃穿了条阔腿裤，拎了件外套出去背。

她特意什么都没抹，戴了口罩、墨镜，又把其他地方遮得严严实实的，只露出领口那一小片肌肤。

然后她低头点开和谢行川的对话框，发了三个挥动拳头的表情过去。

谢行川的消息也很快回过来。

姓谢的狗："太久没碰了，我以为那里看不到。"

态度还行，起码他认错了。

简桃品了一会儿，又发现不对。

捡个桃子："太久？也就十多天吧？"

"你每天穿成那样在我跟前晃，十天还不久？"

这就是你昨天在浴缸里把我正反折腾两次的理由？简桃又想起他昨天说自己把他的大腿掐青的事："我刚才检查了，你也把我的腰掐青了。"

第五章 咬五口 错冬芭蕾

那边的人似乎是回想了一会儿。

姓谢的狗：“我没用力。”

跟他说不通，简桃懒得再聊，收起手机的时候，发现蚊子也不负众望地在她的脖子处咬了两个包。

两个包正好就在吻痕上，盖住了。

目的达到，她心满意足地掐了两个十字，然后上楼。

果不其然，真的蚊子包就是让人有底气，她进了房间后，潇潇观察了几秒，这才惊讶地说道："还真是蚊子咬的啊？我还以为是草莓印……还在想昨晚你和谢老师什么时候有空的呢。"

简桃："现在不像了吧？"

得到潇潇肯定的回复后，简桃这才放了心。

上午，大家在别墅里进行了舞台剧的初步彩排和走位。走位是复杂又至关重要的一环，他们基本只是过过台词，但排好流程，也需要几个小时。

还没正式开演，邓尔这几天都在琢磨，休息时盘着腿，还在问："这个故事为什么要叫《玻璃雪》啊？"

潇潇也开始思考："形容雪跟玻璃一样带刀子？"

"玻璃形容的应该是欲望吧，"简桃说，"人越贪婪、用力，就越是被反噬、割伤。雪是所有虚幻的美好事物的表象，你以为自己得到了，但它下一秒就会消失。

"所以故事叫《玻璃雪》，应该是在当时那个浮躁拜金的年代，呼吁人们重视真正得到的东西吧。"

邓尔惊了一下，转头问简桃："太强了，小桃姐，你以前是语文课代表吗？"

"不是，"简桃说，"我是副班长。"

邓尔："怪不得我听不懂。"

潇潇调动脑细胞，给他类比："比如那种经典言情文，开头男主角得到了女主角的身体，但他得到女主了吗？没有，因为那种得到就是表象，不是真正的灵魂合一。"

简桃琢磨了一下，总感觉这个比喻怪怪的，好像在内涵什么一样。

"你这么一说我就懂了，"邓尔说，"但是这个能播吗？"

潇潇伸手朝导演做了几个剪刀的手势："剪掉，谢谢。"

上午大家排练完舞台剧之后，下午又是体验活动。

这还是节目组的套路，表面上是让他们为当地取材，实际上还是为了自己的收视率。

今天他们要去的是鬼屋。

邓尔摩拳擦掌，誓要一雪前耻，重振自己当时在高空秋千项目被灭掉的雄风。

这个鬼屋是扮演式的，进去之前，他们还可以挑选自己想穿的衣服。

简桃让他们先选，自己都行，结果最后留下来一件连体装，给她和谢行川。

简桃转头问："没有别的衣服了吗？"

潇潇："一个套系只有四件衣服，是为照片和谐度着想，如果小桃姐你不穿的话，等会儿可能就要自己走一趟了。"

闻言，简桃迅速钻进谢行川已经穿好的那件黑色斗篷里，说："那我还是和你们一起走吧。"

谢行川无言地看了她一眼。

邓尔打头阵，刚进去的时候有多狂妄，三分钟后就有多崩溃。

"啊！谁摸我的屁股？！谁摸我的屁股啊？！"

温晓霖："是我，不小心碰到的。"

十秒后，邓尔："晓霖哥，你换个地方摸吧，一直摸我的后背好恐怖啊。"

温晓霖："我已经不在你后面了，那个是'鬼'。"

"啊！"

潇潇在后面笑得厉害，简桃一面看着布景觉得恐怖，一面也觉得

第五章 咬五口错冬芭蕾

滑稽，终于忍不住跟着笑起来。突然，旁边传来一阵铁链声响，有人从旁边的"监狱"里探出头来。

她不设防，一转头看到一张沾了血的僵尸脸，对方还在黑黢黢的环境里朝她伸出尖锐的爪子——视觉与听觉受到极大震撼，她惊叫一声，下意识地朝旁边摸去。

通过距离并不远的连体衣袖，她抓到了谢行川的手臂。

男人似乎动了一下，被她理解为是想要挣脱。简桃正想说话，他那边又蹿出一个"幽灵"，简桃手一滑，直接抓到了他干燥的掌心。

大家在里面的叫声稀奇古怪，冷汗出了一身，他身上居然还是热的，手心也一点儿汗意都没有。简桃不由得有些怀疑：他算正常人类吗？

不知谢行川是在想什么，手臂又动了一下，简桃这回没给他任何挣扎的机会，这里实在太恐怖了，她总算知道为什么那么多人推荐这个地方，应该是出于某种"我受苦了你们也不能逃脱"的报复心理。

于是这么想着，她又握住了他的手——一点儿也不温柔地牢牢攥紧了。

大家在鬼屋里几乎贴成一团，大概互相取暖才能找到安全感，潇潇也全程贴在简桃的右边，简桃左手捏着谢行川，右手抓着潇潇。邓尔直接贴在温晓霖的背上，于雯因为年纪稍长，所以并没进来。

这鬼屋的 NPC 太多，一会儿蹿出来一个，还有一个直接掀开了棺材板，更夸张的还有从天花板上掉下来的，差点儿把人的魂都吓丢了。

好不容易走出来，邓尔嗓子都叫哑了，潇潇一脸生无可恋的表情，温晓霖也直接坐在了沙发上。

大概缓了一分钟，潇潇和邓尔这才开始声情并茂地回忆刚刚的情况，简桃脑子也有点儿发麻，看他们在闹，还没完全缓过来。

等到灵魂像是慢慢被按进身体里，她发现旁边的温晓霖开直播了。

温晓霖笑了笑："我想起我这周有直播时长的任务，不介意吧？"

"没事，"简桃说，"节目组不介意就行。"

温晓霖本身话不多，所以开直播会尴尬，因此都是找准热闹的场

199

合做任务。他拍了一会儿邓尔和潇潇，两个人跟讲相声一样，直播间渐渐热闹了起来。

等两个人讲累了，温晓霖微笑着把镜头换成了前置，伸长手臂，自己只被拍进去半张脸，给大家看一侧的谢行川和简桃。

简桃心说：现在轮到我们了是吗？

她跟直播间的观众打了招呼，里面有不少她的粉丝，也有挺多路人。

没一会儿潇潇和邓尔也挤了进来，大家聊着最近的感受，弹幕跟着节奏走，但偶尔有人会发现一些盲点。

"谢行川和简桃怎么在一件衣服里啊？"

"情侣的事你少管！"

这一刻，简桃甚至痛恨自己5.0的视力和弹幕捕捉能力，可以精准地在几十条弹幕中看到有关她和谢行川的。

还好后来梦姐联系节目组工作人员，把她喊"老公"的片段删了，不然她怀疑她和谢行川的产崽同人文现在已经遍布互联网了。

就这样，飞速增长的弹幕中发言五花八门，当然，也有发疯的"不行就桃"忠实观众。

"新西兰蚊子太毒了，看把我女儿咬的，漂亮的锁骨上那么大两个包。"

"蚊子？"

"哈哈哈——好，我懂了，那是蚊子咬的吗？那是谢行川咬的！"

看到这里，简桃已经觉得有些不对劲了。但下一秒，各种发言中，她又精准地看到——

"不错，那我就盲猜一个袖子底下一定紧紧拉着手。"

她这才动了一下手腕，发现自己从出来起就魂不守舍，居然真的忘了松开抓着他的手。

简桃立时松开手，不自然地将手臂拽回自己的袖口里。

接下来，"三杀"稳稳到来——

"别这么保守，拉手够吗？"

第五章 咬五口 锴冬芭蕾

"大胆点儿，昨晚他们在浴缸里亲了。"

简桃转开视线。

最恐怖的事不是他们不嗑，也不是他们瞎嗑，而是他们明知道自己是胡说八道的，但是他们说的情况……是真的。

简桃头皮发麻。

还好弹幕太多，不是像她这么关注的人，根本不能发现那些弹幕在讨论什么。

她侧过头不再看弹幕，等到面前的更衣室终于开门，忙一个箭步冲了进去。谢行川还坐在沙发上，有弹性的衣服被她无限拉长——

简桃终于回头，催促他赶紧"解绑"。

谢行川慢悠悠地起身，二人全程没说一句话，消失在换衣间里。

"大家已经为他们的爱情编撰了一部浪漫电影，但现实是简桃一秒都不想和谢行川多待，你们'不行就桃'果然全是假糖，名不虚传啊。"

"爱了，明天还来。"

去完鬼屋之后，大家饱餐一顿，然后决定逛逛夜市。

晚上的人挺多，简桃和大家分隔两侧，正在研究水晶球，试图从这里找到一些舞台剧的灵感。

找着找着她就沉浸在自己的世界里了，正想和潇潇说两句话，一回头，发现身后已经没有熟悉的人影了。

她顿了一下，回身去找他们，然而摄像师没跟着她，她也不知道大家跑去了哪里，陌生的城市街道白天和夜晚简直不是一个样。

方才夕阳笼罩，这会儿天色已沉，灯又不算太亮，每个地方她似乎都没见过。

她拿出手机给潇潇打电话，潇潇接起电话才发现："小桃姐，你去哪儿啦？"

"我在……商场这里，"她也不知道怎么形容这地方，这边的每个拐角都很像，找不到标志性的建筑能形容，"你们要不把定位发给我？"

我去找你们。"

"行,那我们就在这个咖啡厅等你。"

"好,尽快发来啊,"简桃说,"手机快没电了。"

潇潇把定位发来了,可惜简桃才走了三分钟,手机电量耗尽,屏幕瞬间一片漆黑。

说是无措也不至于,毕竟她是个成年人了,只是新西兰不像国内到处有共享充电宝,异国他乡,又是一个人,她难免有点儿说不出来的失落情绪。

她在原地缓了一会儿,去找能给手机充电的地方。

幸好沟通没有障碍,她问了一条街之后,终于有家冰激凌店的老板娘正好是中国人,挺热心地给了她数据线。

可惜没有充电宝,她得坐在这儿给手机充电。

不是标配的插头,充电自然不算快,简桃等了十五分钟,电量才慢吞吞地爬到10%。

为了防止走一半又没电,她打算把电充到20%后再走。

在店里坐了这么久,她也不好意思,加上这会儿她心情欠佳,想吃点儿甜食刺激一下情绪。

简桃走到冰激凌柜前,在原味和抹茶之间纠结了好半晌,老板娘笑她:"都想要啊?"

简桃惋惜地说:"可惜我只有一个胃。"

半晌后,她才选定了原味,正要付款时发现自己的钱包放在潇潇那里,顿了顿,正觉有些没劲,想说手机支付的时候,视线里闯进一只有些熟悉的手。那手指修长,骨节分明,夹着张纸币递出去,来人沉声说道:"帮她付的。"

顿了顿,谢行川又指了指冰柜里那支抹茶冰激凌:"这个也要了。"

简桃很难形容自己这一刻的感觉。

她转头,以为不会出现的谢行川就站在她的右手边。他微微俯下

身来，脸颊被冰柜里的暖色灯光覆上一层柔光，街道很黑，零星的灯条像是虚焦的照片背景，反而让他的轮廓线条越发分明。

可能是偶像剧演得太多，看得也多，她觉得这一刻的画面放剧里怎么也算个高光片段。他蓬松的发丝被染出朦胧的光圈，抬眼动作被拉成慢镜头播放，他侧眼看着她，她应该能看到他根根分明的睫毛——

然后下一秒，偶像剧男主角把抹茶冰激凌的包装袋拆开，微微皱眉咬了一口。

简桃脑内的小剧场戛然而止。

行，她想多了。

她还以为谢行川是看她想吃，把两支冰激凌一起买了。

果然，自恋情结要不得。

简桃问："你怎么出来了？"

他答得随意："来买东西。"

"冰激凌？"

"不是，水。"

她"噢"了一声，没再说话。

顿了一会儿，谢行川问她："怎么没回消息？"

她这才反应过来，把手机重新开机，果不其然，软件里跳出几条他发来的消息——

"到哪儿了？"

"怎么还没来？"

"我去接你？"

放下手机，她这才说："我想充快点儿，就没开机，直接关着充的。"

他应了一声，直起身说道："走吧，带你回去。"

简桃跟着他走出去两步，男人的影子被路灯灯光拉长，蔓延到她的脚底。

她上前两步："你不是还要买水吗？"

他"嗯"了一声，折进一旁的小超市里，选了两瓶矿泉水。

他出来时，简桃看到一边有卖小玩意儿的地方，步伐慢了些。很快，走出去的男人又折到她身前，淡淡地说道："你倒是也不怕又丢了。"

简桃张了嘴正想反驳，很快，看到谢行川垂着眼，把塑料袋的一边提手拉出来套到她的手腕上，另一边套到自己的手腕上。

他那只手随意地插兜，人往前一走，简桃立刻被塑料袋的力道带着往前倾，感觉不太对劲："哎……你遛狗呢？！"

塑料袋拉在两个人之间，里头的水来回乱晃，发出"噼里啪啦"的响声，她只要稍微走慢两步，谢行川立刻就能感觉到。

简桃正想挣脱，突然福至心灵，绕到他前面去问他："谢行川，你是不是怕我迷路啊？"

谢行川看着她，神色不悦："你说呢？"

她说？她哪里说得出来？

世界上最难猜的两种东西就是：皇帝和谢行川的心思。

没等她回答，他挑了一下唇："可能是对在花灯公园里都能迷路的人没什么信任感吧。"

简桃想起高二上半学期结束，钟怡说要去别的城市旅游——

后来在花灯公园里，简桃被一个小孩子手里的泡泡机吸引了心思，再反应过来时就不知道身在何处了。

讨论组的人直接开了定位找她。无奈青城的路九曲十八弯，大家站在同一个定位地点都不知道自己是在一楼还是三楼，就这么绕来绕去，好几次见着定位都要重合了，结果一抬头，面前是堵墙。

后来没办法，大家分头行动，结果她和谢行川会合了，钟怡和江蒙又找不到路了。

十一点多他们才结束了这趟荒唐的旅行，钟怡没少拿这事笑她。

想到这儿，简桃仰着头反驳："我那是因为青城的路太难走了。"

结果她走到他旁边，看到他低头又咬了一口冰激凌。

他吃得慢，简桃将棍子都扔了，谢行川的还剩一大半。

第五章 咬五口 错々芭蕾

抹茶的冰激凌里面似乎还有红豆和果肉，简桃细致地观察了一会儿，突然看着他认真地说："其实这种冰激凌吃了对身体不好，你如果想喝水的话，越吃越渴，而且抹茶的，晚上吃了容易睡不着觉。"

谢行川："所以？"

简桃大义凛然道："所以你给我吃，我愿意帮你分担痛苦。"

他无语地笑了一声，伸手把雪糕递过来，应该是给她咬两口的意思。

简桃看了一会儿，手指示意他转个角度："我要吃底下的。"

底下的还是完整的四方形状，没被咬过。

谢行川稍稍压着眼尾："怎么，跟我接吻的时候你用的另一个身体？"

这不是接不接吻的问题，是她早就这样习惯了。

而且她若这个时候妥协，显得……很奇怪。

简桃垂眼："我就要吃那边的。"

谢行川舔了舔上唇，被她给气笑了："你知不知道多少女演员想跟我加吻戏，我连手指都没让她们碰过？怎么，现在吃我咬过的冰激凌你还挺委屈？"

简桃想了想，认真地说道："那可能是，甲之蜜糖，乙之砒霜吧。"

等到了咖啡馆，简桃已经解开了手上的塑料袋，谢行川则拎着袋子进了房间。

潇潇抬头："哎？你们一起回啦？"

谢行川："刚好碰到。"

潇潇抬手："小桃姐快过来，为了祝贺你平安归来，我们点了一个蛋糕。"

简桃抬眉："确定不是你想吃？"

潇潇耸肩，一脸被她拆穿的表情。

蛋糕刚放下，去拿餐具的侍应生抱歉地说了两句，潇潇问："他说什么啊？"

简桃："说餐具不够了，只有五份。"

于雯晚餐时就来找他们了，桌边一共六个人。

潇潇正犯愁，差点儿连"不如我用刀子吃"都要说出口了，一旁的谢行川开口："我不吃。"

潇潇松了一口气："那正好！"

简桃合理怀疑他是被刚刚的抹茶冰激凌腻到了。

好像……他也不是特别爱吃甜食。

蛋糕里的奶油太多，简桃比较喜欢吃蛋糕坯，于是尝了两口就作罢，不过上面的水果很新鲜。

潇潇则表现出了莫大的热情，端着盘子一边吃一边闲聊，一边还偶尔看看外面的LED屏。

没一会儿，简桃被她戳了一下。

"小桃姐，那个是不是你的广告？"

简桃向玻璃门外看出去，不远处的巨幅LED屏上，上一个广告正刷走，极简的白色背景中，她端坐着，仅穿着黑色礼服，却仍衬得一身珠宝设计璀璨至极。

那是她上上个月给Flicker拍的珠宝广告，没想到这么快就上线到海外了。

简桃点头，一时觉得有点儿奇妙："怎么在这儿也能看到我？"

话音刚落，有人凑到广告旁边拍了两张合照，她撑着脸颊，好奇地问道："是认识我吗？"

"也可能只是纯粹觉得这模特好好看，"潇潇朝她挤眉弄眼，"毕竟谁能拒绝简桃呢？"

时候不早了，潇潇风卷残云地吃完，大家起身出发，前往星空小镇看星星。

邓尔和潇潇又在外面闹起来了，摄像师跟出去拍，简桃起身，见谢行川一口没动，提示道："那个桃子挺好吃的。"

谢行川正想拿个牙签，不知是想到什么，手指顿了一下，拿起她

第五章 咬五口 错冬芭蕾

刚刚用过的叉子,将那片桃子叉进了嘴里。

他没立刻吃,只含着顿了那么两秒,抬眼看她时有很清晰的上目线,暗示意味明显。

简桃懂了,他的意思应该是——他就能用她用过的叉子,但她死活不乐意吃他咬过的冰激凌。

"确实,"她臭屁又低调地模仿方才潇潇的语气,"毕竟谁会嫌弃简桃呢?"

谢行川哂笑一声,别开视线。

大家抵达观星小镇,这边以极美的夜空闻名。

节目组订了两间民宿,还弄了个超大的帐篷,结果后来气氛太热烈,潇潇提议旅行快结束了,要不今晚大家一起躺在帐篷里看星星,还能聊聊天。

等简桃最后一个洗完澡出来,大家都已经在帐篷里躺好了,给她的有两个位置。

倒数第一个和倒数第二个,无论她睡哪个都和谢行川躺在一块儿。

或许是她在原地站了太久,邓尔作势要起身:"要不重排一下吧……"

很显然,累了一天,邓尔身体一放松下来,整个身子就跟和地垫粘住了一样,大家也是,于雯甚至都有点儿困了,眼睛要闭不闭的。

简桃不好意思打扰大家,再者也不是没跟谢行川睡过,于是说:"反正这边有被子隔着,而且看完星星就要回房睡了,没事。"

邓尔理智和身体斗争半天,最后因为实在起不来而充满感激地说:"好嘞!"

新西兰昼夜温差大,帐篷说实在的也不是很厚,所以他们每个人有一床被子,上面还搭了一床。

简桃心说:把民宿和车里的被子全都搬出来了,这么大的工程,怪不得邓尔累成这样。

潇潇和邓尔之间隔了个枕头,简桃想了想,也在自己和谢行川中间隔了一个。

而且她这边的位置大,她可以往左靠。

很快,大家边聊边看星星,头顶帐篷拉开露出透明材质的顶,直直望去,夜空尽收眼底,如同金粉彩墨被打翻,融合渐变,从淡淡的绿过渡到深色的蓝,夜像只碧蓝色的眼嵌在星河中央。

因为没有摄像机拍摄,他们放纵地聊了两个多小时,直到于雯因为撑不住而不小心睡去,打起轻轻的鼾声,简桃又跟潇潇当了两个垫底的。等她们笑一阵惊一阵地聊完,其他人好像都睡着了。

简桃闭了闭眼,打算起身回去,结果没扛住汹涌的困意,也就这么睡了过去。

清早她是被光照醒的。

她意识先醒,眼睛还没睁开,听到外面邓尔和潇潇在闹。

邓尔:"我实在扛不住,你们俩说话太催眠了,我本来还记着要回去的,听着听着不知道怎么就睡着了,跟上数学课一样。"

潇潇:"我其实记得要回去,但是于雯姐睡了我不好意思吵,心理斗争着也睡着了。主要真的太累了,又熬到两点多,根本没力气起来了,不过昨晚真的聊得好爽。"

灵魂终于慢慢回归身体,简桃动了一下,发现身前好像有个东西。

她手肘跟膝跳反射似的又动了一下,睁开眼时,似乎动静把那人也吵醒了。谢行川眼皮动了一下,半睁开眼看着她。

简桃感受了一下,用眼神示意:我们为什么在一床被子里?

谢行川困倦且失言:我怎么知道?

她正想说"你这人也太没自制力了,怎么半夜钻我的被窝啊",脑袋微微一转,看到自己的左手边有一床齐齐整整的被子。

等一下,她钻进谢行川的被子里来了?

她还没来得及正式开口,也幸好没开口,帐篷里的第三个人——于雯也在这会儿走出了帐篷,笑着跟邓尔他们聊起了天儿。

第五章 咬五口 错冬芭蕾

于老师挺好的,走的时候还知道把帐篷拉上,一个摄像机都钻不进来。

确认没人之后,简桃把棚顶的拉链也拉上了,正想装作无事发生地钻回自己的被窝里,被人拉住了手腕。

他刚醒,声音还有些沙哑:"解释一下,恶人先告状?"

简桃有话说:"我记得要往左边多靠靠的,可能是睡着了不好控制方向,就往右靠了。"

她正想钻回去,结果一侧身,预想的紧绷感没有到来。

她摸了一下胸口和后背:不对啊,我的内衣呢?!

简桃回头:"那个给我一下。"

谢行川蹙眉,不怎么理解:"哪个?"

"那个。"

他真无语了,又被她的离谱语言给气笑,舌尖扫了一下齿缝:"哪个?你说清楚。"

简桃:"不是你脱的啊?"

谢行川眯着眼偏了一下脑袋,意思是让她别太离谱。

"行,算了,你别管,"简桃说,"我自己找找。"

突然拉链一响,简桃全身立刻紧绷,满脑子都在"我现在要不要回去"和"现在回去是不是太明显了"之间来回横跳,最后还是没辙地僵在他身前,感受着男人身体里自然溢出的热气,闭眼装睡。

还好,进来的人是潇潇。

她小声说道:"小桃姐,差不多可以醒了,导演组的人马上来了,估计摄像老师要拍里面的情况了。"

说完,她就退了出去。

简桃松了一口气。她缓缓挪到自己的被窝里,手指来回横扫,不知道自己到底是什么时候嫌不舒服,本能地脱了内衣的。她在节目里为了保险其实一直都穿着内衣,但可能是谢行川触发了一些舒适效应,让她本能地有种到家了的错觉。

就在她努力寻找内衣时，谢行川也接到了一个电话。

声音她能听出来，应该是他的经纪人，说着比较重要的事情。

谢行川屈着腿，坐起身来，手腕微微抵着额头，沉声回："嗯，合同你让他们先不要动了，等我回去再统一修改，还有……"

他应该是在说什么重要的事，她也屏息没打扰他，但他一边说着一边将另一只手伸出被窝，似乎是摸到了什么奇怪的东西，于是拿出来看。

下一秒，出现在男人指尖上的，是件贝壳花纹的白色内衣。

气氛呈现些微胶着状态。

那只电影里弹钢琴或是弹烟灰的漂亮的手，此刻微红的指尖上挂着她的内衣肩带。似乎觉得费解，他还颇具探索精神地看了两眼。

简桃耳朵立刻烧着了，耳边像有蜜蜂在叫。反应过来之后，她立刻伸手，把自己的内衣从他的手上拽了回来，然后背过身去。

这会儿她还腾出点儿工夫在想：幸好她的内衣都挺漂亮的。

虽然话没说完，但对着电话那头的人，谢行川已经漫不经心地要结束了："就到这儿吧，剩下的回去说。"

然后帐篷内就安静下来。

简桃正要穿内衣，又回头确认，果不其然，谢行川正看着她。

她说："你把头转过去。"

如果是别人，这会儿肯定非礼勿视地转过身了，又或者自证清白地闭上眼，但谢行川不是——他略偏着头，一脸玩味神色地问她："为什么？"

她知道接着这话说下去，这男人嘴里绝对又会恬不知耻地冒出一句"有什么可躲的，我又不是没看过"。

精准预判后，简桃决定不再接话，他看就看吧，她也穿了睡衣。

她将袖子拽着，两只手臂扯到睡衣里，凭借着女性天生的不脱外套也能脱内衣的技巧，她如法炮制，把内衣穿了进去。

但可能是因为不知道他有没有在看，后背的搭扣半天没能扣上去，

第五章 咬五口 错冬芭蕾

正在差点儿就要出汗的时候，她察觉自己的手指被另一双手拨开了。

谢行川没说话，她也没说话，但两个人依然凭借着姑且称作默契的东西，她弓着身子，谢行川扣好了她的内衣。

很快导演组的人抵达，谢行川出了帐篷，简桃等了一会儿也出去，摄像老师正在拍邓尔煎鸡蛋，邓尔上蹿下跳的，跟对空气过敏了似的。

温晓霖在一旁温柔地点评："挺好的，没去动物园就看到了耍猴表演。"

潇潇愣了一会儿，旋即大骇："霖哥你居然也会说这么损的话？"然后她爆笑。

温晓霖笑了一下，说："我说实话。"

二十多天旅行下来，大家似乎都已经变得很熟了。

邓尔好不容易煎了六个形状奇异的蛋，非要他们每个人都吃下去才能表示对他的尊重。

潇潇模仿简桃开录时的经典句式说："那我不尊重你能不吃吗？"

两个人又是一阵闹腾，于雯扶起被两个人撞倒的水杯，跟看小孩似的。

简桃则在这样的气氛里想到些什么，摸上自己的肩背。

今天她的衣服有点儿贴身，她刚才忘确认了：谢行川应该没扣反内衣吧，带子应该也没扭歪吧？

她来回摸了好几遍，等大家起身准备出发时，收到了谢行川的消息。

姓谢的狗："我扣好了。"

姓谢的狗："别拿你老公当弱智。"

简桃撇嘴。

今天他们的任务很简单，排练舞台剧。

舞台剧将在晚上正式开演，届时，节目组工作人员将会在街上发放免费门票，按实际到场人数算成绩。

表演途中，观众如果觉得不好看可以随时离开，最后，再以结束时的人数来计算上座率。

潇潇嗑着瓜子说:"那你们这不是跟相声一样吗?观众直接走对演员的伤害很大的!"

邓尔声情并茂,拿手做轰人的动作:"还好是在国外,没人喊'下去吧,下去吧'——"

于雯:"主要是喊了你也听不懂。"

潇潇又笑得鼓掌,半晌说道:"那小桃姐和谢老师肩负的东西比较多,毕竟他们俩英文好,能听懂。"

简桃"啧"了一声:"不过离得那么远,背景音大,观众喊了我们也听不到吧……"

导演笑着打断他们的话:"还有件事,因为旅程快结束了,所以我们又加了个飞行嘉宾。"

简桃来之前听导演组的人说过,说是会来三到五个飞行嘉宾,结果"橙月"塌方后,导演组的人一次也没提过这事。

估计节目组是被飞行嘉宾搞怕了,不敢乱请,眼见录制行程要结束了,请个保险点儿的艺人,不至于太明显。

果不其然,大家交换了一个心知肚明的眼神。

导演这次连重点铺垫都不做了,直接说道:"飞行嘉宾是最近挺红的一个偶像,段浮,人也挺踏实的,没什么歪心思,希望咱们能好好收个尾。"

"放心,"潇潇说,"我们也会谨慎的。"

导演:"这次舞台剧,最后的钢琴演奏可以由段浮来完成。他已经在剧院排练厅那边等着了,大家准备好的话,咱们可以出发了。"

能看出来导演这回确实谨慎,新来的飞行嘉宾简直是职业偶像的缩写——有礼貌,爱鞠躬,讲话温柔,听从安排。

排练过程也比简桃预想中的更加顺利。

他们排练了几乎十个小时,除了吃饭就是在对词走位,晚上八点,演出拉开帷幕。

第五章 咬五口错冬芭蕾

出乎简桃意料的是，场内几乎坐得满满当当，如果一个人不走，这几乎是满分上座率了。

不过也正是因为人满，假如观众离开了一些，演员可以很明显地看到。

帷幕拉开，简桃深吸了一口气。

起初的几分钟并没有她的戏份，交代的是男主人公获得巨额财富的背景，耳熟能详的轻快歌曲搭配上邓尔活灵活现的表演，轻易地吸引了观众的注意力。

歌曲快结束时，演播厅内按照计划往下撒落虚拟纸币，观众笑着伸手去接，这个意料之外的互动环节让气氛步入佳境。

潇潇候场时小声和她感慨："小桃姐，你建议的这个往下撒钱的点子真不错，我看好多人本来没什么感觉，一互动都觉得有意思了。"

简桃抿了抿唇："以前有一点点表演经验。"

"自信点儿，不止一点点。"

很快到了她的戏份，第一场，她表演的不是人偶，而是男主人公真实的"白月光"。

舞会内她裙摆翩然，身段柔韧，在一旁歇息时收到男主人公送来的宝石与首饰，毫不迟疑地拒绝了，遇上来接自己的未婚夫，然后送上了婚帖。

男主人公备受打击，辗转后终于找到出色的人偶制造师，谢行川上场。

简桃觉得那句话说得也挺对——审美是不分国界的。

他今天为了配合舞美，穿的是颇具中世纪风味的燕尾服，黑色的裤腿下露出一截轮廓分明的脚踝，再搭配整个人漫不经心的风格，身材修长而打眼。

前排不少观众本来是靠着椅背的，见他出来，不由得身子前倾，像是试图看得更清楚。

他走到桌边开始摆弄零件，背景里也恰到好处地传来木块交撞和

213

打磨发出的各种音效。太阳日复一日地升落后，简桃随着钢琴节奏缓缓上台。

她现在是人偶了。

关于如何塑造人偶完成这个情节，她和谢行川历时几晚，终于找到最佳呈现形式。

她先是盘坐在地，单手屈起，渐渐地，另一只手环抱，构成芭蕾舞的经典动作，紧接着关节移动、腰肢灵活旋转，从地面上起身，腿也慢慢弓起，足尖点地。

与此同时，背后的场景从左至右不断变换，如同时间的列车行驶过春夏秋冬，最后一片雪花落下，她完成最完美的舞姿定格——仅靠单腿足尖支撑起全身，另一条腿打直后拉，腰部微弓，纤瘦的手臂如天鹅般高举，垂落的纱质袖口透出浅粉色的灯光，如同带着翅膀的仙子振翅，但似乎还缺了点儿什么。

她身上还缺了什么？

伴随人偶制造师放下最后一个工具，钢琴"咚"一声落下重音，最后一道工序完成了最重要的眼睛。

简桃徐徐睁开眼，望向台下。

她听见场地里传来惊叹的声音，这对演员来说是最好的肯定。

人偶一寸一寸地低下头，能看出清晰的关节运转感。对这部分，她参考了机械舞，想区别一下人偶和真实人类的感觉，因此动作会带着些微滞涩感。这也与故事的主题呼应了。

终于，耗时几百个日夜后，人偶制造师完成了自己的任务，从桌边起身。

他们将在这里有一场对话。

谢行川走到她身侧，微微俯身，正要开口时，领口处的一枚装饰物没有钉牢，竟直接从上面掉了下来。

徽章是金属的，而她只穿了轻薄的芭蕾舞鞋，假如徽章掉到舞台上，有可能会对演出造成重大干扰——迅速反应过来的当下，简桃伸手接

第五章 咬五口错冬芭蕾

住了徽章。

万幸的是,她接住了。

不幸的是,她的手悬在半空中,而这个动作没有出现在排演当中过。

她看向谢行川。

发生这样的舞台事故,按道理来讲她应该慌张,但很奇异的是,她觉得他们能解决。

谢行川只停顿了半秒,旋即反应过来,伸手将她的手背转向上,指尖在下方抵入她的掌心,精准地摸到了那枚徽章,而后垂头吻了吻她凸起的指节。

他整个动作流畅自然,停顿的那半秒微不可察。

他提前录好的背景音回荡在高台之上——

"You will be my greatest work."

你将会是我最伟大的作品。

简桃汗涔涔的掌心被抚平,谢行川接过那枚徽章,侧身下台。

她听到观众席传来掌声,吻手礼也是故事背景里再正常不过的环节,但只有他们两个知道,刚刚那一秒但凡有片刻偏差,这场表演都会直接被毁掉。

她眨了一下眼,不再多想,迅速投入下一场表演当中。

很快,她为男主人公一次接一次地表演,音乐中电流的声音渐渐微弱,直至舞台上灯光骤然一闪——舞台陷入漆黑。

追光灯缓缓亮起,男主人公在黑暗中不停地寻找,然而制造师告诉他,他的人偶不会再亮了,除非他为此付出比制造她时更大的代价。

而他此刻已经穷困潦倒。

终于,一次次自我否定和折磨煎熬中,他用尽最后积蓄,换她被点亮三十秒。

钢琴声渐渐响起。

这次灯光亮起,却和以往的舞台光大不相同,周围与底座泛出的光圈将她包裹住,她如同站在浅蓝色的水晶球中,连发丝都在发着光。

简桃为这个构想研究了很久,甚至和大家在夜市上走散,终于想到了办法,将纸片镂空做成水晶球的形状,盖在投影仪上,就可以在舞台上仅用灯光呈现出最符合故事的效果,只是她的站位不能出现丝毫偏差。

这是人偶最后的三十秒表演时间。

时间一到,她会成为一堆无用的零件。

简桃想起自己之前曾看过一个非常优秀的演员,说自己扮演某个妖精的时候,学的是自家小狗的姿态。简桃斟酌过后,决定以花的枯萎来表现人偶最终生命消逝。

她在舞台上旋转起来,裙摆随着动作荡起柔软的弧线,脚尖绷起的每一寸弧度都恰到好处,如同一枝枝睡莲开放在起伏的湖面之上。然而乐声渐低,花瓣合拢,动作收缓,最终回归零碎,人偶蜷缩在水晶球正中央,停止了生命。

而水晶球旁,躺着同样停止了呼吸的男主人公。

也许他从来没有得到过谁,无论是爱人,还是人偶。

他们在雷动的掌声中谢幕,工作人员开始计算上座率。

很快,导演走了过来:"还可以啊,好像就走了三个观众。"

"表演得这么好还有三个人走了?"潇潇说,"我觉得他们肯定有隐情——哎,导演,你看厕所那边,是不是出来了三个人?"

虚晃一招,那三个人真是去上厕所了。

这场舞台剧上座率100%,好评如潮,他们离开时,剧场老板还问他们能不能以后有机会再来表演。

简桃想了想,说后期几个人聚齐的机会应该很少了,不过如果剧场老板喜欢这个改编和布景,可以付点儿创意费,以后在剧场重演。

毕竟故事是二十世纪的,原作的版权时间早已到期,不存在购入的说法。

听完谢行川的翻译,潇潇为简桃惊奇的赚钱思路笑得前仰后合。

第五章 咬五口 错冬芭茴

老板非常赞同这个提议,迅速买下了他们的舞美创意以及服装等,很快将钱递了过来。

一出门,潇潇拿着现金拍了拍手掌,很是潇洒:"100%上座率还卖了创意,这我能吹一年。"

邓尔:"自信点儿,我吹到下辈子。"

演出圆满成功,大家出发去吃夜宵。

其他人想吃火锅,简桃和谢行川想吃烤串,这东西又必须去现场点,于是大家决定他们俩先去买烧烤,其他人去火锅店等餐。

这回摄像老师跟着他们一起去。

买完龙虾之后,简桃看到路边的椰子蛋也有点儿心动,站在一旁等老板帮她切椰子。

结果等了十来分钟,前面一个人的还没好,她便感觉头顶一凉,伸手感知了一下,是下雨了。

她没带伞,但雨似乎有越下越大的趋势。

这会儿跑回去应该是最好的选择,但她实在想喝椰子汁,也舍不得那么久的等待白白浪费。

正在踌躇着打算跟谢行川说要不他先回去时,她看到男人伸手往外套口袋里一摸,拿出来一把很小的晴雨伞。好像伞还是她买的,怪不得当时出国整理行李,她找了好半天没找到。

不过这会儿这伞倒是派上用场了。

后面的摄像老师也在手忙脚乱地找遮挡物,生怕昂贵的摄像机被淋坏。

简桃笑看他一眼,捏住话筒,很轻地发出一声类似起哄的气音:"今天谢老师一米八哦。"

男人稍顿。

她以前从没这么跟他说过话。

简桃以为他是不习惯自己用这样带点儿亲昵和调戏的语气说话,然而下一秒,男人单手前推撑开雨伞,靠近她时澄清道:"我一米八六。"

雨势渐急,"噼里啪啦"地敲打在伞面上,男人略微垂眼,眼下投出淡淡的影,握住伞柄的那只手掌骨明晰。

其实这应该是个比较浪漫的场景。

雨夜,她没带伞,两个人共处一片伞面之下。

但简桃微微回味了一下刚才的对话——

"今天谢老师一米八。"

"我一米八六。"

这很难评。

这个"一米八"怎么就不能是一个代称,代指他那瞬间在她心里还挺伟岸的?

不过现在她没有这种觉得他伟岸的感觉了。

摄像师靠近时,简桃终于拿到了梦寐以求的椰子蛋,戳开之后很平和地说:"我想起之前微博上有人说,如果一个男的有一米八,你问他身高,差一厘米他都会在死之前用最后一口气回答你。"

想了想,她诚恳地看向谢行川:"深以为然。"

两个人来到火锅店时,锅底已经上了,里面的食物随之翻滚沸腾。

邓尔:"小桃姐快坐,马上就能吃了。"

她和谢行川落座,这回中间隔着人。

大家很自然地聊到了方才的舞台剧。潇潇边搅蘸料边夸赞:"你们那个吻手礼加得真不错,舞台效果绝了。"

"不是加的,"简桃说,"他的徽章掉下来了,掉到舞台上肯定不行,我要是踩到,就直接没法跳舞了。所以,我接住了。"

潇潇顿悟:"噢,我知道了——虽然你接住了,但是他也得拿走,不然后面你没办法跳舞,只有吻手礼能顺其自然地把这个动作加进去,谁想的啊?"

简桃:"他想的。"

第五章 咬五口错冬芭蕾

"那谢老师真的好厉害,完全看不出意外的痕迹,"潇潇说,"我以为你们俩临时加的呢。"

于雯也点头说道:"那段氛围感很不错,有种……艺术家看着自己倾注了心血的作品,那种珍惜的感觉,挺写实的。"

邓尔:"我还以为他也爱上了女主角。"

简桃奇怪地抬眼。

众人哄然大笑,潇潇摇头:"幸好一直给你考前培训,不然就以你这理解能力,没有小桃姐带,你根本演不出男主人公的感觉。"

"不过表露出一点儿爱意也很正常,"简桃挺客观地分析,"毕竟没人不爱自己的作品,更何况人偶制造师花了那么久的时间,造出一个很拟人的东西来共情,无论在故事内外动机上这点都成立。"

只是可能这种爱意和传统男女的爱意不太一样,会更复杂一些。

"我也觉得。"潇潇说,"归根结底还是谢老师诠释得好啦,我本来觉得这个角色跟我的一样是个NPC,但是被他演活了,能让观众分析揣测的就是好角色。"

大家碰杯,又照顾着新来的飞行嘉宾,感谢了一下他的钢琴曲,顺带聊了明天的行程,这一天才结束。

次日上午,他们打卡了基督城大教堂,逛了植物园和购物中心,买了不少小东西。

潇潇还在感慨:"幸好赚到了钱,这种日子刚来的几天想都不敢想,还怕自己没钱还节目组得以命抵债,哪里还有买东西这种好事?"

邓尔摇头:"要是没有小桃姐和行哥的第一桶金,我们现在在哪儿打工都不知道,可怜啊。"

被内涵的导演组工作人员轻咳着低下头去。

结束上午的行程,中午,他们终于找到一家评价很好的中餐厅。

"我都快成牛排胃了,"邓尔冲得最快,"还是怀念中国菜呀。"

节目组应该是看在录制行程即将结束的分儿上,邀了老板亲自下厨，连饮料都给他们准备了挺多种，就摆在旋转餐桌上，大家自己拿。

简桃挑了个粉色的饮料，草莓味的，多尝了几口之后，手机屏幕亮了一下。

这餐厅里的布置很带中式风情，处处是屏风和瓷器，大家零散着四处参观着，自然没人注意到她这里。

简桃拿出手机，发现是谢行川发来的消息——

"少喝点儿，有酒精。"

捡个桃子："我酒量还行吧。"

"确定？"对面的人不知道是想到了什么，悠悠地回，"一会儿喝醉了别扑在我身上就行。"

简桃心说：那不会的，摄像机还在拍，扑你身上我会被扣钱。

她抬头看了一眼。谢行川手里端着一杯浅蓝色的饮料，看起来也挺好喝，她想尝尝，才发现别的饮料都是两杯起，就他这个是只有一杯的。

她自我挣扎了一会儿，还是好奇地问了他一句："你那个好喝吗？"

姓谢的狗："想喝？还剩一口。"

她很矜持地思考着怎么委婉地表达这个诉求，并显得像是谢行川主动邀请——

捡个桃子："在哪儿？"

姓谢的狗："我嘴里。"

她没再回消息了，是无语了。

后面因为等餐的时间太长，潇潇说拉简桃出去逛个街。给潇潇拍照花了些时间，正要买奶茶时，简桃看到了邓尔发来的消息。

"老板说先喝银耳羹垫垫胃，你们什么时候回啊？快喝完了。"

收到消息的时间是十五分钟前，也不知道现在银耳羹还剩多少了，如果还有的话她就没必要等奶茶了，喝不下。

她截图，将图片发给谢行川，问："还有吗？"

顿了顿，她继续补充："你嘴里的不要。"

第五章 咬五口 错冬芭蕾

发完消息,终于有种莫名其妙的痛快感,她满足地收起了手机。

她们紧赶慢赶地回到餐厅,好在于雯姐好心,给她们一人留了一碗银耳羹。

听说还有道大菜,好奇的人已经先去了厨房观察,简桃则喝完自己的银耳羹,在包间内逛了起来。

这边的设计很有水墨青花的风味,不多的包间用屏风隔开,距离比较远,所以客人也不会互相打扰到。

角落处以一个白色屏风隔开一方雅致的小茶间。

木桌上摆着茶具和茶叶,茶具丰富,还有小镊子和木勺,简桃好奇心重,走过去想仔细看看。

结果凑近了她才发现,谢行川正靠在屏风那块儿,不知是在低头倒什么。

她就说刚刚怎么看到有那么一大团黑影,还以为是椅子或人偶。

她把二人的麦克风关掉:"别人都去看菜了,你怎么没去?"

话刚说完,她看到他正在拿个小盒子倒糖。刚滚出来一颗橙色的糖,谢行川垂眸看了她一眼,简桃还以为他是在邀请自己,径直将糖放进了嘴里。

他微扬眉梢:"你吃了我吃什么?"他又晃了晃盒子,"橙色的已经没了。"

糖入口,简桃才觉得中计了,这糖外面包裹着一层砂糖,里面却极酸,她被猝不及防地酸到眼皮跳了跳。

但怎么也不想证实自己被他整到,她控制着表情,故作懵懂地眨了眨眼:"啊,你刚才不是给我的意思吗?"

他觉得挺好笑:"不是我嘴里的不要?"

她就说他刚才怎么没回复,原来记仇点在这里。

简桃被糖的后劲涩得溢出点儿眼泪,感觉眼前有光圈,于是闭了一下眼,想把眼泪挤掉。

她再一眨眼，面前几厘米远的男人已经无下限地凑近，盯着她的唇："你是小孩子吗？吃颗糖都能沾到嘴巴外面。"

他说的应该是外面的砂糖粒吧，这不是挺正常的？

简桃伸出舌头正想舔掉砂糖粒，谢行川就着她的角度，啄了一下她的嘴角。

她的舌尖扫过他的两片唇瓣，触碰感稍纵即逝，如同过电，她愣了一下。

像是就着她的舌尖的余味品了一下，他稍稍停顿，说道："橙子加柠檬？幸好没吃。"

简桃神色复杂，觉得这人是不是有点儿太混账了。

幸好有脚步声靠近，不然简桃真的会怀疑，自己下一秒就会暂时失去理智地拉着他的领口，把口腔里的味道全部渡给他。

还好，还好，于雯姐的高跟鞋声唤回了她的理智。

如同骤然还魂，简桃为自己刚才怎么会冒出那样的想法感到惊诧。

等摄像机再靠近时，她已经坐在和谢行川处于对角线的地方，颇为认真地摆弄着茶具，偶尔还抬头看看柜子里的茶叶。

于雯远远地就在喊："小桃，来吃啦，菜马上齐了！"

段浮先到，端上来一盘刺身，于雯端的则是碗海带汤。

闻到家乡的味道，简桃放下手中的工具，连忙坐到桌前。

这顿饭大家吃到了下午三点，气氛不错，应该有几个小姑娘是段浮的粉丝，还上来要了合照。

这种情况简桃和谢行川也碰到很多次了，新西兰是旅游国家，导游和工作人员里有很多中国人，他们也能碰上不少中国游客。

休憩好后，他们前往旅行的倒数第二站——白石小镇。

今天的房车由谢行川驾驶，上车后，简桃看着风景有些犯困，有一搭没一搭地睡着。

然而就在此时，段浮的超话里放入了粉丝的偶遇描述。

"今天遇到浮宝啦！运气超好，就在他们隔壁桌吃饭，还拍了合照，

个人原因就不放自己了哈哈哈——放一张我偷拍的宝贝端菜的照片，当飞行嘉宾也很乖呀！顺便一说：简桃好漂亮，谢行川是真有气质。"

照片里的段浮只露出一个背影，双手端着刺身朝包间走去。

粉丝评论不少，大家纷纷羡慕，大约二十分钟后，这条微博被推荐到了热门引流中，也被更多人看到。

没一会儿，"摆烂夫妇"的超话加入了新鲜素材。

"虽然我知道肯定不是，虽然我知道如果是肯定也是视觉错位——但是段浮这张饭拍图，屏风后面怎么会有两个人在接吻？！谢行川和简桃，你们在干什么？！"

"虽然我知道肯定不是，但是这假糖甜死我了。"

"虽然我知道肯定不是，但是他们好配。"

"虽然我知道肯定不是，但是他们在接吻啊。"

图片中，窗帘前后摆动，露出一小片屏风上的人影，只能看到男人倾身和另一个人抬头，大家心知肚明这不会是谢行川和简桃，即使是，肯定也是一前一后造成的视觉错位效果。

但即使如此——瞎嗑就是所有"不行就桃"人的信条，大家开始歌颂并不存在的爱情，按头夸赞自己心里并不般配的两个人，并感慨："糖还是瞎嗑的甜啊。"

总之没一个人真的相信，屏风后面的人其实真的在接吻。

蜜桃咬一口

咬六口冰川婚戒

第六章

等简桃醒来，超话里网友们仍在热火朝天地瞎嗑，车也顺利地在体验馆前停下。

这是奥马鲁的一角，体验馆内各色展厅里弥漫着不同时期特有的风味和标志性构造，将此地的历史鲜活呈现。

今天大家主要就是来拍照的。

所以下车时，简桃特意换了双顶漂亮的高跟鞋，打算多攒点儿库存照片，发朋友圈和微博。

她再不发微博，粉丝就真要闹了。

但她没想到场馆那么大，要走的路也很多，而脚上这双高跟鞋是出了名的要用血供养——走至一半时，她已经觉得有些不舒服了。

不过对女艺人来说，红毯时总有各种品牌方邀请她们穿当季或是重点宣传的成衣或鞋，并非每一样都能合脚合身，所以这点儿不适感她还是能承受的。

终于走出场馆，结束一天的拍摄工作，她也总算松了一口气，将高跟鞋脱下来，赤着脚走在公路上。

她没穿鞋，就总担心路面上有东西会扎到自己，步伐也慢了些。本来是她和谢行川处在吊车尾的位置，但没一会儿，谢行川已经消失在了她的视线范围内。

他可能是嫌她走得慢吧。

简桃这么想着，朝已经有了轮廓的房车走去，临要上车时发现，他不知什么时候又到了她身后。

她有些奇怪地回头看了一眼，但还是迅速上了车。

拍摄了一下午，晚上又没有活动，大家回到民宿后几乎都是倒头就睡，整个别墅弥漫着一股安眠的氛围。

旅游果然辛苦。

简桃这么想着，打算清理一下脚上的伤口。其实她已经习惯了，贴个创可贴，伤过几天就好了。

她在床边坐下，正要去拿创可贴的时候，一楼的窗户被人拉开，

第六章 咬六口 冰川婚戒

有人跳了进来。

来人动作很迅速，迅速到她都没反应过来。

她抬头去看谢行川，正要说话，看到他抿着唇，神色冷淡。

简桃足尖点了点地，开玩笑道："怎么，谁惹我们谢老师生气了？"

谢行川没说话，从口袋里拿出几支东西扔到她手边，似乎是不想说话，但跟她对视半响，看她也没话讲，又没辙地低了低下巴，开口："这怎么弄的？"

简桃随着他的视线看过去，确认两遍，才觉得他说的应该是自己的脚踝。

"就……穿高跟鞋会磨脚啊，正常。"

谢行川坐在她对面，眼睫半垂着："磨脚怎么不去车上换？"

"大家都开始拍了，我一来一回耽误时间，"她说，"而且又得穿高跟鞋走回去，跟坚持下来差不多。"

她仔细看了看，发现他买的都是些药，居然连治跌打肿痛的药都有。

她也不知道他过来是什么意思，嫌她后来走太慢耽误团队进度了？他以为她丢了所以回去找她，导致变成最后一个上车的？

简桃觉得有必要为自己正名："而且我又不是什么娇贵的小公主，这些就……早习惯了啊，你没必要买这么多药，我们以前练芭蕾舞的时候，摔跤了整条腿都是瘀青……"

谢行川垂眼："上药。"

她停了一下，仍在继续表达自我观点："这种款式的鞋是这样的，前期肯定磨脚，后面就舒服了，那我总不能找个人先帮我穿，新鞋我肯定是要第一个穿的——"

"上不上？不上我给你上了。"

简桃看着自己的脚尖："而且这是我特意为了这趟旅行买的新鞋，今天不穿后面就穿不了了，"说到这儿她骤然一顿，像是刚反应过来他在说什么，"啊？"

谢行川懒得听她废话，托住她的小腿把她整个人往前一拉，让她的脚跟恰好能放在他的膝盖上。

他支着腿，还是那副挺浑的模样，挤了点儿药膏，看她脚尖在偏，低声说道："别动。"

傍晚的风拂过纱帘，吹出很轻的抖动声，光束随着窗帘褶皱变换出不同的形状，空气里飘浮着细微的粉尘。

像是呛进了一点点粉尘，她感觉鼻尖发痒，有种想打喷嚏的错觉。

简桃抬头，谢行川正坐在她对面的床沿上，折断碘酊棉签，给她被磨到的伤口处消毒。

他穿的是纯黑的裤子，她的脚掌踩在他的大腿上时，有很清晰的色调对比，脚下压出深浅起伏的皱褶。

他好像不管认不认真都是那副提不起什么劲的表情，所以她也看不出他的情绪状态，搞不懂这突如其来的温情从何而来。如果不是不可能，她都要怀疑谢行川是不是喜欢她了。

但这个念头甫冒出就被她觉得惊悚地掐断。

这世界上有千千万万的人包括她自己，都觉得谢行川能和任何人相配，除了她。

她路过草丛看到受伤的小猫也想给它包扎，或许这些动作本质上并没有不同。

她现在还是谢行川的妻子，是跟他一起旅游了二十多天的同伴，激发他的一点儿恻隐之心，这再正常不过了……吧？

她正这么想着，对面的男人开口了。

他嘴角向旁边牵了一下，也不知道是在笑还是不爽："美人鱼刚换的腿上都没你这么多伤口。"

"也就六个，"她撇了撇嘴，勾起脚尖看了看，不满道，"你就不能说点儿好听的话？"

"难。"对面的男人握住她的脚踝，"我这张嘴除了接吻就是气人，没别的功能。"

她哂笑了一声，脱口而出："那你的嘴今天挺忙的，接吻和气人

第六章 咬六口 冰川婚戒

都干了。"

气氛凝滞片刻,谢行川抬眼看她。

她将手指抵在柔软的床褥上,本能地觉得自己好像说错话了,但仔细一想,说得其实也没错不是吗?

怪异的、如坐针毡的、身上像有小虫在爬的感觉,不知从何而来。

终于,谢行川收回视线,把棉签扔进垃圾桶里:"明天徒步冰川,穿运动鞋。"

她歇了一口气,这才回:"我当然知道,我又不傻。"

男人走到门口,似乎又想起了什么,转过头来。

简桃看向床头的药膏:"剩下的我自己抹就行。"

他点了点头,拉开门走了出去。

直到他离开,简桃还有点儿发怵,自我思考着她怎么会说那句话。

万一谢行川不是在关心她的上药情况呢?

不过他也没反驳就走了,那证明应该……等等,简桃蓦然抬头,看向门口。

他怎么从正门出去了?

刚才他不是从窗台那边进来的吗?

不知道摄像机拍到他没有,不过一期节目要播出好几天的拍摄内容,这种片段节目组的人应该不会放进正片里,谢行川应该也会记得和他们说吧。

这么想着,简桃偷了个懒,没再跟他确认,拿起一旁的药膏。

这少爷真是败家,同样功能的药膏买了三支,跟她快瘫痪了似的。

涂好药,休整了一晚,第二天一早,简桃起床,准备前往冰川。

这差不多是旅行的最后一个项目了,大家都挺重视,吃完早餐后,简桃回到房间内,打算挑一对漂亮的耳饰。

她带了个四四方方的绒布首饰盒,里面装了不少耳饰、项链、手链。

她正在盒子里面挑挑拣拣,潇潇偶然路过看了一眼,语带惊讶地凑近她:"小桃姐,跟你比起来我是真糙啊,一对耳环从头戴到尾。"

229

简桃:"那你想换换吗?"

"可以啊,我能选吗?"

简桃这才想起,首饰盒底下好像压着她和谢行川的婚戒。

她将婚戒放这儿没什么特别的原因,完全是来旅游之前就一直压在底下。她一般习惯把贵重物品放在常用的地方,不至于会遗落。

那枚婚戒她虽然没戴过几次,但看成色她也知道价格不菲。

那会儿她倒是没想到,有一天要把首饰盒递给别人选东西。

简桃想了想,说:"可以选,我检查一下给你。"

飞行嘉宾段浮还站在门口,似乎对她们这些女孩子的东西很好奇。简桃将戒指推到他们的视线盲区,然后套在大拇指上,捏进掌心里,这才把盒子递了出去。

摄像机和段浮专心看潇潇选东西时,简桃也顺手把戒指装进了外套口袋里。

新西兰的夏天也有冰川,温度不会太低,但也没城区那么暖和。

十几摄氏度的气温,外套他们还是要穿的。

到了库克山,他们先是和导游、安全员会合,这才穿上专业的冰爪鞋,用来在冰川上行走。

直升机起飞,嗡鸣声响在耳畔,不过多时,他们便降落在冰面之上。

舱门被打开后,简桃第一个下去。

落地的真实感并不强烈,像是带着某种不可思议的眩晕感,映入眼帘的并非常见的白与蓝的景致,而是带着些蓝绿的冰川与冰洞,掠过鼻尖的风带了些冰冷的余味,简桃踩到地面上时,能听到很轻的"咯吱"脆响。

这是被誉为世界后花园的新西兰,大自然的鬼斧神工在此刻一览无余,眼前的一切辽阔、震撼、温柔而包容。

水流冲刷出的冰洞在更隐秘的深处,他们须由经验丰富的向导带领,才能避开那些危险的薄冰面。

潇潇和邓尔已经兴奋地开始尖叫,变了调的欢呼声在风里打了个

第六章 咬六口 冰川婚戒

旋,又四散开来。

为了防止滑倒时伤到手,他们还戴了手套。

事实证明这个决策很正确,没一会儿,过于得意忘形的潇潇就在下冰洞时摔了个屁股蹲儿。

邓尔站在上面纵声大笑,简桃本要出口的关心话语也跟着变成笑音:"还好吗?"

"没问题。"潇潇这么温柔地回她,然后又看向邓尔,做了个抹脖子的动作:"邓尔,你死了。"

潇潇口袋里还装了些乱七八糟的东西,这会儿有的东西随着摔跤的动作掉了出来。邓尔眼尖,又开始嘲笑她:"你的创可贴怎么还是小黄鸭的啊?你是成年人吗?"

导游在上方做了安全装置,他们需要拉着牵引绳下去,感觉像是反向攀岩,很快,邓尔也打了个趔趄。

底下毫不留情地传来潇潇的爆笑声,透过冰洞狭窄通道扩散,声音漫长而有力。

大家脸上都带着笑,气氛极好,因为前面两个下去的人提供了不少经验,于雯姐第三个下去,总算没摔跤。

突然想到什么,简桃骤然一顿,在摄像机拍不到、被众人挡住的视野死角区,颇为惊慌地看向谢行川。

她用唇语说:"我的婚戒好像在口袋里。"

那一会儿婚戒掉出来不就完了?

谢行川第一遍没看清,也无声地问:什么?

简桃:"婚戒。"

她用口型缓慢地重复:"结婚戒指。"

谢行川皱起的眉心褶痕加深,片刻后又展开。

几秒后,他用眼神示意她:戴上。

简桃神情微滞。

他的意思是让自己躲到他身后,找机会把戒指戴手上?

231

内心无数念头疯狂打架,但她预设所有情况后,觉得好像还是这个办法最好。

万一等一下她也摔了,婚戒从口袋里掉出来,这得怎么解释?

她根本没办法说这是自己好玩买来的饰品,谁会花几千万元买一枚手捧花造型的钻戒当日常装饰啊?

反正她戴了手套,大不了到时候私下摘,或者就说太冷了不想摘。

等会儿反正她还要去洗手间的。

简桃这么想着,已经没有时间再犹豫。段浮正准备下降,简桃也在众人关注段浮时退到谢行川的背后,把戒指套到了无名指上。

不过她是反着戴的,钻戒戒面朝下。

她还是挺警惕的,一处都不敢掉以轻心。

大家一个个下到冰洞中,简桃也在导游的专业指导下徐徐降落,然后在同样的位置趔趄了一下,口袋里的唇膏都被颠了出来。

这一刻,她无比庆幸把戒指戴在手上这个决定。

冰洞以内的景致全是自然形成的,有时很窄,只有条缝隙,有时候又要坐滑梯,顺着冰滑降下去。

邓尔在前面兴奋到欢呼,高举双手同后面的他们说:"这也太好玩了,快来!"

戒指始终牢固地嵌在简桃的无名指上,她的一颗心也缓缓落回了肚子里。

旅途的尽头,他们甚至尝了一下自然的冰川水。

冰川水没什么特别的味道,有一点点甜。

即将离开时,大家站在冰面上,等赞助的手机品牌拍完合照,运完镜,这才准备离开。

邓尔喊住大家:"这是我们今天的最后一站,回去睡一觉,明天就要回国了。不如我们来测试一下,一起旅行快一个月之后,我们对彼此的了解程度有多少吧!"

周围一片安静。

第八章 咬六口 冰川婚戒

简桃先应声:"可以。不过以后如果导演让你植入环节,你还是让他们来说吧。"

邓尔:"很干吗?"

潇潇点头:"很生硬。"

附近又传来一片笑声,邓尔幽怨地看向导演组工作人员。

环节都已经宣布了,大家自然要开始。

游戏规则没什么好说的,大家站成一排,单数往前,双数往后,前面的人闭眼,然后转身,猜自己后面的人是谁。

猜的人可以摸脸、手、胳膊三个地方。

这没的选,完全是看大家出来的站位决定谁和谁一对。段浮作为飞行嘉宾,负责拿着赞助商的手机拍摄画面做植入的工作,不参与游戏。

邓尔后面的是潇潇,他出其不意,伸手把自己头顶和那人的头顶一比,露出一个了然的笑容。

潇潇感觉自己的身高被侮辱,攥紧了双拳,却因为这时候不能出声而不得不忍耐。

于雯后面的人是温晓霖,温晓霖属于手臂特别瘦的类型,但是衣服穿得多,于雯看起来有点儿难认,还在继续找线索。

简桃原本正在看戏,那边的两对看起来都很精彩,猝不及防地,她往前伸出的指尖被人碰了一下。

这是他们一开始的姿势。

谢行川大概是凭借指尖判断出了她的站位,简桃本质上觉得他最了解的应该是自己的肩,毕竟他很喜欢把她的肩胛骨死死按在身前,但是这个环节不开放,那他相对比较了解的应该是她的脸吧。

不过他戴着手套攀登了这么多地方,如果要摸脸,简桃希望他能把手套摘下来。

因为女艺人每个月去做的皮肤护理真的很贵。

正这么想着,简桃凑近去看了看,带起一阵自己并不能闻到的香味,然后感觉到面前的人顿了顿。旋即他伸手,扣住了她的右手手腕。

他的手指是很有力的，这点简桃有发言权。谢行川顺着她的腕骨向指尖的方向摩挲，简桃觉得很离谱，大家的手基本都长一个样，他摸手能认出来什么？

很快，男人的手指停留在她的无名指指根处。

感觉到戒指环轻微的压力，简桃呼吸一停，如同身体被按了僵硬的暂停键，怕大家发现，又迫不及待地想让他住手。

这样全神贯注的紧张情况下，似乎每一个细微的动作都被无限放大，她眼神虚焦地定格在雪面上，眼前却仿佛出现了手套内的画面。

这么多人就围在身边，摄像机可能还在对准手部给特写——而他居然敢用指尖一寸寸拨动她藏在底下的钻石，揉捏间将戒指推到最上方戴正。

简桃怀疑如果不是邓尔破功地笑出声来，她就要闭过气去了。

短短两秒的动作，差点儿要了她的命。

邓尔指着面前的人说：“这么矮，肯定是潇潇！”

然后他收获一顿毒打。

于雯：“那我这个是晓霖吗？”

温晓霖：“是的。”

答案昭然若揭，谢行川却迟迟没有开口，面罩之下，简桃甚至觉得自己可以看到他略扬起的嘴角，他一副仿佛获胜的表情。

导演：“那谢老师觉得自己身后的人是谁？”

谢行川放下手，漫不经心道：“不清楚。”

简桃礼节性地微笑，咬牙切齿地想：嗯嗯嗯，我的婚戒尺寸都差点儿被你摸清楚了。

从库克山离开，又吃完一顿颇具大团圆和离别意味的晚餐，情绪渲染过后，导演组工作人员扛着素材美美收工，大家则回到自己的房间里开始收拾行李。

明天一早就不怎么拍摄画面了，大家直接赶飞机回国。

第八章 咬六口 冰川婚戒

攀登冰川的一天众人实在太累,晚上十点,别墅的最后一盏灯熄灭了,房间归于安静。

所有的拍摄设备被收走,四处空旷,弥漫着和拍摄节目时格格不入的冷清气氛。

简桃住的是别墅外的一个套装小屋,两面是全透明的玻璃,很方便观景,也因此,她能把旁边的别墅看得尤为清楚。

作为演员应该最习惯面临别离,但简桃在这时候居然发现,自己好像有点儿舍不得大家。

可能是这段旅程太轻松、太愉快了吧。

回到国内,她不知道又有多少工作要忙。

她这么想着,本能地有些不太想睡,刷着刷着微博,发现有人说今晚新西兰有流星。

这给了简桃一种莫名其妙的仪式感和机缘感。

她截了图,将图片发给了谢行川。

她不知道他睡了没有,过了二十分钟他回复她:"你那儿不是有个窗户?"

捡个桃子:"等这么久了也没看到,流星不会已经过去了吧?"

再有耐心的人也很难在一个人的情况下一直盯着天幕,更何况旁边还有电子设备。

她有一搭没一搭地抬头看着天,偶然刷到个小猫视频,正看得入迷,上头弹出来一条消息。

姓谢的狗:"抬头。"

她抬眼,正好看到流星滑落,一眨眼的工夫又消失了。

简桃跪坐在床上,想给他发消息,意外地看到玻璃门外似乎坐了个人,便飞快地跑出去看。

谢行川懒散地后靠,长腿屈起,手边是一盏昏黄的小灯,偶尔抬一下眼皮。

简桃放缓步伐,问:"你怎么出来了?"

谢行川:"被你吵醒了啊。"

他应该是真的被她吵醒了,讲话鼻音很重,身上有股沉木的气息,音调偏低。

简桃有点儿过意不去,嘟囔说:"我不就只发了一条消息?"

他没说话。

简桃坐到他旁边,又仰头看着天:"你说今晚还有流星吗?你怎么看到的?"

他垂着眼皮,随手玩着根野草:"不知道。"

她不知道他是在回答哪个问题。

旁边有断续的虫鸣、风吹过树叶的"窸窣"声,一切似乎都和来的时候一样,又似乎不一样。

然后她发现,自己舍不得的,可能还有和谢行川的关系。

如果回国了,他们不能再像这样每天见面,都有各自的事要忙,还能有机会像这些天一样这么靠近吗?

她还有可能像之前一样,夯着胆子把脚踩在他的腿上,理直气壮地说他蹭掉了自己的指甲油,让他补涂吗?

无来由地,她感觉心像被谁捏了一把。

简桃低着头沉默了一会儿,眨了眨眼,再转头时,和谢行川对上视线。

她说:"谢行川。"

"嗯。"

"如果回国了,你最想干的一件事是什么?"

谢行川大概还在从困意里缓神,听完她的话,搭在膝盖上的手指微微动了一下,这才觉得好笑似的扬了一下嘴角。

"回国想做的事?问这个干什么?"

"问问呗,"她伸手钩着一边的树叶,"你没有吗?"

谢行川顿了一会儿,简桃觉得是应该给他一点儿思考时间的,于是就那么靠在后面的玻璃墙上,安安静静地等着。

第六章 咬六口 冰川婚戒

结果等着等着她就有点儿犯困，闭上眼继续等，终于慢慢被困意战胜，控制不住地前后点头，跟撑不住脑袋了似的。

谢行川一转头就看到她睡得投入，脖子软软的，脑袋前后点，刘海一动一动的。

他这会儿终于笑了出来，用低沉的气音说："困了就回去睡。"

终于被唤醒，简桃眨了眨眼，几秒后才慢吞吞地说："但是你一个人坐在这里，真的很像留守儿童。"

他微顿，被她气出笑音。

"那你加入我是什么意思？"谢行川问道，"好心人士献爱心？"

"确实。"她努着嘴很中肯地点头，"毕竟简桃老师就是这么善良的一个人。"

谢行川应该确实被她无语到了，黑暗里，眉梢很轻地扬了一下，简桃也不知道自己有没有看错。

他起身，拍了拍裤腿。

"回去睡了？"简桃冷不丁地清醒过来，仰头看着他，"你还没回答我。"

"没什么想的。"

谢行川的答案很简单，简单到简桃都要反驳的时候，他顿了顿，低声说道："反正想的事也实现不了，走吧。"

她撇了撇嘴，觉得这人是真能藏。

但他想的事究竟是什么呢？谢行川也有觉得很难完成的事吗？

她想了一会儿，又觉得无解，回到床上陷入昏睡。

次日一早，大家出发前往机场。

节目组给了他们一天用来倒时差，次日下午有一个庆功宴，主要祝贺节目开播即红火，招商赚了不少钱。

大家出发时是上午，十个小时后飞机落地，是下午。

时差带来的迷幻感如影随形，加上忙了一个月终于放松，回去之

237

后简桃仔细地护完肤，十点多就睡觉了。

中途还有些不适应，她醒了几次，等再完全醒，就已经快到中午了。

她迷迷糊糊地睁眼，看到谢行川靠在床沿，蓦地打了一个激灵，条件反射后才想起来，他们已经回国了，周围没有摄像机了。

他正垂着眼，应该是在点餐。

简桃蓦地凑近过去："吃什么？清蒸鱼吧？"

谢行川："在新西兰还没吃够？"

"新西兰没怎么吃鱼好不好？你不要因为你做了一次就对我怀恨在心。"

这个角度看他的平板电脑很费力，简桃索性直接将平板电脑拿到自己的腿上，点了几道想吃的菜，才重新还给他："我点完了，你看你还要吃什么。"

谢行川看了一眼左下角那个夸张的"7"，缓缓说道："我还以为你把我要吃的菜也顺便点了。"

简桃对他的内涵话语视若无睹，不管他说什么都点着头接话："确实，我好爱你。"

只开了一盏床头灯的昏暗房间里，谢行川神色不悦地转头看向她，简桃则悠闲地跷着脚点开手机，发现日历提醒自己今天是小年。

"今天是小年啊，"她仰头看过去，考他道，"小年应该吃什么？"

谢行川："番茄炒鸡蛋。"

简桃磨牙，但决定还是稍微忍耐一下："你不要只挑我会的那道菜说，小年应该吃饺子。"说完，她非常利落地安排好，"行，今晚吃饺子。"

半个小时后，工作人员将后厨备好的餐品送了上来，简桃克制着每道吃了些，没吃米饭，毕竟过会儿还要去录庆功宴。

吃完后她慢走消化着，拉开窗帘，今天太阳不错。

等走得差不多了，她又坐在沙发上，挺大阵仗地问他喜欢吃什么馅的饺子，又大费周章地把锅碗和擀面杖摆到流理台上，这才打了个响指:"搞定。"

没多久她的手机响了,是经纪人催促她,该做妆发了。

谢行川抬起眼皮,看着她在房间里左右腾挪,回着团队的消息:"知道了,知道了,马上,我收拾一下,稍等几分钟,东西快来了。"

简桃一边跟经纪人周旋,一边在门口来回踱步,像是在等待什么了不得的食材,做好准备大显身手。

五分钟后,门铃终于被人按响,这是谢行川的房间,因此她很警惕地特意让谢行川去拿东西,自己猫腰躲在厨房里。

很快,男人从门把手上提进来三袋……速冻水饺。

他垂眼确认:"没了?"

简桃对着他的眼神,也有点儿奇怪:"还要有什么?蘸料这里不是有吗?"

"你就煮个速冻水饺,"他真觉得好笑地笑出声来,"弄这么大阵仗?"

"那怎么了?我十年下一次厨房,得表示出一种尊敬之情。"简桃说,"拿擀面杖是因为碗在底下被压着了,不是我要自己包饺子。"

她继续说:"自己下厨,我可没那闲工夫。"

闻言,谢行川扬了扬眉,不咸不淡地说道:"怎么,影射我?"

"我那都是给谁做的?"他俯身,"你讲不讲良心?"

"讲的啊,所以我今天不是煮饺子给你吃吗?"她故作惊讶地抬了抬眼皮,"可没人吃过我煮的饺子。"

谢行川略抬眼:"行,那我吃玉米的。"

简桃:"那不行,你吃芹菜的。"

因为团队在二环上堵车,简桃离开的时限得以延长。

"估计还得十多分钟他们才来,"她有点儿跃跃欲试,"要不先煮一个试试吧。"

其实她也不饿,就是突然想煮了。

简桃打开手机搜了一下调料，扯了一下袖子，准备技惊四座的时候——手机响了。

梦姐："在停车场了，你戴着口罩坐电梯下来，确认过了，狗仔没跟上，速度。"

简桃一路火花带闪电地下了楼，迅速上车，把饺子忘到了脑后。

接下来的一路都很赶，她连妆发都是在房车上完成的，车辆限速，梦姐生怕迟到，一直在看时间。

还好，他们到场地的时候庆功宴还剩十来分钟才开始，而简桃也完成了比较简单的妆发，呼应旅行的主题。

听说谢行川是第一个到的，机器已经架好，不少招商的老总坐在台下。

这个庆功宴的大部分时间是在听主持人讲流程，说这个项目的定位、首播影响力，介绍每位嘉宾以及投资商。

简桃在台下坐了四十分钟，镜头时而扫到她，再转回去。

终于轮到嘉宾们上台，大家依次回答了主持人的问题，然后进入互动环节。

六个人分成三组，分别从厨艺、收纳、默契三个方面，展示这趟旅行后的收获。

分组纯抽签，但是不知道导演组的人是不是特意为了点击量做了效果，邓尔和潇潇被分到默契组，于雯和温晓霖被分到收纳组，简桃则和谢行川一组，被分到厨艺组。

刚分完组，底下的各大娱乐媒体记者已经有些坐不住了。

于雯和温晓霖需要在十分钟内把所有的衣物装进箱子，不能杂乱；邓尔和潇潇在玩你画我猜，要在十分钟内答对八个。

简桃和谢行川在靠左的位置，迎来了各种食材，也是十分钟内，要做两道菜出来。

她几乎想也没想，看到西红柿和鸡蛋，已经做好了选择。

当然，最主要的也是她没的选。

把西红柿切块，热油，鸡蛋倒进去煎好出锅，再下西红柿，等差不多闷熟了再把鸡蛋加进去，大火收汁……她努力回忆着步骤，正在翻炒西红柿时，旁边的谢行川已经将菜出锅，就懒懒地靠在旁边问："番茄炒蛋？"

即使四周声音嘈杂，她还是一瞬间就辨认出了这四个字。

想到他中午的话，简桃不由得盖上锅盖，说话间手中锅铲自然地随着动作摆动："番茄炒蛋怎么了？你不要看不起我们家常菜，你就是……"

十分钟时间截止，其他两对顺利通关，邓尔一直将视线放在这边，远远看着还以为他们是吵架了，连忙拉着其他三个人上去劝架。

庆功宴虽是直播，但因为网络的问题延迟了十多分钟。

近二十分钟后，观众看到这个画面，一时感慨非常。

"尔，看出来你平时没少劝架。"

"哈哈哈——动作熟练得令人心疼。"

"收音太差了，哪个大聪明想的环节？舞台上摆个大灶，我音量调到最高想听他们在说什么，全是'刺啦'炒菜声。"

"别为难美女了，两个人能同框安静九分钟是极限了。"

等观众看完这段视频，庆功宴现场也进入了告别环节。

主持人还在台上总结《星夜环游》开播以来的网络数据，台下，简桃和其他嘉宾礼貌道别，决定各自回家。

大家应该一起离场，不过邓尔正在和温晓霖讨论什么，话题一时没收住，简桃站在一旁等待，突然脑子灵光一闪，想起什么。

她立刻打开和谢行川的对话框。

捡个桃子："我出门关火了吗？！"

谢行川也正在看手机，没一会儿，消息又发了过来。

捡个桃子："我记得我说我想煮东西，但没煮成，被经纪人叫走，忘记有没有关火了……"

她心有戚戚地继续打字发送："按道理来讲应该关了吧……"

他们用的是电磁炉,她平时也比较注意这些问题,可能今天走得太急加上谢行川还在,以为他出门的时候会检查一下电源什么的。

姓谢的狗:"厨房有烟雾报警,不对劲会有人第一时间上去看。"

他继续说:"你实在担心的话我找个前台工作人员去检查一下。"

捡个桃子:"那没必要,我们一会儿也回去了。这样,你走二环我走小路,看谁快一点儿,我的好多衣服还摆在你的床上,万一被看到了不行啊。"

"行。"

好在邓尔和温晓霖的聊天也很快结束,一句告别声响起,简桃和谢行川的车停在不同的侧边,二人立刻转身通往不同的出口。

直播播到这一幕时,网友纷纷发弹幕:

"真就直接转身走?他们甚至没和对方打招呼??"

"还打招呼呢,不互喷就不错了,你们不要因为最近异军突起的超话就对他们的关系产生什么误解,哈哈哈——"

"嗯,昨天正看剪辑视频有点儿上头,今天一看立马就清醒了。谢谢你们,'不行就桃',省去了我许多因过于沉浸产生的烦恼。"

"他们本无缘,全靠我硬牵。"

观众浑然不知背后的故事,而等简桃回到酒店时,谢行川似乎刚到。他没换鞋,正撑在流理台边。

她加速走过去:"怎么样?"

谢行川神色不悦地转头看向她。

简桃看他的表情有点儿无语的样子,心猛地跳了跳:"怎么这个表情?"

他问:"担心没关火?"

"是啊,"她心说就算自己关了担心一下不也正常嘛,"你让我看——"

谢行川:"你甚至都没按电源开关。"

第六章 咬六口 冰川婚戒

电磁炉上放着加满水的小锅,而水饺的袋子甚至刚被拉开,连预备下进锅的样子都没有。

可能是她安全意识太过强烈,记忆错乱了。

"那可能是我记错了,"简桃拿出手机转移话题,"看看直播吧,不知道现在播到哪儿了。"

她一点进去,直播间的主持人仍在侃侃而谈,似乎到了一些回忆杀环节。

她低头看了一会儿,以为这话题就此被揭过,一抬头,看到谢行川左手支着流理台,气定神闲地看着她。

大概是嫌领带太紧,他伸手扯了一下,眉梢略抬,不疾不徐道:"混淆重点?"

她被发现了。

"那你要我说什么?"她破罐子破摔,"虚惊一场不是挺好的吗?你要实在不满意自己辛苦一趟——那你换好衣服躺着去,我煮碗饺子给你吃。"

他没说话,她作势身子前倾,去冰箱里拿被冻好的两袋饺子。

她今天穿的是后系带的礼服,拍摄直播没问题,一旦倾身,露肤度直线上升,两道弧线蜿蜒向内延伸。

谢行川"啧"了一声:"你把衣服穿好。"

简桃觉得很荒唐——她又干什么了?

她抬头,对上谢行川的视线,顿悟般点了点头,意味不明地笑了一声:"这不正中你的下怀?"

他一副洗耳恭听的样子:"怎么就正中我的下怀了?"

"哈哈。"简桃说,"还要我提醒?帐篷、浴缸,你干过人事吗?这会儿没人了你倒是装模作样呢,我看外面有人的时候你挺兴奋的。"

谢行川的位置挡住了冰箱,她顺手把他往右侧推了推,拉开冰箱门,找出袋玉米馅的水饺。

站直身子后,她发现他好像被她推到了身前的位置。

243

简桃低头拆袋，不免继续碎碎念："所以你是什么人我心里清楚得很。"

衣服重新回到正确位置，但是因为她刚才的动作微微向下折了几分，全衣仅靠脖子上的系带支撑，拉开系带便一切暴露。裙摆是缀了纱线的质地，在光下泛着一圈圈的碎光，涟漪似的环在她细瘦的脚踝间。

她足尖的高跟鞋要掉不掉的，被她一紧一松地钩着。

"我是什么人？"他凑近她，声音偏低，"说说。"

简桃手向后支着大理石台，仰头正要控诉他，下一秒被人托住了后颈。滚烫的热度灼着皮肤，她愣了一下，溢出一半的音节被他顺势封住，他的唇齿贴了上来。

她脑子晕晕乎乎的，热度一路蔓延至耳尖，后背发麻，心想：他果然不是真的想听她的话。

谢行川舌尖撬开她的齿关，她颈后的蝴蝶结被拆开了，软软地搔在手臂上，简桃头脑发晕，颊上弥漫开无法自控的红晕。

室温攀升。

次日一早，简桃再睁眼，就是被谢行川的闹钟吵醒了。

男人伸手盖住额头，另一只手按停不断振动的手机，缓了一会儿，觉得不太对，徐徐睁开一只眼睛。

简桃正裹着毛巾被，露出漂亮的肩头，一脸正义表情地看着他，指了指厨房："赔钱。"

厨房的大理石台上正摆着她那件已经不堪入目的礼服。

反搭在额头上的手指动了动，他好笑道："大早上不睡觉，就为了让我给你赔钱？"

她控诉："你弄坏的。"

"嗯，"他眼皮一抬，侧眼看了她一秒，"你也是我弄坏的？"

沉默了两秒，她耳边挂上可疑的颜色，捞起身下的被子盖过脸颊，闷声说道："睡觉。"

过了几秒，被子外没动静，她掀开被子一角往外看，谢行川果然又闭上了眼睛。

"你真睡了？"简桃大骇，"你没有一点儿愧疚之心吗？"

"我愧疚什么？"他眼睛都懒得睁，"昨晚你说饿，是谁大半夜起来给你煮的饺子？"

他慢吞吞地回忆："你吃了两个就说饱了，剩下的谁吃的？"

她不服气："狗吃的。"

他溢出笑音，手指在黑暗中收拢："行，狗吃的。"

简桃默了一会儿，又找到发力点，开口说："那你起来给我煮饺子也是应该的，我回来饭都没吃——"

他侧身，胸膛直直抵上她的鼻尖，大概是想借机堵住她滔滔不绝的嘴，手向下垂了垂，没什么支点地挂在她的腰上，声音有点儿哑："别闹，睡会儿。"

他大概没那个意思，但这个姿势有点儿像拥抱。

她能闻到他身上传过来的淡淡檀木香。

简桃仰了仰头，说："你的闹钟都响了。"

"我的闹钟的意思是，还能再睡半个小时。"

室内终于安静下来。

简桃被他的闹钟闹醒的起床气也渐渐归于平静。呼吸稳定，她开始补眠。

似乎没睡多久，房门被人敲响，谢行川起床洗漱，然后拉门离开。

她睡得迷迷糊糊的，但本能还是让她在他开门的那一秒略微睁开眼睛，身子抬起，想起自己还不知道他今天是要去干什么。

"你去哪儿？"

男人就站在玄关处的暗影中，身姿挺拔，很浅很浅地扬了扬眉梢。

"去给你赚裙子钱。"

谢行川走后她又睡了一会儿，但没睡得太沉，九点多收到梦姐的消息，说下午有拍摄工作，别忘了。

她打开床头灯，拉开窗帘坐在床沿上，漫无目的地想着——她和谢行川的相似之处，大概都是小年后的第一天，时间献给了工作吧。

这个节日适合回忆，她拢着被角，想起他们究竟是为什么而结婚。

说来这实在是个很长的故事。

从记事起，她就和外婆生活在一起，妈妈在她很小的时候就去别的城市打工了，家里不算很有钱，父亲也时常出门做工。

但小简桃的童年时代也是彩色的，她记得家门口的水泥地上用粉笔画的跳格，记得和朋友一起跳皮筋的脚步，记得奶奶给她扎的两个小辫子。而她也如同所有人期待的那样漂亮争气，从初中到高中不用上任何培训班，依然稳定地保持年级第一名的成绩。

她其实并不觉得自己比别人少什么，除了偶尔会很想妈妈。

无论新加了多少课本，抽屉里那张照片永远被她放在最上面。

妈妈是大美人，所有人都和她这样说，小简桃也这么觉得。她用稚嫩的手指小心翼翼而留恋地抚摸着过了塑封的黑白照片，记着母亲的眉眼。

大概是从高一开始，照片被父亲发现，简伟诚似乎就是从那时候开始性情大变的。

他似乎在跟谁较劲，开始发了疯地以一些难以理解的标准苛责她，不允许她把时间花在和学习无关的事情上，不允许她下一次考试成绩比这一次低，开始干涉她的选择和分班情况，以爱为由限制她。

当她反抗时，他说得最多的一句话就是："你以为我会害你？如果不是爱你谁会管你？"

高二那年，觉得文科学得再好也没有前景，简伟诚坚持要求她转入理科班。那并不是她的强项，因此她稳定的第一名成绩也开始浮动，偶尔第三，偶尔第五，有时候她感冒发挥不好，成绩会掉到第八名。

其实这已经是很不错的成绩了，简伟诚却总是质问她知不知道自己在做什么，以后这样怎么赚钱，怎么带着整个家过上更好生活，怎

第六章 咬六口 冰川婚戒

么才能从那个采光不好的小房子里搬走。

那时候她还未成年,懂的东西并不如现在多,只是很恍惚地想,小房子也不是哪里都差劲,起码她在那里很快乐。

为什么他们一定要过另一种生活,现在这样不好吗?

她现在想来,觉得这也算另一种意义的上天垂怜,都说幸运的人用童年治愈一生,而不幸的人用一生治愈童年。

高二,简伟诚开始花大笔钱送她上补习班,给她买所谓的含金量很高的密卷,家里也因此越发拮据。简伟诚说:"这都是为了你。如果不是你,我也不会连买一双几百块钱的运动鞋、一件像样的衣服都舍不得。"

她后来才知道,简伟诚只是为了激起她因愧疚而产生的奋发之心。只可惜,十七岁的简桃听过这句话太多次,只觉得爱是负担,而自己是累赘。

如果没有她,所有人都会更好,不是吗?

遇见谢行川的那年,她其实过得浑浑噩噩,总觉得脚落不到实处,像被人操控的单机游戏角色,顺着别人规划的轨迹,轻飘飘地向自己不想去的地方迈出一步又一步。

高三谢行川转学,而她终于不想继续下去,瞒着简伟诚换回文科班,在那年高考成了全省第一名。

别人都说她厉害,只有她知道自己付出了多少努力。因出分而失眠的那个夜里,她眼前一幕幕闪过熬着夜默记知识点的自己、一支支满墨又迅速被用掉的笔芯、厚厚的堆叠成山的错题集,回想着自己承受的巨大的精神压力。

所有感觉喘不过气的夜里,她对"爱"这个字,一遍又一遍地排斥。

录取通知书下来,简伟诚才知道这一年她究竟做了什么。

所有人都在恭喜她,只有简伟诚对她大发雷霆,而她从家里搬出,和钟怡一起打着零碎又快乐的暑假工。

看吧,只要和爱无关,不承担任何期待,她就总会变得轻松。

后来大学她也不是没人追,但爱已经令她排斥,她不知道该如何与异性维系亲密关系,和高中时一样,一次又一次地婉拒追求者。

她好不容易摆脱的"爱"字,束缚得她喘不过气的"爱"字,沉甸甸得像能把她压碎的"爱"字,在完全被修复之前,她不愿再尝试。

她的大学生活又变得和之前一样精彩,她甚至觉得自己终于又找回了童年时的心绪。大四国庆节回家,她却被简伟诚直接告知:"以后放假你就不用回来了,反正你马上就要毕业了,也不可能一辈子住在家里。"

与此同时,简伟诚直接回收了她的家门钥匙,且将门换了锁。

她后来才知道,简伟诚把房子卖掉了。

有家不回和在这个居住了二十多年的城市中骤然没有了家,是截然不同的两件事。

然而任简桃如何询问,简伟诚只言辞模糊地搪塞过去。彼时的奶奶已经患上阿尔茨海默病,简桃带她回到了年幼时的小院子,照顾她睡着后在门口乘凉发呆,与一旁的老人随意聊天。

对面的阿婆偶然说漏了嘴,或许也是不忍心看简桃一直被蒙在鼓里,挥着扇子叹气说:"你现在还信你妈妈一直是在外面打工吗?她是觉得你们家太穷,走了。"

其实过去这么多年,简桃心里隐约有些猜测,但这话从别人口里直白地说出来,仍旧具有不小的破坏力。

那些曾经模糊的事都一件件变得清晰,比如简伟诚为什么想让她做最赚钱的职业,比如他那些年到底在倔强什么,比如他看似疯狂而扭曲的观念,都只是因为,他想要向她离开的母亲证明:她母亲离开他们,是多么错误的一件事。

他为了男人的自尊疯狂地想要看前妻后悔,为此甚至不惜牺牲掉女儿的自我意愿。

可简桃没有让他如愿,所以他连那些伪装的爱意都吝于再给。

而简伟诚让她少回家的原因,也简单而鲜血淋漓——

第六章 咬六口 冰川婚戒

终于，他找到了所谓的"跳板"，对方是个很有资产的女老板，她离过两次婚，有三个女儿。她当然也有要求，需要让他放弃他所谓的家庭，全身心地热爱她的家庭和女儿。

简伟诚想也没想就答应了，甚至主动卖掉了房子，唯恐对方反悔，不再给自己后路，哪怕代价是他的女儿从此往后好像就没有家了。

简桃一直是很优秀的小孩，是所有邻居眼里"别人家的孩子"，见过她的家长好像都只会说："我要是有你这样的女儿就好了。"

可只有她知道，她一直在被放弃。

她已经不记得自己当时的表情和心境，大概人为了自保，总会选择性遗忘一些过于痛苦的片段。钟怡说那个月都很少见到她笑，她依然吃饭和睡觉，只是对家的话题避而远之。

后来很快便要过年，她还怀着一些不切实际的期待心情，例如收到简伟诚的消息，说自己当时太苛责，让她记得早些回家，但收到的只有他一通脾气不算太好的电话。他问她是不是用他的身份证抵押了什么贷款，问她有手有脚难道不会自己赚钱吗？当年她做选择时不是很厉害吗？

简单几句复盘后，他才发现这不过是个乌龙，是他自己误操作造成的。

对面的简伟诚哽了几秒，大概也觉得有些难堪，但又不服软地一句道歉的话没说，就这么挂了电话。

他没问她今年过年怎么办，降温时找不找得到合适的衣服，所有家庭嘘寒问暖、关切备至的过年时间里，简伟诚给她的只有一通不分青红皂白就质问她的电话。

最后一丝幻想破灭，现实千疮百孔地奔涌而来，她被撞得五脏六腑钝痛，一瞬间连呼吸都滞涩艰难。

她终于要接受了，这一切都是真的。

简伟诚的声音太大，对面的江蒙和钟怡并不笨，将对她的了解情况串联起来，不用问也大概知道全貌了。

简桃看出他们想安慰她，但自己居然想先安慰他们。

"没事。"她说。

她话没说完，钟怡的眼泪已经"啪嗒啪嗒"地往下掉。

她跟着眼眶有些红，但也不算身处绝境，安慰着他们，似乎也是安慰自己："我有学校的奖学金，舞团出去也赚了点儿钱，可以先租房子住，后面再找好点儿的工作，只是……"

说到这里她打住，只是什么呢？

只是逢年过节她没有去处，或许偶尔被他们好心接济，但怎么也不好意思年年到他们家里去，所以一个人待着也很好？

她说不出口。

她这一生何其要强，做什么事都是第一，让她怎么坦率地承认自己被放弃了？

过了许久，江蒙说："其实谢行川今天本来要来的。"

彼时的谢行川正需要一个结婚对象，无须女方条件太好，用途是蒙蔽后母，让后母放松警惕，再一步步扮猪吃老虎地拿回后母手中本该属于他的亲生母亲的公司。

那年他在演艺圈里已稳坐高位，拥趸无数，人脉与财富和当年那个十六岁的小小少年早不可同日而语，也因此，后母对他越发提防。

那时的简桃对他而言是最好的选择，她如此普通的家庭出身，足够让后母放一万颗心——若他对家族产业有野心，当找一个门当户对、家境优渥的岳父作为自己的靠山。

他需要麻痹后母，只有让对方掉以轻心，才能拥有最大的胜算。

末了，江蒙说："简桃，要不你们试试吧。"

她知道，江蒙不是在说"你们试试恋爱吧"，而是在说——要不你们试试，先暂时用彼此渡过现下的危机吧。

她知道自己没的选。

她那时候是如此迫切地需要一个"家"，或者哪怕是一个房子，让她不至于像幽魂一样飘零；需要一个同伴，不用是伴侣，只用在所

第六章 咬六口 冰川婚戒

有地方张灯结彩、喧哗热闹的时候聊作慰藉。

最重要的是,她想证明她也不是被所有人放弃了。

她也要向简伟诚和离开的生母证明,没了他们,她照样可以过得很好,哪怕那好,只是表面现象。

其实她需要的不是谢行川,谢行川需要的也不是她,但他们在同样的时刻面临不同的危机,加上有熟识的朋友在中间劝说,而且至少也认识了这么多年,找彼此帮忙总比找个陌生人好。

人在人生混沌期,所有想法都容易冲动,因此那个周末她和谢行川拿到结婚证,走出民政局的那一刻,简桃对着浓烈的夕阳和冷风,突然有点儿无措和后悔,心脏像是被浸到了一片没有止境的棉花里。

她低头,茫然地看着手里正红色的结婚证,不甚清晰地想着:他们这就算是结婚了吗?那以后呢?

谢行川先去开车,她就站在路边,仍旧没有真实感,脑中反反复复回闪过之前的一切画面。

一切事情像幻灯片不停地播放,好像她只有在不停复盘的过程中,才能反思清楚这个决定是否正确,事情又是怎么走到这一步的。

简伟诚得到消息后大发雷霆,屈尊赶来民政局堵她。

可惜她那时候已经办完手续,站在路边接受着他无休止的责骂。

"你找的是个什么人?这么大的事你不和我商量一下就定了?

"你姑妈的领导的儿子,条件就很好,就是人矮了点儿、不好看了些,但肯定比你瞎找的不三不四的人好多了。你跟人家在一起以后也能帮衬你姑妈一下,都是一家人,还会害你不成?

"你知不知道这耽误我多少事?我这几天准备下个月的婚礼,忙得要死,还得来处理你对自己不负责任的事,以后你过得不好也别来找我,因为这是你自己的决定……"

她那会儿并非不生气,只是看着面前姿态尽失、满脸涨红的简伟诚,一瞬间有些恍惚,怀疑面前这个人究竟是不是跟自己有着血缘关系的所谓父亲。

她不知道命运这双错综复杂的手,是如何把熟悉的人变成并不认识的模样的。

简伟诚话还没说完,有车突兀地按响了喇叭。

她被从回忆中按回神来,转头看去,林荫道旁,梧桐树下,连号的保时捷打开双闪灯,高挑英俊的男人从驾驶座上走出。

他将车开得很近,还差几步就要撞到正喋喋不休的男人。

简伟诚惊了一下。

谢行川垂眼看向她,声音在昏黄的光线中被拉扯得松软,不轻不重却清晰地喊着她的名字。

"简桃,"他说,"上车,回家。"

简桃恍惚了一瞬,这才拉开副驾驶座车门。她刚才坐过这车,这会儿已经能熟练地系安全带、落锁。

夕阳余晖从树影的缝隙间洒落,谢行川单手关上车门。

这样的车、不经意间搭在车窗上的腕上的手表、如此优越的外貌与身高条件,都在证实他何其优秀的条件,那是简伟诚无论如何都不敢想的层级。

事件急转直下,简伟诚紧绷的唇瞬间放松,下一秒抽搐般缓缓上扬。

仿佛只用了几秒,男人加速跟来,以一种怪异又滑稽的姿势趴在车窗上,既有看清局势后想进行讨好的意思,又不愿让刚才的自己太过难堪,因此表情奇异地呈现一种又喜悦又扭曲的纠结样子。他自我斗争后话锋一转,拿腔作调地教育她道:"既然结了婚,就是一家人了,你嫁过去之后要懂事,多体谅别人的境地,别动不动就耍小脾气,多干活,以后有机会也要走动……"

话没说完,谢行川抬了抬眼皮,从驾驶座上看出去:"你是谁?"

简伟诚嘴角的笑越发大了些,他不由得直起身来,拉了拉身上并不合身的西服:"我是她的父亲。"

"哦。"谢行川稍顿,在简伟诚做好准备迎接尊敬待遇时,淡淡一抬眼皮,说,"后爸?看着是挺垃圾的。"

第六章 咬六口 冰川婚戒

简伟诚僵在原地。

车很快绝尘而去，谢行川连一句多余的话都懒得再讲，仿佛方才说的话只是为了让男人起身，方便自己关车窗。

简伟诚错愕地站在原地的身影在后视镜中变得越来越小，直至消失不见。

终于，简桃反应过来什么，这么多天来第一次无法控制地笑出声来，虽然笑容只有一秒。

谢行川从后视镜看了她一眼，问："你笑什么？"

她又笑了一下，说："没什么。"

她就是觉得，自己好像不后悔了。

很快，简伟诚怒火中烧地打电话过来，谢行川正要让她别接电话，过了两秒，简桃接起，然后在对面的人脱口而出第一个字的时候按下挂断键。

她想也不用想就知道对面的人会气成什么样。

接连碰壁，准备好的发泄话语还没开口就被人掐断，这甚至比她不接电话还让人火大，估计是接下来几晚简伟诚想到都会失眠的程度。

谢行川瞧了她两秒，也笑了："你挺厉害。"

想了想，她诚恳地赞道："你也不差。"

那就是他们看似平静又怪异的婚姻的开始。

往后事情会如何发展其实简桃也不清楚，但现在两三年过去，她回看时还是感谢自己当时的决定。至少，她现在过得不错。

后来奶奶寿终正寝，她也做了艺人，原来的手机号码全部换掉，简伟诚几次骚扰她后被谢行川警告回去，也再不敢和她联系。

现在过年过节，她有时在剧组里，有时在演播厅里，总而言之都比和简伟诚一起那时候过得热闹。大家都照顾她，煮好的饺子让她第一个尝味道，过生日时还会给她准备惊喜，唱《生日快乐歌》。

其实有时候她想，她也是有家人的，只不过不是有血缘的那些人而已。

都是陈年旧疾了,现在想起来她倒也不觉得痛,只觉得遥远。

她现在很好,至于那些旁的人好不好跟她没有半点儿关系。能走到今天,她靠的全都是自己。

门铃被人按响,梦姐抵达,简桃完全从这段回忆中抽身,起身去换衣服,准备工作。

下午是杂志拍摄工作,有团队协调,她也很专业,整个流程都非常顺利,提前了十多分钟收工。

结束时正是五点多,简桃没看行程表,问:"接下来还有工作吧?"

"我还有,你没了,"梦姐说,"让司机送你回去?"

简桃:"老住谢行川那儿也不行,你们没给我订酒店啊?"

"要酒店的话随时可以给你订啊,"梦姐看了她一眼,"不过现在是旅游旺季,要订个交通方便、保密性好的酒店有点儿难,订到了估计别的方面也有所欠缺。

"肯定不可能像他那个套房一样一个人占一层,上下有专属电梯直达,停车场隐私性也好,不过我肯定按照艺人的标准给你安排,你要是能接受的话⋯⋯"

简桃想了想,说道:"那我还是先住他那里吧。"

"对了,"简桃问,"你还要忙什么?别的艺人的事吗?"

"忙着给你谈个代言,Fay那款手机,"梦姐低头打字,"就你们《星夜环游》那个冠名商,前阵子他们就联系我了,一直在谈。"

简桃一开始参加节目也是为了这事,没想到品牌方提前一个月就开始接触新代言人了。

简桃的心猛地跳了跳,然后她凑近了些问:"怎么联系了这么久?是有什么顾虑吗?"

"也还好,品牌方是比较偏向你的,因为你在节目里表现不错,后期好续航。

"只是有两个女艺人的团队也想要这个代言,因为他们宣传工作

第六章 咬六口 冰川婚戒

和广告铺排不是做得挺好嘛，还有一支比较有质感的类 MV 的宣传片微电影，所以艺人团队说降代言费也可以。"

简桃正要开口，被梦姐打住："你不降价也能谈下来，放心吧，没太大问题，今天能签合同。咱们就值这个价，懂吗？"

简桃被她给弄笑，扬了扬眉，说："行，懂。"

回到家后，简桃等了一会儿，大概过了两个小时，梦姐发来一个表情和一句话："差不多稳了。"

心里的一块巨石终于落地，简桃看了一眼时间和有些安静的套房。

这个点还没回，谢行川今天应该是不回了。

简桃撑着脑袋，感觉有点儿无聊，打开和钟怡的对话框，打算喊她上线玩两把游戏。

另一边，明鹭公馆包间内。

谢行川后靠在沙发里，头微微偏着："怎么过来了？"

"这不是想你吗？"江蒙拍了拍他的肩膀，"知道你们很忙，拍完综艺节目才能歇会儿，我和钟怡正好过年放假，来找你们玩玩。"

江蒙："对了，简桃也在附近吧？她收工了吗？一起将她叫过来呗。"

谢行川："你问问。"

对面的钟怡拿出手机："我问吧，实在不行等她收工了她再来也行，我们也要在这边住的。"

她打开和简桃的对话框，思考了一会儿，不知道该怎么跟简桃说，遂把手机推到谢行川面前："怎么说？要说我们来了吗？还是给她个惊喜？"

谢行川看着聊天页面，聊天记录正停留在昨天下午，钟怡给她分享了几个帅哥，简桃回复不错的内容上。

反应过来什么，钟怡连忙澄清："这就是普通分享，对美好事物的欣赏嘛，有利于积极正面地进行情绪调节。"

说完，她又觉得多此一举。他们又不是真夫妻，简桃看点儿帅哥

255

怎么了？

这么想完，钟怡自我鼓气般点了点头："反正你别多想，她很正经的。"

话还没说完，关闭静音的手机"叮咚"一声跳出提示，是简桃发消息过来了。

她先是发了张照片，是她独自躺在宽敞的床上往外拍的，只能看到微跷的小腿，房间内四下安静，没有人影。

紧接着，她发了一条文字消息。

捡个桃子："老公不在家，今晚玩什么？"

短暂两声"叮咚"声后，房间内的气氛凝滞了片刻。

江蒙站在谢行川身侧，脸上流露出些许复杂神色，又带点儿看好戏的兴奋和难以压制的笑意。

钟怡看不到内容，于是开口问江蒙："怎么了，她发了什么内容？"

江蒙正要开口，一旁的谢行川抬起眼皮。

"她说……老公不在家，今晚玩什么？"

谢行川仍旧是那副漫不经心的表情，也还是维持着陷在沙发里的动作，但不知道是因为心虚还是怎么，钟怡觉得有点儿冷。

明明她们平时玩的都是一些正常的游戏，简桃也只是偶尔皮了那么一下。

钟怡正要开口，谢行川已经发声："给她打个视频电话吧。"

说完，还没等钟怡赞同，他已经驾轻就熟地拨通了视频电话，下一秒，简桃的脸出现在屏幕上。

简桃："怎么给我打电话了？上号啊。"

她这边网速快一些，因此她的脸先出现，过了几秒，手机被人拿起，谢行川的脸出现在了手机上。

简桃奇怪地确认了一下，通话对象确实是钟怡没错。

所以说，钟怡和谢行川在一起？那自己刚刚发的消息他也看到了？

没得到具体情报之前，她不能轻举妄动。

第六章 咬六口 冰川婚戒

很快,钟怡起身站了过去,屏幕中的人脸变成了三个。

但简桃那边没动静了。她维持着同一个姿势,跟卡了似的。

钟怡:"怎么了?"

谢行川并不意外,一针见血地说:"她在装卡。"

简桃眼皮颤了颤。

眼见装不下去了,过了几秒之后,她这才从"卡顿"状态中恢复过来,如梦初醒般说道:"什么?我刚才卡了,你们说的话我没听到。"

钟怡很给她面子,在谢行川尚未开口前,连忙说:"我和江蒙过来玩了,现在在明鹭公馆1807,你要过来吗?"

"行,等我啊。"

说完,怕谢行川跟她秋后算账,简桃迅速地切断了电话。

九点半,她乔装一番后,顺利抵达包间。

钟怡一脸惊疑地看着她脱掉外套,摘下帽子、口罩和粉色的假发,恍惚地问道:"你是演古惑仔来了?"

简桃遗憾地拨了一下头发:"没办法,太红了,躲狗仔。"

她说完问道:"你们怎么忽然过来了?"

"来找你们玩啊,刚好我和江蒙放假,"钟怡说,"四个人能凑齐不容易,又不能去外面的景点,只能在室内玩玩了,二十一点怎么样?"

简桃:"又打牌啊?这么无聊?"

"那打麻将?"

她斟酌着说:"麻将也不好玩……"

这时,沙发上的谢行川慢条斯理地抬起眼来,终于开口:"那什么好玩?"

简桃看向他,听到男人不疾不徐、咬字清晰地问道:"你们微信里的帅哥?"

她惊骇地转头看向钟怡:"你真找过来了?还有这种好事?"

谢行川舌尖抵了抵后槽牙,又给气笑了。

257

故意气他的对话结束，简桃及时打住，这才坐到桌边，拍了拍手："来，先玩二十一点吧。"

结果她连赢几局，钟怡骂骂咧咧地说要换玩法，一晚上换了三四个，还是简桃赢得最多，手边的筹码都快摞不下了。

简桃很嚣张地撑着脑袋，一口气挑衅三个人："你们这不行啊，都没什么意思。"

结果下一把她惨遭谢行川的毒手，输了几乎一半筹码。

他抽着牌问："这样有意思了？"

他们后来又玩了手游，一直到凌晨两点多才结束，等简桃回到酒店，已经困得不省人事，踹掉鞋子就昏睡过去。

谢行川给江蒙和钟怡单独订了楼下的房间，不用她操心，因此简桃一觉睡到天亮。今天上午没行程，九点多的时候，她给钟怡发消息。

捡个桃子："醒了吗？给你点点儿吃的东西？"

钟怡："我已经在一楼的餐厅里吃过了，那个粉红小蛋糕还挺好吃的。"

捡个桃子："你什么时候吃的？怎么都不叫我，我还怕你没醒。"

钟怡发了个挺缺德的表情包："我以为你昨晚那么累，起不来了。"

简桃觉得有点儿奇怪："不是都一起回来的吗？也不是很累啊，我就是困了。"

"你昨晚不是加班吗？"

"我加什么班？"

"我听到声音了，两点半的时候。"

简桃盯着那条消息反应了一会儿，才知道钟怡说的不是什么正经话题。

"那可能是别的房间的，你听错了，我回来就睡了。"

"真的？"

"这我还要骗你？而且你就住楼下，我要干什么也不会出声吧，我这张脸还要不要了?"

钟怡不知是想到什么:"那不出声还是有点儿难吧。"

简桃想到新西兰自己紧紧扒住瓷砖的手掌以及男人捂住她的嘴唇的手指,印象太过深刻导致历历在目,心说:是有点儿,但也没那么难。

没一会儿,钟怡就帮她带了些早点,来房间里找她了。

谢行川今早有事忙,房里就只有她们俩和江蒙。

她和钟怡坐在毯子上聊天,江蒙在旁边玩游戏机,各自忙得火热。钟怡想起什么,又踢了踢江蒙:"哎,崔维下个月过生日,得飞到航城那边去,你去不去啊?"

简桃:"谁啊?"

"就高中同学,隔壁班的,你不记得了?"钟怡说,"有时候他也跟我们一起出去玩。高二,他还跟你表白过呢。"

简桃回想了一会儿,记起来了:"高高瘦瘦,平头那个?"

"对,虽然后来你们疏远了,但是他偶尔也会跟我们联系,去年我们还见过一面,"钟怡笑道,"聊到你,他还感慨曾经的同学变女艺人了。"

有关这个人的细节,简桃记得倒不是特别清楚了,只记得他好像的确对自己表白过,而那时她深陷被简伟诚打压的旋涡里,"爱"于她而言是讳莫如深的词汇,而对朋友来讲,捅破那层窗户纸,两个人接下来无非就是疏远和恋人两种关系。

她现在仍记得清楚的情景,是自己在器材室远远看到他便闷头躲在双杠下,还被谢行川取笑:"人家告个白,你跑这么快?"

而那时候为了证明自己的立场,她抬头说:"你要是告白,我会跑得比这更快的。"

很长一段时间里,爱对她而言,是无止境的负担。

她不想、不愿,也不能接受这种感情。

十六七岁的少年谢行川偏开视线,给了她足够心安的回答。

"放心,不会有那一天的。"

然后他们就平稳地走到了今天。

一旁的钟怡和江蒙已经开始规划，你一言我一语，恍惚中，简桃仿佛又回到那个试卷漫天的学生时代。她艰辛的高中生涯中幸好有他们，她才能在高压下偷得一点儿快乐和甜，在黑色的背景里添上一丝轻快的色彩。

这么想着，她不自觉地勾起点儿笑，与此同时，门口处也传来门锁轻响声。

很快门被推开，谢行川还穿着品牌活动的西服，看见她的表情，顿了一下，问道："你笑什么？"

简桃胡编乱造："没什么，就是想起江蒙数学课上偷吃辣条被赶出教室了。"

"你不记我运动会给班上跑第一，就记这种事是吧，简桃？"

"我也记得，"钟怡扬手，"我问他'八股取士'的'股'是什么'股'，他说屁股，我笑到被'光头彪'罚站，进棺材也不会忘的。"

谢行川回来时正是中午，半个小时后餐厅送菜上来，简桃对面坐着钟怡，左边坐着谢行川，四个人构成正方形的四个小角。

好像奇妙地回到高二那年，谢行川还没转学，她也没转回文科班——她每次回头，略高的马尾辫都会扫到他的水杯，说过很多次他也不改，杯子不放在那儿喝不了水似的，害得她每次都要伸手扶稳杯子。

她也想起小组讨论的时候，她一侧身，脚踝就会碰到谢行川遥遥伸到她的位置这边的长腿，两个人互不相让，讨论五分钟，脚在底下较劲一个小时。

还有他那时候到底也是少年，作恶多端，兴起时会把她的两个书包带绑在一起，她每次放学都得解三分钟。

别人午休时都是两只手叠在桌上，脑袋贴上去，他是左手手背垫在脑袋下面，右手非得伸直，她每次打水都会碰到他的手，他骨节分明的手指就钩着她的衣角，报复似的拖延她的时间。

260

第六章 咬六口冰川婚戒

如此种种，身在其中时与他来回战斗，她现在想起，竟也品出几分少年意趣来。

如果没有谢行川，当她回忆起自己的学生时代时，她应该只会觉得乏善可陈吧。

譬如现在让她回忆高三生活，她也单单记得那个圣诞节，外地的谢行川被江蒙死皮赖脸地央求回来，大家一起在雪地里冻得发抖地吃烧烤；或是钟怡和江蒙在台下朝她挥手……除了这些事，就只剩题目、试卷，和高考倒数的时间。

人活着果然需要朋友，她看着钟怡和江蒙，这么想着。

至于谢行川嘛，顿了一会儿，她觉得他现在应该在比他们更高一些的层级。

下午，钟怡和江蒙离开，出发回家过年。

简桃录完两个娱乐频道的采访活动，也在八点多敷着面膜，准时躺上了床。

她屈起腿，将平板电脑搁好，在看最近的口碑电影和电视剧相关视频。

视频刷到一半，上方微信弹出一条消息，来自梦姐。

她发来了两个文件和一个行程安排。

梦姐："简桃 Fay 拍摄计划 .pdf。"

梦姐："剧本（待修）.doc。"

梦姐："搞定，下周六进行拍摄，你看剧本有没有什么问题，过几天会把正式版剧本发给你。"

捡个桃子："敲定啦？"

梦姐："是的。"

像是刚开罐的雪碧，一个个小气泡在心脏上炸开，弥漫开"刺啦刺啦"的声响。

想做的第一件事终于顺利完成，她伸了个懒腰躺倒在床上，感觉浑身都被松松软软的棉花糖包裹。

她像只打盹的猫舒展开身体，舒展到一半，洗完澡的谢行川掀开被子上床，把她盖着肚皮的被单一把扯走，她的睡衣随着动作被撩起，白皙的腰肢暴露在空气里。

四目相对，谢行川已经知道她会说什么数落的台词了。

然而下一秒，"你不会力气小点儿吗"被她吞进了肚子里，简桃仰头，后脑勺在枕头上蹭了一下："算了，今天心情好，不跟你计较。"

他觉得好笑似的问："怎么就心情好了？"

简桃："一直想要的代言谈下来了，他们那个微电影的风格我很喜欢。"

或许这能成为她拿到《玲珑》女主角的重要跳板。

当然，后面这句话她没说，毕竟那么好的资源，竞争的女演员那么多，八字没一撇，她先说出来没做到不是很丢人？

她先把代言商这个微电影拍好，再去想《玲珑》电影的女主角的事。

简桃趴在床上，小腿抬起来回晃着，打开梦姐给她发的剧本，看了一会儿才惊讶地说道："这男主角才十九岁？"

谢行川看向她，她还在意外地感慨："现在男演员年龄都这么小了啊？"顿了顿，她又想到，"哦，你当年拍电影时差不多也是这个年纪。"

简桃猜测："可能对男演员来说，这个年纪就是很有魅力，可塑性很强吧。"

谢行川不说话了，简桃看完剧本，觉得没什么大问题，挑了一些细节反馈给梦姐，这才揭下面膜睡觉。

接下来的一周都平稳度过，她和谢行川忙各自的工作，拍摄、品牌活动、采访、《星夜环游》的周宣传活动……

终于等到周六，她前往云州拍摄微电影。

虽然这是部二十分钟的短电影，但她的重视程度并不低，她和以

第六章 咬六口 冰川婚戒

前拍戏一样提前准备、背好台词,可发挥处还写了大段笔记。

云州影视城艺人很多,常年爆满,她一路进去发现很多熟面孔,挨个儿跟大家招手打招呼、聊天。

很快候场开始,她披着羽绒服坐在片场的软椅上,一边看戏一边等待。

男主演也在三分钟后抵达,简桃起身跟他打了个招呼,然后两个人开始聊一些戏方面的内容,说到关键戏份时她发现两个人还都站着,正想说要不要坐的时候,身后传来异动。

片场一时嘈杂,四下惊呼声渐起,简桃回身看去。

谢行川的脸在视线中聚焦时,她仍以为是幻觉,直到他身后的工作人员也依次下车,男人外面套着一件长款的黑色棉服,双手插兜,敞开的拉链里露出格纹衬衫,面前飘着稀薄的冬日雾气。

简桃有些奇怪地皱眉。片场的导演和他是故交,二人站在一旁聊了十来分钟,简桃终于找到机会,以剧本掩面,同他附耳:"你来这里是……?"

谢行川扯了一下拉链,旋即气定神闲道:"散步。"

散步?

他散步来要坐飞机的……相距五百公里的地方?

这一刻,简桃突然想起圈内盛传的一则八卦——某艺人无聊时会坐飞机去伦敦喂鸽子,喂完再坐飞机回家。

可能这就是一种极致的消遣活动吧。

她也没太惊讶,答了声"哦"才说:"那你去散步吧,我拍戏了。"

酒楼内布景已就绪,等她拍完第一场戏,谢行川早已不知所终。

一上午很快过去,因为是给 Fay 手机的性能做宣传,所以全部拍摄工作都是用手机进行。这和她以往的拍摄情况不同,手机后置镜头多,她看向每一个都有不同的效果,因此每个角度她都要专门研究眼睛要看往哪个方向,以确保画面美观。

Fay 前两年的微电影都是现代题材,所以这次他们尝试了一下侠客古风，也能在变换的特写镜头中凸显手机的定焦、虚焦，以及高清晰度等功能特点。

现在大家对手机的需求越发高，加之自媒体和各种视频日志、图片博客兴起，手机的拍摄功能也成为重要亮点之一。

微电影时长短，所以整个故事并不复杂，品牌方结合她在《星夜环游》中很有商业头脑的表现，为她设计了一个酒楼老板娘的身份。

江湖谣传她的酒楼中有妖，新上任的年轻捕快前往酒楼一探究竟，目光穿透层层人潮，锁定她。几次三番周旋之下她巧妙化解危机，并在捕快离开的那一秒转身，揭下人皮面具，露出狐妖的真身。

故事简单，但还蛮带感的。

上午的最后一场戏，是捕快为了激出她的妖力，将酒杯远远甩来，却被她在舞曲之间轻巧接住，她并未暴露半分。

不过这个"接住"动作有点儿难度，她用的是足尖。

简桃站稳，一腿支地，一腿向侧边伸展高举，等工作人员把酒杯摆上来。

酒杯落在她的足尖上，接下来她需要保持平衡，身体其余地方不动，仅动右腿，将足尖转向前方。

一声"action"响过后，镜头拉近。

导演在一旁的屏幕中看着画面："酒杯待会儿掉了之后我们就换个新的，免得穿帮，然后新杯子里面不放水，拍她转的姿势就行，后期镜头处理了就不会有掉的感觉了。"

然而吩咐完，他再转回头来的时候，简桃已经平稳地用脚尖托着酒杯，凭借强大的核心力量将它送到了镜头正前方。

酒杯轻晃，但竟一滴水也没洒落。

就这么过了两秒，导演还在愣神之际，简桃预估好时间，这才开口："好了吗，导演？"

"好了，好了，cut（停）！"导演这才回过神，起身说道，"可以啊小桃，我还预估酒杯会掉，连怎么剪辑都想好了。

第六章 咬六口 冰川婚戒

"跟有舞蹈基础的演员拍打戏就是舒服,身段和力量给得太到位了。"

导演话中意味明显,一旁的人打趣:"郭导这明显是吃过苦的,哈哈哈!"

郭彭摇头:"这两年真是什么人都能演戏,有人翻个跟斗都要替身,别说武戏美感了,连演技都没有,也不努力。"

其实导演说的这点简桃知道,对古装戏来说,演员会跳舞非常加分,因为很多舞蹈戏或者打戏会要求力量和美感,而这并非几个月能够速成的——即使可以练习弥补,现在大部分演员也不愿意在剧组里待三五个月,每天学习枯燥的课程,大部分人会选择参加综艺节目来赚钱和增加曝光度。

而她的优势正在这里,也因此,没接过古装电影于她来说是个很大的遗憾。

她说:"侧翻学习一下我应该可以,如果要拍导演跟我说就行。"

导演同她比了个"OK(好)"的手势,她这才和助理离开,去影视城的餐厅吃饭。

影视城里一共有三个较有名气的餐厅,简桃挑了个最近的。这会儿还没到用餐高峰时间,人不太多,况且来的大多是艺人助理,忙得很,她找了个靠角落的位置坐下,也没多少人注意到她。

助理小娄在一旁问她:"桃桃,吃什么?"

"你想吃什么?"简桃对着右下角扫码,"中午不忙,我们吃完再过去。"

话音落下,她闻到一阵香味,正想看看大家的选择,一瞥眼发现谢行川正坐在隔壁桌边。

他的餐盘里摆着只炸得酥脆的大鸡腿。

来不及思考他到底是一直坐在这儿还是刚到的,简桃盯着那只鸡腿,听到他的经纪人开口:"简老师要不要试试?这家的鸡腿很不错,跟别家的味道都不一样,我们有空都会过来吃。"

简桃看向谢行川:"所以你过来就是为了吃这个?"

他扬了扬眉梢:"不行?"

"行啊,"简桃说,"我早晚有一天拿了奖也要像你们这么逍遥人间。"

谢行川抬起眼皮看向她。

助理小娄问:"那我们点两个鸡腿?"

"点一个就行,"简桃说,"我尝一点儿你的,下午还有戏要拍,不能吃太多。"

上餐之后,她只拿了整份沙拉。其余想吃的东西都按照比例分好,她尝一点儿,小娄吃多的那份。

小娄在对面吃得美滋滋的,最后差点儿起不来,酒足饭饱地缓了十分钟才出发。

其实圈内挺多艺人的助理待遇很差,被苛责都是常有的事,但是小娄一直觉得做简桃的助理很好,不用洗衣服,不用奔波订餐,甚至有时候简桃点外卖还会帮工作人员一起点,挺尊重大家的。

这么红都是她应得的,小娄想。

拍摄计划本来是一天,但因为简桃和导演要求都比较高,一个吊威亚从楼上下来的画面,生生拍了两个小时,导致拍摄延期,大家得暂住一晚。

剧组的工作人员帮订了就近的民宿,说是好几档节目的录制嘉宾都会住在那里,算个小网红民宿,景不错。

但是简桃收工之后搜了一下民宿点评,才发现那边的空调似乎制热功能不太好。

她正琢磨着要不要买个热水袋,退出回到微博界面,发现"偶遇谢行川"的话题上了榜。

他今天一下午跟没事干似的,满影视城闲逛,不少群演兴奋地拍了照片,高搜索率下,话题就这么顺其自然地爬到了榜单高位上。

第八章 咬六口 冰川婚戒

照片里的男人偶尔喂鱼，偶尔喂鸽子，遥远的模糊画质下也能看清他优越的身段，要不怎么说老天爷赏饭吃呢，简桃心想。

想到这里，她忽然有了思路，打算"曲线救国"一下。

稍事思考，简桃打开对话框，给他发送了自己的定位。

过了一分多钟，谢行川回过来一个问号。

捡个桃子："看看你的。"

谢行川发送了定位。位置不远，他还在影视城里，不过看样子靠近出口了。

捡个桃子："你是准备回去了吗？"

他问道："怎么？"

简桃徐徐图之："我想起第一次见谢老师的时候，他穿着新发的蓝白校服，背着光站在讲台上，帅气得无与伦比……"

"说人话。"

想了想，她发了两个对手指的表情，迂回地说道："订的民宿好像空调坏了，我怕冷，你能去帮我暖被窝吗？"

十分钟后，谢行川又发了一个问号过来。

捡个桃子："蔚景花园 15 栋 6 号楼 7103，密码 678095。"

她在后面跟了个可怜的表情。

发完地址之后她就愉快地收起了手机，准备在外卖软件上挑几个热水袋。管谢行川去不去，他去了正好，不去她自己也能睡。

晚上有聚餐，中途外卖员给她打了电话，她说将东西挂在门把手上就行。

到民宿时正是十点多钟，她确认了房间号，低头一看，门把手上却并没有东西。

差不多了解了情况，她心如明镜地推开门，果不其然，里面亮着灯。

墙壁上的挂式空调艰辛地运转着，大概开了一阵子，但不算太暖和，床头亮了盏暖黄色的壁灯，谢行川半坐在床沿，身后垫着个枕头，正在打游戏。

想到什么，简桃觉得很好笑，问他："今天怎么不看书了？"

他挺坦荡似的，修长手指托着手机："抽屉里只有避孕手册。"

简桃沉默片刻，老老实实地拿了衣服进浴室洗澡。

还好她为了预防万一，每次出门拍戏都会带行李箱，十次有五次派上用场。

等她出来，床头的两盏灯又被他熄了一盏。

简桃将头发吹干后站到他那头，在床沿上坐下："好啦，你过去吧。"

谢行川抬眼看向她："去哪儿？"

"里面那头，"她伸手指了指，"然后我睡你现在躺的这里。"

顿了顿，她理直气壮地反问道："我说的暖被窝，不就是这个意思吗？"

谢行川舌尖抵着齿关笑了一声，懒懒地动了一下眼皮："我要是不让呢？"

那她当然也有办法。

简桃直接掀开被子，暴力地朝里突进，把谢行川往里面拱，没一会儿被子里就被她拱起火来，谢行川擒住她的手腕，呼吸沉了沉。

"别蹭。"

"我没蹭！"为了证明自己的清白，也为了明天能顺利早起，她迅速往后仰，试图和谢行川拉开距离，结果忘记这里的床没谢行川酒店房间里的大，下一秒差点儿就跌落下去——谢行川一把把她捞回。

"服了你了。"

男人这么说着，退到另一边的位置。

简桃心安理得地躺在他暖好的地方，趴在床上，捞起放在一边的剧本。

虽然这次的剧本只有几张 A4 纸，但她还是仔细装订了起来，还给弄了一个封皮，作为第一次演这种戏的纪念，到时候会将其一起收纳进箱子里。

明天还有两场戏，不出意外能按时结束，她巩固着台词，这时收

第六章 咬六口 冰川婚戒

到一条微信,是今天合作的男演员发来的,说戏的事情。

这个男演员拍戏还挺认真,看来十九岁能成名多少还是有点儿本事的。他说了一下明天的镜头,以及某个地方自己要不要讲台词的建议。

简桃想了一会儿,打字太多,于是说道:"我也觉得这里说台词比较累赘,直接开打能表现出急迫感,而且节奏上也更紧张,明天去可以和导演商量一下。"

"然后你想改动作的话和武打老师商量一下,我是可以接的。"

两个人也没聊两句,谈完了明天的工作就结束了对话。

简桃把手机熄屏,突然在漆黑屏幕上又看到了半张脸。她转头看向谢行川,对他在看自己的手机这件事表示意外:"怎么了?"

他收回目光:"随便看看。"

"噢,"她也乏了,脑子不太转得动,"睡吧,明天得早起。"

简桃问:"你明天有通告吗?"

"下午。"

"嗯,那我们可以一起回去,"她熄了灯,又想,"不行,坐同一班飞机会被偶遇,那我们还是分开走吧……"

二人平躺着,呼吸均匀得像是各怀鬼胎。简桃动了两下,觉得不太舒服。

果然当时没从他那里搬走是正确决定,她住惯了贵的地方,住宿条件再稍微降点儿级她都觉得不适应。

她起身,想垫个枕头在腰后面,正要伸手,谢行川开口了:"怎么?"

"腰疼犯了,"她说,"老毛病,找点儿东西垫一垫。"

跳舞的人嘛,总得落下点儿腰伤什么的才能跳得好。

他的手顺着攀了上来,他问:"哪个位置?"

"腰椎,左边一点点,哎……就这儿……"简桃顺势躺倒,说,"失策,以后应该随身带筋膜枪按摩的。"

谢行川手握拳,指骨的位置抵在她腰疼的那块儿地方,打着圈按摩放松肌肉。男人天生手劲比较大,她舒服得松了两口气,慨叹道:"你好会按，学过吗？"

"这还要学？"他说道，"你在家不是天天这么按？"

她趴在枕头上，眯着眼随意地聊起别的话题："你明早几点起呀？我给你点早餐吧，感谢你今晚的……嗯，"她思索了一会儿，才说道，"服务。"

"我的服务一顿几十块钱的早餐就打发了？"

"那你要怎么样？"

大约过了半个钟头，她昏昏沉沉地睡了又醒，腰上的酸疼感已经缓解许多。窗外有冬日最熟悉的风声，似乎还"淅淅沥沥"地下起雨来，让人身上也裹着层黏腻的气息，鼻尖上渗出些微汗意，她有意忽略他后来移至身前的手，嘟囔着"你别摸了"……

他的声音有点儿低，哑哑的，他整个人委屈得像是湿漉漉的小狗，虽然手上动作全然相反，有意无意地咬着她的耳垂："收点儿报酬也不行？"

也不知道该说什么，她往他的方向缩了缩。二人混着紊乱的呼吸声渐渐睡着，没一会儿简桃又醒了，抱怨这枕头根本托不到脖子。谢行川大概也半梦半醒，只想让她早点儿消停，将手臂放到她的枕头下垫好，让她快点儿睡。

等第二天早上醒来，她睁眼看到的就是男人反扣的手掌。她愣怔半秒，才想起昨晚是枕着他的手臂睡着的。

大概是昨晚来回折腾太久，他还在睡。简桃轻声收拾好，脚步声很轻地出了门。

今天的拍摄工作还算顺利，只是因为她和导演要求细致，她还是延迟了两个小时下班。

接下来她就是等待着短片剪辑和后期处理了。

Fay 这次会加入一些后期效果，以表明自家手机拍出的内容经得住繁杂的后期处理，清晰度依然足够。

第六章 咬六口 冰川婚戒

简桃等待的过程中,《玲珑》的最后一次试镜也来了。

这次试舞戏。

这毕竟是自己拿手也容易出亮点的内容,简桃还是很重视的,提前一周就开始练习,甚至试镜的前一天还在巩固动作。

舞戏两场,一场有规定情景,一场自由发挥,导演大概是想看演员对角色的了解程度,以及演员能不能给出惊喜。

简桃其实挺喜欢《玲珑》原著,不过感情戏着实没有多少,因此自由发挥的内容她拿不准,只想着得先找一找狐狸的神态,更方便塑造人物。

她一转眼,发现谢行川正好在书房里坐着,面前摆了台笔记本电脑,不知他是在忙什么。

正好有电影演员在这边,她不用白不用。

他大概是在忙什么正儿八经的事,简桃看他手指移动鼠标,遂轻轻靠近。

女主角云姬的设定是最后一只狐狸,那她就试试谢行川能不能看出她演的是什么吧。

感觉手指被什么蹭了一下,谢行川微顿,旋即垂眼看去。

简桃正双手垫着下巴,目光澄澈地瞧着他,像只不会说话却与生俱来拥有媚态的小狐狸,清纯又勾人,用脸颊蹭着他的手指。

他的眉心几不可察地皱了一下。

简桃心说:他给的反应好像还挺对。

他欲言又止,但不知为何没有开口,只不动声色地把手撤开。简桃尝到甜头,更加跃跃欲试。

狐狸除了手,用得最多的应该就是腿了。

她低头赤脚,脚掌轻轻踩在他的拖鞋上,察觉到男人身体微微一僵,再用足尖拨弄着他的拖鞋上的绒毛,看似是想踩掉他的鞋子,可无声之中,她软嫩足尖的触感隔着布料传递过来,不轻不重,有如隔靴搔痒,让人越发难耐。

终于，她看到谢行川的喉结滚了一下。

感觉会被捉住的下一秒，她收到了谢行川发来的消息。

"我在直播。"

她一惊，第一反应是自己有没有入镜，确定没有后，才松了一口气。

简桃这才想起来今天是周六，《星夜环游》新一期节目的播出时间，因为和直播软件合作，所以开放嘉宾陪观众一起看节目这个互动环节，时间不长，首发嘉宾就是谢行川。

节目组本想营造电竞主播给大家解说比赛的那种效果，不过谢行川不喜欢对着空气讲话，因此没说什么，简桃才忘了这件事。

为了防止翻车，她连呼吸都变轻了，连忙撤开去一旁默默练习。

谢行川的反应给了她很大的自信心，找到感觉后，她迅速完成了第一场舞戏，还算满意。

第二场舞戏则是女主角在电影中最高光、最重要的一场戏。

简桃特意买了比较类似的戏服，毕竟穿着不同的衣服，需要的动作幅度也不尽相同。为了确保换上剧组戏服后能达到最好的效果，她特意买了水袖和大裙摆以及束腰。

女主角先是在屏风后跳舞，她便将另一个房间的屏风拉过来隔挡，又仗着有个屏风，换衣服就懒得去浴室，直接在后面脱掉睡衣，再穿好戏服。

她挑了首音乐，戴好蓝牙耳机，这才缓缓对着屏风的影练习起来。

她确实有点儿懒，因为古装戏服繁复，所以内衬都没穿，纱质的水袖下，手臂叠影清晰可见，束腰又掐出了姣好的腰部线条。

简桃戴着耳机，又练得投入，因此连谢行川结束了直播都没发觉。

她练过两遍舞，将踮着的脚尖放松，正歇了一口气，一转身，就撞上了男人隐隐萦绕着木质檀香的胸口。

简桃惊疑地抬头。